Lothar von Seltmann

Kummer und Glück

Landfrauen erzählen

Lothar von Seltmann

Kummer und Glück

Johannas Leben auf der Kernmühle

Weltbild

Besuchen Sie uns im Internet
www.sammler-editionen.de

Genehmigte Lizenzausgabe für Sammler-Editionen in der
Verlagsgruppe Weltbild GmbH, Steinerne Furt, 86167 Augsburg

Umschlaggestaltung: Heidi Popp, Augsburg
Umschlagabbildung: © Bundesarchiv,
Bild 183 – L08107 Fotograf: Ernst Schwahn
Satz: DTP-Verlagsservice Apel, Wietze
Druck & Bindung: CPI Moravia Books s.r.o., Pohorelice
Printed in the EU

Inhalt

Rostocker Deern

Es war im Sommer 1933. An einem herrlichen Julisonntag entstiegen in Warnemünde, dem idyllischen Seebad an der Ostsee, eine Menge Leute dem Mittagszug von Rostock her. Große und kleine Familien, verschiedene Gruppen Jungen und Mädchen, ein Männerverein, jüngere und ältere Paare, wenige, die offenbar allein gereist waren.

Es war schon erstaunlich, wie viele Menschen sich in den Wagen des Dampfzuges gedrängt hatten, um der Stadt und ihrer Enge zu entfliehen und den Nachmittag an der nahen Küste zu verbringen. So heiter, wie sich das Wetter zeigte mit strahlender Sonne am leicht bewölkten Himmel bei einem kaum spürbaren östlichen Wind, so heiter waren die Menschen gestimmt, die sich in den folgenden Stunden der Weite der Küstenregion und der Freiheit von der Mühsal ihrer Arbeitstage hinzugeben gedachten. Die einen wollten sicher die weithin bekannte Badeanstalt an der Bismarck-Promenade aufsuchen. Andere mochte es direkt ans Wasser ziehen, um dort in der heute sehr ruhigen Ostsee zu baden, auf der Decke zu liegen oder auch auf dem bloßen, sauberen Sand in der Sonne den Möwen zuzuschauen oder einfach zu faulenzen. Die Kinder drängte es wohl eher dazu, am Strand Burgen zu bauen und sich dem Spiel mit Bällen und Ringen hinzugeben.

Auf dem Gelände des kleinen Kopfbahnhofes zwischen der Neuen und der Alten Warnow herrschte ein buntes und fröhliches Treiben, bis sich das zahlreiche Volk schließlich in Richtung Strand und Mole verlaufen hatte. Das fröhliche Geplauder der Leute galt an diesem schönen Tag wohl kaum dem politischen Tagesgeschehen des Staates, der sich seit der Machtergreifung des »Führers« Adolf Hitler rasant veränderte. Nein, heute war es viel interessanter, wie am Vortag die deutschen Tennisgrößen Gottfried von Cramm und Hilde Krahwinkel die Krone im gemischten Doppel von Wimbledon erkämpft hatten.

Zu den letzten Personen, die noch vor dem Bahnhofsgebäude verharrten, gehörten zwei Kinder, die offenbar allein hierhergekommen waren.

»Welchen Weg nehmen wir?«, fragte der zehnjährige Gottfried Darlapp seine Schwester Johanna, während er sich die breiten Gurte seines Umhängebeutels über den Kopf auf die Schulter hob, sodass es aussah, als trüge er eine Schärpe.

»Den kurzen Weg zwischen den Häusern«, entschied das sechsjährige Mädchen mit dem schicken Kleidchen und dem dazupassenden Sonnenhütchen auf seiner dunklen Zopffrisur. Dabei steckte es die Arme durch die Träger des kleinen Tornisters. »Und wenn wir wieder nach Hause müssen, gehen wir am Leuchtturm vorbei und erst noch ein bisschen auf die Mole zum Möwenfüttern und Krabbenfischen. Machen wir das so?«

»Machen wir, Hannele«, gab der Bruder zurück und nahm seine kleine Schwester bei der Hand. »Dann musst du nur genug von deinen Picknickbroten übrig lassen und darfst dein Eimerchen nicht verlieren.«

»Das verliere ich schon nicht, und ich kann schon alleine gehen, Gottfried«, protestierte sie und entzog sich dem Griff des Jungen. »Ich gehe immerhin schon in die Schule. Ich kann schon lesen und schreiben und rechnen und weiß schon viel. Und verlieren kannst du mich hier auch nicht. Ich kenne mich doch wohl in Warnemünde aus! Und von meinen Broten lasse ich schon genug übrig für die lieben Vögel.«

»Ist ja schon gut, lütt Deern aus der ersten Klasse. Gehen wir also quer durch zum Familienbad.«

»Warum können wir denn nicht einfach irgendwo an den Strand gehen und spielen und baden?«, wollte das Mädchen wissen. »Immer müssen wir ins Familienbad. Da sind immer so viele Menschen.«

»Das müssen wir doch nur, wenn wir allein hier sind. Du weißt, was Papa gesagt hat, Hannele. Im Familienbad sind wir unter Aufsicht von den D.L.R.G.-Leuten. Die passen auf, dass nichts passiert. Das ist wichtig am Meer.«

»Aber da wird es sicher wieder ganz schön eng im Wasser und auf dem Sand.«

»Für uns ist da Platz genug. Und jetzt komm und mecker nicht immer, Kleines. Die ersten Leute aus dem Zug sind schon bald im Wasser, und wir trödeln noch hier rum.«

Johanna rückte noch einmal ihren kleinen Tornister auf dem Rücken zurecht und setzte sich dann in Bewegung, um brav neben ihrem großen Bruder herzutrotten. Auf der Brücke über die Alte Warnow blieb sie für einen Moment stehen, um von hier oben auf die kleinen Schiffe zu schauen, die rechts und links am Ufer angebunden waren, und auf die vielen Möwen, die dösend in der Mittagssonne auf den Fischerbooten saßen und keine Anstalten machten, sich um die Menschen auf der Brücke oder am Ufer zu kümmern. Für einen Moment rümpfte sie die Nase: »Hier stinkt es nach Öl und Fisch. Dabei werden heute wohl keine Fische gefangen«, bemerkte sie, »es sind gar keine Fischer da.«

»Natürlich nicht«, gab Gottfried zurück. »Die Fischer müssen doch auch einmal einen freien Tag haben.«

»Und die Möwen und die andern Wasservögel haben wohl auch keinen Hunger«, ergänzte das Mädchen.

»Die haben wahrscheinlich schon ihre Mahlzeit gefressen, und jetzt halten sie ihren Mittagsschlaf. Deshalb ist es auch so still hier«, erklärte Gottfried und zog seine Schwester nun doch an der Hand weiter. »Jetzt komm aber endlich!«, drängte er. »Wenn wir überall stehen bleiben und lange gucken, können wir auch gleich hier auf den Abendzug warten.«

»Ich komm ja schon, Gottfried. Aber das sieht so schön aus, die schlafenden Möwen auf den Booten in der Sonne und die schönen Enten und Tauchvögel auf dem Wasser und die weißen Schwäne dazwischen mit ihren Jungen.«

Zügig gingen die beiden Kinder jetzt durch den Ort, entlang an kleinen Giebelhäusern, in deren Vorgärten bunte Sommerblumen blühten. Dann überquerten sie den reich beflaggten Adolf-Hitler-Platz und bestaunten im Vorbeigehen ein paar große Limousinen, die im Schatten einiger Bäume geparkt standen. In der Mühlenstraße winkten sie einer Schar fröhlicher Leute zu, die ihnen auf einem Pferdewagen entgegenkamen. Bei den Tennisplätzen an der Blücherstraße blieben sie einen Moment stehen, um zuzuschauen, wie die Bälle hin- und hergeschlagen wurden.

»Das sieht lustig aus, die Frauen in den langen, weißen Kleidern und die Männer in weißen Hemden und langen, weißen Hosen«, bemerkte Johanna.

»Wenn die noch weiß wären. Schau, wie der rote Sand die Röcke und Hosen schon versaut hat.«

»Dann müssen die Tennisspieler halt ihre Sachen bis zum nächsten Spiel wieder waschen. Dann ist alles wieder weiß ...«

»... und kann neu rot werden.«

Bei dieser Unterhaltung hatten die beiden Kinder die Bismarck-Promenade und das Badehaus bald erreicht. Sie nahmen den Eingang ins Familienbad.

»Warum haben die hier eigentlich Damenbad und Herrenbad und Familienbad getrennt? Im Familienbad sind doch auch Damen und Herren«, wollte Hannele wissen.

»Das weiß ich auch nicht genau«, gab Gottfried zu. »Vielleicht, weil ...«

»... weil im Familienbad die Damen und die Herren immer zusammengehören, weil sie Mann und Frau sind und die Eltern von ihren Kindern, und weil im Damenbad nur Frauen baden, die keine Männer haben.«

»Genau. Und die Männer im Herrenbad haben keine Frauen.«

»Oder, wenn die Herren einmal ohne ihre Damen sein wollen oder die Damen ohne ihre Herren, dann geht eben jeder in sein getrenntes Bad.«

»Und später gehen sie dann wieder zusammen nach Hause. Das ist richtig lustig, meinst du nicht?« Gottfried musste lachen.

Johanna blieb dagegen ernst und meinte: »Wenn ich einmal groß bin und einen Mann für mich habe, dann will ich aber nicht, dass der Mann ins Herrenbad geht, weil er mich nicht dabeihaben will. Nein, entweder geht er mit mir und unseren Kindern ins Familienbad, oder wir bleiben alle zu Hause.«

Der große Bruder sagte nichts zu dieser sehr bestimmt gesprochenen Bemerkung. Vielleicht hatte er sie auch gar nicht richtig mitbekommen. Er zahlte nämlich gerade an der Kasse den Eintritt. Dann suchten sich die beiden Kinder draußen im bunten, lärmenden Gewusel der vielen großen und kleinen Menschen in Badekleidern und Badehosen – viele Männer trugen solche mit Hosenträgern – zwischen einzelnen Sonnenschirmen und vielen Strandkörben ein günstiges Plätzchen. Sie fanden eines, wo sie sich zwischen den vielen Familien niederlassen konnten, um die kommenden Stunden in ihrer Weise zu genießen …

In der zweiten Nachmittagshälfte brachen die Geschwister Gottfried und Johanna Darlapp dann auf, um über die Promenade den Abstecher hinüber auf die Westmole zu machen. Hier waren zwar auch eine Menge Menschen, aber es war doch viel ruhiger als drüben im Bad. Die beiden Kinder hielten für einige Augenblicke ihre Gesichter in den Ostseewind und lauschten dem Geschrei der Möwen. Dann fischten sie mit einem kleinen Käscher das Eimerchen voll Krabben und Krebse, setzten sich noch für eine Weile seitwärts auf die Steine und schauten gebannt den großen und kleinen Lach-, Sturm- und Silbermöwen zu, oder wie diese schönen Vögel sonst noch hießen, die über dem Wasser und dem langen Damm mit großem Geschrei unruhig herumflogen, auf und nieder, hin und her, wie in einem Taumelflug. Dabei schnappten sie geschickt nach den Brotstückchen, die die Kinder und andere Leute ihnen zuwarfen, ließen sich immer wieder auf den vom leichten Wind gekräuselten Wellen nieder, um sich bald erneut in die Luft zu erheben und einander zu jagen. Dabei ließen sie auch immer wieder etwas fallen, was zum Ärger der Leute auf der Sonntagskleidung manchmal seine unangenehmen Spuren hinterließ. Johanna und Gottfried hatten ihren Spaß daran. Zum Glück blieben sie selbst von solchen Attacken verschont.

Plötzlich meinte das Mädchen: »Schade, dass Papa und Mutti nicht hier sind. Es wäre viel schöner, wenn sie bei uns wären. Ich mag nicht immer allein hierherfahren.«

»Du weißt doch, dass Papa in sein Kontor in den Gerberbruch musste. Da war irgendwas mit einer Lieferung Pelze aus Norwegen oder so. Da musste er sich drum kümmern. Und Fräulein Lübbe hat heute frei und ist nach Nienhagen nach Hause gefahren. Sie kommt heute Abend zurück. Sie muss uns ja dann die Krabben kochen. Und außerdem bist du gar nicht allein. Ich bin ja bei dir.«

»Das ist ja auch schön, und ich freue mich auch.« Die kleine Johanna schwieg eine Weile. Sie war offenbar bekümmert. Dann fragte sie: »Verstehst du eigentlich, warum du immer bei Papa schläfst und ich immer bei Mutti? Andere Eltern haben doch sicher ein gemeinsames Schlafzimmer?«

»Du bist ein kleines Dummerchen, Hannele«, gab Gottfried zurück. »Komm, wir gehen zum Zug, und unterwegs erkläre ich dir, wie das ist.«

Die beiden Kinder schulterten wieder Umhängetasche und Tornister, Johanna griff das Eimerchen und den Käscher, und dann machten sie sich auf den Weg, um mit den vielen anderen über die Straße »Am Strom« zwischen den kleinen, schmucken Giebelhäusern auf der rechten Seite und der Alten Warnow mit den vielen angeleinten Booten auf der linken den Bahnhof zu erreichen. Den Abendzug um sechs durften sie nicht verpassen. Ob später noch ein weiterer Zug fuhr, wussten sie nicht, und vierzehn Kilometer gehen zu müssen, wäre für kleine Kinderfüße sehr anstrengend.

Als die beiden dann am Leuchtturm vorbei waren, begann Gottfried seine Erklärung. Er sprach dabei sehr wissend und wichtig. »Also, pass auf, Hannele, wie das ist mit Papa und Fräulein Lübbe, die du immer ›Mutti‹ nennst. Dabei ist sie gar nicht unsere Mutti.«

»Was redest du da?! Fräulein Lübbe ist wohl meine Mutti!« Johanna blieb kurz stehen, stampfte heftig mit dem Fuß auf und wiederholte mit deutlichem Nachdruck: »Sie ist wohl meine Mutti! Rede nicht immer so einen Unsinn! Den mag ich nicht hören!«

»Ist ja gut, Hannele. Papa ist aber nicht mit Fräulein Lübbe verheiratet. Unsere wirkliche Mutter lebt irgendwo, ich weiß nicht wo, und das Fräulein führt für Papa und uns beide den Haushalt. Sie kocht das Essen, wäscht die Kleider, putzt die Wohnung, kümmert sich um dein Klavierspielen und den Unterricht bei deinem Fräulein Witt und sorgt für uns und so was alles. Und weil Fräulein Lübbe nicht Papas Frau ist, deshalb haben die beiden kein gemeinsames Schlafzimmer. Und weil wir in der Hermannstraße in unserer Wohnung nur zwei Schlafzimmer haben, schlafe ich bei Papa, und du schläfst bei Fräulein Lübbe. Die Männer zusammen und die Frauen zusammen. So muss das sein. Verstanden?«

»Und warum ist Papa nicht mit Mutti verheiratet? Wenn doch unsere richtige Mutter weg ist, dann kann Papa die Mutti doch heiraten, ich meine das Fräulein Lübbe. Warum tut er das nicht?«

»Da musst du Papa schon selbst nach fragen. Der hätte zum Heiraten doch gar keine Zeit. Der arbeitet doch von morgens bis abends nur immer in seinem Kontor und in der Pelzfabrik. Der hat ja für uns beide kaum Zeit. Dann kann er auch keine Zeit haben für eine neue Frau. Vielleicht heiratet er das Fräulein Lübbe ja deshalb nicht, weil er gar keine Zeit für sie hätte, wenn sie seine Frau wäre und unsere neue Mutter.«

»Was du erzählst, verstehe ich nicht. Und ich will das auch gar nicht verstehen«, widersprach Johanna und betonte mit großem Nachdruck: »Das Fräulein ist auf jeden Fall meine Mutti. Merk dir das, Gottfried, und fang nicht wieder mit so dummem Zeug an. Fräulein Lübbe ist meine Mutti und damit Schluss!« In einem Anflug von Trotz warf Johanna ihren Kopf in den Nacken, schaute sehr überzeugt und streng aus ihren hübschen Augen und fügte hinzu: »Das Fräulein Lübbe ist nämlich sehr lieb. So lieb kann nur eine Mutti sein. Und ich habe sie auch lieb wie meine Mutti! Und ich habe den Papa lieb, und ich habe dich auch lieb.« Bei dieser Bemerkung schaute sie schon wieder viel freundlicher drein.

Dagegen vermochte der Bruder nun nichts mehr zu sagen, liebte er doch sein Hannele auch heiß und innig, und gegen Fräulein Elisabeth Lübbe hatte er nun wirklich nichts einzuwenden. Sie war ihm recht als die Frau im Haus, die sich um alles kümmerte, und er gehorchte ihr gern, na ja, meistens. Sollte seine kleine Schwester doch bei ihrem »Mutti« bleiben, wenn es sie glücklich machte. Sie hatte ihre richtige Mutter ja auch nicht mehr bewusst erlebt.

Er schon, zumindest hatte er eine blasse Erinnerung. Er war ja bereits sechs Jahre alt gewesen, als der Vater sich von der Mutter hatte scheiden lassen, nachdem die schon lange vorher ausgezogen war und sich in der Familie nicht mehr hatte sehen lassen. Johanna aber war damals noch ein Säugling gewesen und bei der Scheidung der Eltern noch keine drei. Sie konnte darum kaum oder keine Erinnerungen haben. Weshalb sie beide beim Vater geblieben und nicht mit der Mutter nach irgendwo umgezogen waren, das wusste er nicht. Das war ihm auch egal. Das Familienleben war gut so mit Vater, Schwester und dem Fräulein aus Nienhagen.

Wie zum Trost für sein Schwesterchen sagte Gottfried: »Fräulein Lübbe ist wirklich lieb wie eine Mutter. Sag du ruhig weiter ›Mutti‹ zu ihr. Vielleicht nenne ich sie auch irgendwann so. Und ich werde auch nicht wieder davon anfangen. Jetzt müssen wir aufpassen, dass wir uns auf dem Bahnsteig nicht verlieren. Das ist ja ein schreckliches Gedränge hier. Bleib immer dicht bei mir, Hannele. Papa hat mir aufgetragen, dass ich die lütte Deern heil wieder mit nach Hause bringe. Und pass auf dein Eimerchen und auf die Krebse auf. Die wollen wir noch essen.«

Unter der guten und liebevollen Obhut der »Mutti« und trotz der fehlenden leiblichen Mutter – das Mädchen stellte nie die Frage, wer diese war und wo sie lebte und wer denn das »Fräulein Lübbe« nun wirklich war – verlebte Johanna Darlapp in ihrer Geburtsstadt Rostock eine recht unbeschwerte Kindheit. Sie und ihr Bruder brauchten keinen Mangel zu leiden, weder an menschlicher Zuwendung und Liebe noch an irgendwelchen materiellen Gütern. Die schöne, alte, beschauliche und doch so weltoffene See- und Hansestadt bot alles, was ein bürgerlicher Haushalt für seine Menschen, für ihren Alltag und ihren Sonntag, für ihre Arbeit und ihre Freizeit benötigte. Der Pelzverarbeitungsbetrieb des Vaters im Gerberbruch

Gerberbruch 1-4, A.J. Krahnstöver & Co, Pelzwarenfabrik, Inhaber: Gottfried Darlapp. Links Speicher aus dem Jahr 1851, rechts gotisches Giebelhaus aus dem 15. Jahrhundert

am östlichen Stadtrand unweit der Kleinen Unter-Warnow brachte genügend ein, um der vierköpfigen Familie einen Lebensstandard zu ermöglichen, der durchaus etwas höher lag als der mancher anderen Menschen von Rostock.

Johanna Darlapp kam in der Schule gut zurecht und lernte leicht, was es in den ersten Jahren der Volksschule für ein Kind zu lernen gab. Es stellte sich bald heraus, dass das musikalische Mädchen nicht nur geschickte Hände für das Klavierspiel hatte und eine gute Auffassungsgabe für die Musik von Mozart und Beethoven – die von Bach liebte sie weniger –, sondern es hatte auch ein begabtes Köpfchen für den späteren Besuch eines Lyzeums. Davon gab es in Rostock einige. Und für noch später gab es in der Stadt immerhin auch die älteste Universität Norddeutschlands. Warum sollte eine kluge Deern nicht eines Tages dort studieren? Aber Entscheidungen in diese Richtung hatten noch ein paar Jahre Zeit, und die würde wohl auch der Vater zur richtigen Zeit schon richtig treffen, und das dann wahrscheinlich auch zusammen mit Fräulein Lübbe.

Diese Frau, zweiundzwanzig Jahre jünger als ihr Arbeitgeber, war aus der Familie inzwischen nicht mehr wegzudenken und wurde ihrer Rolle als »Mutti« bestens gerecht. Johanna und ihr Bruder Gottfried waren ihr seit 1929, seit sie als Haushälterin bei den drei Darlapps arbeitete, ans Herz gewachsen, und sie hielt sie wie eigene Kinder. Ihr eigener Sohn Peter, drei Jahre jünger als Johanna, wuchs bei den Großeltern draußen am Meer auf und war den beiden dort

Rostock, Neue Wallstr. 1-4 (heute Ernst-Barlach-Straße) und Anlagen vor dem Stadttheater, vor 1925. Familie Darlapp wohnte 1928 im Haus Nr. 1, erste Etage (2. Haus von links)

ein lieber Spielgefährte. Sie begegneten ihm allerdings nur dann, wenn sie wieder einmal in Nienhagen in der Kate der Lübbes zu Besuch waren. Der kleine Küstenort an der Ostsee lag ja nur etwa zwanzig Kilometer entfernt und war über Warnemünde mit der Bahn und zu Fuß weiter über die Steilküste leicht zu erreichen. Dass sie dabei Peters Vater nie zu sehen bekamen, wurde ihnen nicht zur Frage.

Dafür freuten sie sich darüber, dass die alten Lübbes ihnen bald wie richtige Großeltern wurden. Die Eltern ihrer leiblichen Mutter waren ihnen ohnehin völlig unbekannt, und zu den Eltern des Vaters, also zu den Großeltern Otto und Christiane Darlapp, die fern im fränkischen Nürnberg lebten, gab es lediglich einen lockeren Briefkontakt. Was lag also näher, die

Rostock, Parkstraße. Hier wohnte die Familie 1934-36

Eltern von »Fräulein Lübbe« oder auch der »Mutti« zu »Großvater« und »Großmutter« werden zu lassen? Bei denen mit den beiden Kühen, den Katzen und dem Federvieh umgehen zu können war für die beiden Stadtkinder immer wieder eine willkommene Abwechslung. Mit dem Knecht und dem kleinen Peter in der Ostsee Krebse zu fischen und Muscheln zu sammeln fanden sie herrlich. Und wenn dann die essbaren Meeresfrüchte zu Hause in Rostock gekocht und zubereitet waren, gab es immer köstliche Mahlzeiten. Nienhagen wurde zum Lieblingsausflugs- und Ferienort für die beiden Darlapp-Kinder.

Leider fanden die Ausflüge an die Küste fast immer ohne den Vater statt. Der hatte mit seiner Arbeit alle Hände voll zu tun, zumal der nationalsozialistische Staat ihm das Leben als Firmenchef zunehmend schwer machte. Bisher hatte Gottfried Darlapp sen.

seine Pelze zumeist aus dem europäischen Ausland bezogen, um sie in seiner Fabrik zu bearbeiten, zu veredeln und zu verschiedenen Kleidungsstücken zu verarbeiten, vor allem zu Uniformen und Mützen. Seit dem Bestehen des NS-Staates musste er sich zunehmend mit den Wirtschaftsbehörden auseinandersetzen und darüber Rechenschaft abgeben, woher er seine Pelze bezog und wer seine Lieferanten waren. Waren sie jüdischer Herkunft – egal ob im Inland oder im Ausland –, dann musste er den vorgegebenen Boykottbestimmungen folgen, diese Lieferanten von seiner Liste streichen und sich andere suchen. Ebenso ging es ihm mit den Abnehmern seiner fertigen Waren. Jüdische und andere dem Staat missliebige Kaufleute und Einzelkunden durfte er nicht mehr beliefern. Da half ihm auch nicht, dass er sich dem Staat gegenüber loyal verhielt.

Vor allem Menschen jüdischen Glaubens waren von den Gesetzen des neuen Regimes betroffen. Alles Jüdische war dem Hitlerstaat zutiefst zuwider und verhasst. Gegen die Juden in Deutschland war bereits Ende März, wenige Tage nach der Verkündung des Ermächtigungsgesetzes, ein genereller Aufruf zum Boykott erlassen worden. Sie, die Juden, die nach der hitlerschen Lehre eigentlich keine Menschen waren, sollten künftig im Reich kein Aufenthaltsrecht und keinen Platz mehr haben, nicht einmal ein Existenzrecht.

Den Gott, dem die Juden angehörten und als dessen »Augapfel« sie durch ihre lange, wechselvolle Geschichte seine besondere und zuweilen geheimnisvolle

Fürsorge erfahren hatten, hatte das Gedankensystem der NSDAP längst ausgetauscht gegen die »Vorsehung«, die Adolf Hitler gerne für sich in Anspruch nahm. Die Vernichtung der Juden war für den »Führer« schon lange beschlossene Sache. Die ersten Konzentrationslager zur Internierung und Vernichtung der jüdischen Menschen waren inzwischen eingerichtet. Alle anderen, die auch nicht in die Schablonen des Staates passten, weil sie seinem Denken und seinem Handeln widersprachen, unterlagen demselben Bann. Tausende Menschen waren bereits »zugunsten einer produktiven Beschäftigung« in solche Lager eingewiesen worden. Zu ihrer eigenen Rettung hatten sich allerdings bereits viele bekannte Persönlichkeiten aus dem öffentlichen Leben in die Emigration begeben, oder ihnen war rechtzeitig die Flucht ins Ausland gelungen.

Gottfried Darlapp machte das alles viel Mühe. Es bekümmerte ihn auch, dass seine Mitarbeiter und Mitarbeiterinnen immer wieder überprüft wurden, ob sie auch die zeitgemäße nationalsozialistische Gesinnung teilten, wie es ein ordentlicher Deutscher und anständiger Bürger zu tun hatte.

Bald durfte der Geschäftsmann die Preise seiner Waren nicht mehr nach wirtschaftlichen Gegebenheiten und nach den eigenen betrieblichen Erfordernissen selbst berechnen und festlegen. Seit November 1934 wurden ihm die Preise, Preisspannen und Zuschläge vom »Reichskommissar für Preisüberwachung« in der Reichshauptstadt Berlin vorgeschrieben – fernab aller Kenntnis der fachspezifischen Produktions- und der örtlichen Arbeits- und Handelsbedingungen. Die Rostocker seestädtischen Wirtschaftsbehörden als von »oben« beauftragte Kontrollorgane und verlängerter Arm des Berliner Reichskommissariats arbeiteten äußerst penibel. Schreckliche Leute!

Der Pelzunternehmer begann, sich darüber Gedanken zu machen, wie lange er sich den stetig zunehmenden Restriktionen der NS-Wirtschaftsbehörden noch aussetzen wollte. Sollte er nicht besser nach einem Käufer seiner Firma Ausschau halten, für sich selbst die »Felle den Bach hinuntergehen« lassen und aus dem Geschäft aussteigen? Da war freilich manches gründlich zu bedenken. Was sollte er neu anfangen? Und wo könnte das sein? Er war Kaufmann und Geschäftsmann, und das wollte er gern bleiben. Was wurde bei einem Ortswechsel aus den Kindern? Und würde das »Fräulein Lübbe«, wie er seine Haushälterin – treue Seele der Familie und »Mutti« seiner Tochter – immer nannte, einen Ortswechsel in eine unbekannte Region fernab ihrer Eltern und ihres eigenen Kindes mit vielleicht ganz anderen Arbeits- und Lebensbedingungen mitmachen? Ein Mensch der Küste ließ sich kaum ohne besondere Not ins womöglich hügelige oder gar bergige Hinterland verpflanzen …

Es war an einem sonnigen Herbstnachmittag des Jahres 1935, als Johanna – am 7. Dezember wurde sie neun – und ihr jetzt zwölfjähriger Bruder Gottfried wieder einmal den Nachmittag auf dem Gelände der Pelzfabrik im Gerberbruch verbrachten. Das kam selten vor, weil es dort einige Orte gab, von denen sich

Johanna in Nürnberg 1932

die Kinder auf jeden Fall fernhalten sollten. Zum Beispiel war ihnen der Aufenthalt an dem kleinen aufgestauten Wasserlauf, der durch das Grundstück führte und in dem die rohen Felle gewaschen wurden, verboten. Auch bei den Bottichen in der Färberei und in der Rauchwarenzurichtung durften sie nicht spielen. Das galt besonders für den Lagerraum für die Chemikalien, die zur Behandlung und zum Färben der Pelze benötigt wurden. An diesen Orten zu sein barg zu viele Gefahren für die Kinder. Da war Gottfried Darlapp sen. mit Recht unerbittlich.

Ab und an kam es aber vor, dass der Vater den Kindern erlaubte, zur Fabrik zu kommen, wenn wieder einmal eine Ladung neuer Ware mit dem Pferdewagen vom Güterbahnhof oder auch vom Hafen her angeliefert und abgeladen wurde. Bei diesen Gelegenheiten durften sie dann auch Herrn Bliemeister in seinem Büro besuchen und den Pelznäherinnen an ihren Stehtischen bei der Arbeit zuschauen. Der freundliche Mann an seinem Stehpult wusste immer Interessantes zu erzählen, und bei den Frauen fiel manches Pelzstückchen ab, aus dem sich die Kinder dann irgendein Teil für sich selbst herstellen konnten. Das waren immer abwechslungsreiche Stunden für Johanna und Gottfried jun.

An diesem Nachmittag ereignete sich etwas Aufregendes: Vor dem vierstöckigen Speicherhaus von 1851 mit der Aufzugvorrichtung im Giebel – in diesem Gebäude war die Pelzverarbeitung untergebracht – und dem alten, gotischen Giebelhaus aus dem fünfzehnten Jahrhundert daneben, in dem sich die Büroräume befanden, fuhren zwei schwarze Limousinen vor. Aus den Fahrzeugen stiegen einige ernst dreinschauende Herren in dunkler Kleidung und mit dunklen Hüten auf den Köpfen. Die sahen ja furchterregend aus!, fanden die Kinder. Die brachten sicher keine guten Nachrichten.

Unter den Frauen an den Fenstern machte sich eine spürbare Unruhe bemerkbar, die sich sofort auf Johanna übertrug. Wie die Näherinnen schaute auch sie nach unten. Die Frauen begaben sich aber rasch wieder an ihre Arbeitstische zurück. Wenn diese schwarzen Herren nun hereinkamen? Das Mädchen verzog sich vorsichtshalber mit ihren Pelzläppchen in den hintersten Winkel, damit sie nicht gleich gesehen wurde, falls diese Männer …

Die kamen aber nicht in die Produktionsräume, sondern hielten sich offenbar nur im Firmenkontor auf. Sie blieben auch gar nicht lange; nach wenigen Minuten konnte man die beiden Limousinen abfahren hören. Dann kam Gottfried jun. herein, um seine Schwester abzuholen. Der Vater wolle seine Arbeit für heute beenden und nach Hause gehen. Sie beide sollten ihn natürlich begleiten. Zu dem, was sich ereignet hatte, konnte der Junge nichts sagen. Er hatte nichts davon mitbekommen. Für die Frauen und für die beiden Darlapp-Kinder hieß es also abwarten, bis sie Nachricht erhielten, was denn nun los war. Dass der Besuch tatsächlich keine freundlichen Nachrichten mitgebracht hatte, lag allerdings deutlich spürbar in der Luft.

Auf dem mehr als halbstündigen Weg in die Parkstraße in der Weststadt, wo die Familie im vorigen Jahr eine neue Wohnung bezogen hatte, war der Vater sehr schweigsam. Das sonst so milde Gesicht des Sechsundvierzigjährigen war verschlossen und spiegelte große Besorgnis und dabei zugleich eine gewisse Entschlossenheit. Gottfried Darlapp sen., der wegen der Kinder heute zu Fuß ging und sein Fahrrad schob, ließ sich keine Auskunft entlocken. Er vertröstete die beiden auf den Abend am gemeinsamen Tisch. Allerdings machte er auf der Höhe des großen Alten Friedhofs eine Bemerkung darüber, dass alles Ding im Leben seine Zeit und jedes Planen unter dem Himmel seine Stunde habe und man arbeiten könne, wie man wolle und doch keinen Gewinn davon habe. So stünde es irgendwo in der Bibel, wie er glaube, im Alten Testament. Was er damit meinte, verstanden die Kinder freilich nicht. Mit Kirche und Glauben hatten die Darlapps nicht viel zu tun, auch wenn die Kinder ab und an den Kindergottesdienst der Nikolaikirche in der Nähe des Gerberbruchs besuchten.

Beim Abendbrot rückte das Familienoberhaupt dann endlich mit der Sprache heraus. Dabei schaute der Mann sehr ernst und ein wenig traurig drein. »Was ich euch jetzt sage, Fräulein Lübbe und ihr Kinder, das muss zunächst unser großes Geheimnis bleiben. Ob uns allen das Schweigen gelingt?«

Die Antworten kamen aus drei Mündern beinahe gleichzeitig: »Natürlich, Papa!«

»Selbstverständlich, Herr Darlapp!« »Wir schweigen wie die Gräber, Papa!«

»Und ich kann mich unbedingt darauf verlassen?« Der Vater wollte es ganz fest wissen.

»Großes deutsches Ehrenwort«, war die fast einstimmige Antwort der Kinder und der Haushälterin.

»Dann soll es also heraus«, fuhr Gottfried sen. fort. »Ich werde die Firma so bald wie möglich verkaufen, und dann werden wir die Stadt verlassen. Einen möglichen Interessenten habe ich schon. Ich hoffe, der beißt wirklich an und übernimmt das Geschäft und die Mitarbeiter.«

»Und wer ist das, Papa?«, hätte sein Sohn gerne gewusst. Dabei war er durch Vaters Mitteilung schon ein wenig erschrocken.

»Verzeih bitte, mein Junge, die Frage kann ich dir leider nicht beantworten. Versuch das zu verstehen.«

»Dann komme ich ja nie wieder zu den Großeltern nach Nienhagen, nie mehr auf die Mole nach Warnemünde, nie mehr in den Rostocker Hafen ...« Johanna war von der Nachricht offenbar sehr betroffen und den Tränen nahe.

Der Vater versuchte zu trösten: »In anderen Gegenden Deutschlands gibt es auch Ferienzeiten und schöne Orte, die man besuchen kann. Außerdem können wir sicher gelegentlich die Reise machen und die Großeltern an der Küste besuchen, Kind.«

Aber so einfach war Johanna nicht zu beruhigen. Sie schob mit einem bedeutsamen Blick auf Elisabeth Lübbe sofort nach: »Und wo gehen wir dann hin, Papa? Und was wird aus der Mutti? Die muss auf jeden Fall mitgehen!« Das Mädchen erinnerte sich offenbar für den Moment an das Gespräch mit Bruder Gottfried damals in Warnemünde, als es darum ging, dass die »Mutti« nicht ihre Mutter war.

Die »Mutti« griff über den Tisch nach der Hand des Mädchens und nahm sie fest in die ihre. »Ich mache es wie die Ruth aus der Bibel, mein Hannele. Wo dein Vater hingeht, dahin gehe ich mit. Und wo er bleibt, da bleibe ich dann auch. Mach dir mal keine Sorgen, Hannele. Wenn dein Vater es so wünscht, dann bleiben wir zusammen. Meine Eltern sind noch rüstig, und mein Peter ist bei ihnen auch in Zukunft gut aufgehoben.«

Gottfried Darlapps bisher so trübes Gesicht hellte sich auf. »Das tut mir jetzt gut, Fräulein Lübbe. Ich war mir bisher nicht sicher, wie Sie sich entscheiden würden. Aber jetzt kann ich die ganze Sache viel gelassener angehen.«

Die Haushälterin hatte keine Gelegenheit zu antworten, denn die Kinder fragten wieder beinahe gleichzeitig: »Wo gehen wir denn dann hin, Papa? Weißt du das schon?« Ihre Stimmen klangen wieder etwas freier.

»Ich habe von einem Kunden aus Süddeutschland erfahren, dass in Landshut an der Isar in Bayern ein Geschäft für Eisen-und Haushaltswaren mit einem zugehörigen landwirtschaftlichen Lagerhaus zum Verkauf steht. Ich werde mit dem jetzigen Inhaber Kontakt aufnehmen und ihm mein Interesse anzeigen. Je nachdem, wie er mir antwortet, fahre ich nach Bayern und schaue mir das Geschäft an.«

»Schaust du dann auch gleich nach einer Wohnung, Papa? Bitte, das musst du tun.« Hannele dachte schon weiter und schaute auch gar nicht mehr so bekümmert drein.

»Das werde ich, Kind. Wir müssten dann ja auch irgendwo wohnen, wenn ich mit dem jetzigen Besitzer handelseinig würde und das Geschäft übernehmen sollte.«

»Dürfen wir denn jetzt noch wissen, warum ...«, kam die Frage ein wenig zaghaft von Elisabeth Lübbe.

Gottfried Darlapp atmete einmal tief durch und erklärte dann die Lage, wie sie sich am Nachmittag ergeben hatte: »Die Wirtschaftsbehörden des Reiches haben bestimmt, dass ich mit sofortiger Wirkung alle

Verträge mit meinen ausländischen Lieferanten kündigen muss. Die Firma darf nur noch deutsche Ware einkaufen und verarbeiten und darf die Produkte nur noch an vorgegebene Abnehmer verkaufen. An deutsche, versteht sich. Und wer Deutscher ist, regelt neuerdings das Reichsbürgergesetz. Das wurde erst vor Kurzem auf dem Reichsparteitag der NSDAP in Nürnberg verabschiedet. Als dem verantwortlichen Firmenchef sind mir im eigenen Betrieb jetzt und in Zukunft alle Entscheidungen aus der Hand genommen. Und das mache ich nicht mit! Das kann ich nicht so ohne Weiteres hinnehmen, und das will ich auch nicht! Also bereiten wir uns gemeinsam und jeder an seiner Stelle auf einen Umzug vor.«

Für ein paar Augenblicke herrschte am Tisch betretene Stille, bevor der Vater fortfuhr: »Ich kann mich auf euer Versprechen verlassen, dass die Sache vorläufig unser Geheimnis bleibt?«

Eine erneute dreifache Bestätigung war die Antwort. Aber Gottfried jun. fragte dann doch: »Aber warum darf das denn keiner wissen, Papa? Irgendwann merken es die Leute doch.«

»Die Erklärung dafür ist zu schwierig, Junge. Nimm es mir einfach ab, dass es besser ist, wenn die Leute, die uns hier kennen und mit denen jeder von uns an seinem Platz zu tun hat, erst von unserem Umzug erfahren, wenn alles richtig und fertig vorbereitet ist. Zufrieden, Junge?«

»Danke, Papa«, bestätigte Gottfried jun. und gab damit dem Vater ein Stichwort.

»Danke sagen wir alle für Fräulein Lübbe und

Hanneles ›Mutti‹. Sie bringt das größte Opfer, wenn sie mit uns von hier weggeht. Die Heimat und die Eltern und ihren kleinen Peter zurückzulassen, das ist nicht einfach.«

Der Haushälterin huschte eine leichte Verlegenheitsröte übers Gesicht, und sie wischte sich eine Haarsträhne aus der Stirn. »Es ist schon gut so. Ich gehe gerne mit an einen neuen Ort, um für euch drei zu sorgen, auch wenn dieser Ort für mich sehr fremd sein wird, weil es da wahrscheinlich keine See und keinen Strand geben wird und keine Muscheln und keine Krabben. Und das Geschrei der Möwen wird mir sicher auch fehlen.«

»Aber da schreien bestimmt andere Vögel, Mutti«, griff Johanna diesen Gedanken auf. Sie hatte das kurze Gespräch zwischen dem Vater und der Haushälterin wohl nicht begriffen. »Dieser Ort liegt doch an einem Fluss, hat Papa gesagt. Und vielleicht gibt es ja irgendwo in der Nähe wenigstens einen kleinen See, an dem dann Reiher leben und Enten und Schwäne und in dem man Barsche, Forellen und Karpfen fangen kann. Die kannst du uns dann kochen und braten und lecker zubereiten.«

»Das hast du jetzt schön gesagt, min Deern«, beendete der Vater dieses Gespräch. »Und jetzt blasen wir nicht mehr länger Trübsal, sondern lassen uns schmecken, was die ›Mutti‹ uns Gutes gekocht hat.«

Landshuter Madl

Die Dinge entwickelten sich in den folgenden Wochen, wie Gottfried Darlapp sen. sich das gewünscht hatte. Die einzelnen Ereignisse fügten sich wie die Glieder einer Kette passend aneinander. Er reiste ins bayerische Landshut und kaufte dort das feilgebotene Kaufhaus für Eisen- und Haushaltswaren am Bischof-Sailer-Platz in der Nordstadt mit allem Inventar und allen Geschäftsbeziehungen. Er kaufte auch das zugehörige mehrstöckige Lagerhaus direkt an der Isar, das sich als ein großer Getreidespeicher herausstellte. Den Getreidehandel und die Transportfahrzeuge, die dazugehörten, kaufte er gleich mit. Ebenso übernahm er die Geschäftsbeziehungen zu den Getreidebauern im Umland und zu den Mühlen, von denen es einige auf dem Gebiet der Stadt Landshut gab. Und er fand in der Isarstadt eine günstige Wohnung. Die lag in der Papiererstraße auf der nördlichen Seite des Flusses, der »Bahnhofseite« der Stadt. Die Wege von dort über verschiedene Brücken hinüber auf die südliche Seite des Flusses in die Altstadt waren nicht weit und zu Fuß in einer knappen halben Stunde zu schaffen, mit dem Fahrrad natürlich in kürzerer Zeit.

Wieder zurück in Rostock konnte der Geschäftsmann seinen Betrieb im Gerberbruch verkaufen und später zum vereinbarten Zeitpunkt mit allen Angestellten und Arbeitern, mit allem festen und beweglichen Inventar und mit ordentlich abgeschlossenen Geschäftsbüchern an den neuen Besitzer übergeben. Der Umzug der Familie Darlapp einschließlich Fräulein Elisabeth Lübbes konnte nun vorbereitet werden.

Während dieser Zeit besuchte die Familie natürlich noch mehrfach die »Großeltern« an der Küste, meistens verbunden mit einem Spaziergang durch das in winterlicher Zeit sehr stille Warnemünde. Ebenso machten sie auch noch einige Rundgänge durch Rostock, Johannas Geburtsstadt. Nicht nur das gerade neunjährige Mädchen musste sich von manchem lieb gewonnenen Ort verabschieden. Zum Beispiel von der historischen astronomischen Uhr an der Südseite des Hochaltars der großen Marienkirche, vor der sie ungezählte Male gestanden und gestaunt hatte. Oder von dem dicken Wasserturm auf dem Galgenberg, der in seiner norddeutschen Backsteingotik so aussah, als hätte eine rote, dicke Säule eine Krone auf. Oder von dem interessanten Rathaus, dem irgendwelche Bauherren die gotische Vorderfront durch einen barocken Vorbau verdeckt hatten. Ob die alte Hausfront nicht viel schöner ausgesehen hatte?

Auch von den Wasserläufen der Warnow musste Johanna Abschied nehmen, an deren Ufern die Fabriken lärmten und es nach Öl und Fisch und nach wer weiß was noch allem roch, auf denen große und kleine Schiffe schaukelten und von quietschenden Kränen be- und entladen wurden und wo die Luft nach der großen Ostsee und der noch größeren weiten Welt dahinter schmeckte …

Manchmal strolchte Johanna allein durch die Straßen und Gassen, manchmal tat sie es mit Hanne, Elfriede und Ingeborg, ihren drei liebsten Freundinnen – schade, dass die nicht mit nach Bayern umziehen konnten –, manchmal auch mit ihrem Bruder. Selten war die Familie gemeinsam unterwegs. Die Erwachsenen hatten zu viel mit dem Packen der Umzugskisten und der Koffer zu tun und mit dem Ordnen und Regeln dessen, was sie alles zurückließen.

Der Abschied vom Gewohnten und Vertrauten war doch nicht so einfach, wie sich die großen und kleinen Mitglieder der Familie das vorgestellt hatten, und er ging auch nicht ganz ohne Wehmut und Tränen. Johanna jedenfalls vergoss immer wieder welche und musste bei vielen Gelegenheiten besonders getröstet werden. Zu lieb waren ihr Menschen und Orte geworden. Aber ohne dies alles loszulassen, ging es nun mal nicht. Dass es in naher Zukunft neue Menschen geben würde, die das Mädchen lieb gewinnen würde, und neue Orte, die Johanna gefallen würden, das wollte in ihren jungen Kopf noch nicht hineingehen. Der einzige wirksame Trost für sie war die Tatsache, dass sie gemeinsam nach Landshut umziehen würden und als Familie zusammenblieben. Dass es die »Mutti« war, die den größten Verlust hinzunehmen bereit war und das auch für ihre drei Darlapps gerne auf sich nahm, konnte Johanna noch nicht als etwas Besonderes begreifen …

Es wurde dann so, dass Elisabeth Lübbe mit Johanna und Gottfried jun. zunächst nach Leipzig reiste, um dort eine Zeit in der Familie ihrer Schwester Alma zu verbringen, bis das Signal von der Isar käme, dass sie mit den Kindern nachkommen könne. Gottfried Darlapp sen. reiste derweil mit dem großen Möbeltransport in die niederbayerische Residenz, um dort das Ausladen der Möbel und des Hausrats und das Einrichten der neuen Mietwohnung zu überwachen und um die behördlichen Formalitäten zu erledigen, die nun einmal mit einem Umzug verbunden waren. Dann wollte er gerne ein paar Tage Zeit ohne die Familie haben, um sich um die endgültige Übernahme der Eisen- und Haushaltswarenhandlung zu kümmern und sich mit seinen neuen Arbeitsbedingungen vertraut zu machen. Das war nötig, hatte er doch bisher kaum etwas mit Nägeln und Schrauben, Werkzeugen, Geräten und Kleinmaschinen, mit Glas und Porzellan, Geschirr und Besteck und anderem zu tun gehabt, was es in seinem Geschäft auch noch zu kaufen gab.

Als Fräulein Lübbe mit Johanna und Gottfried jun. schließlich auch am neuen Wohnort angekommen und die Familie wieder vereint war, begann eine interessante Zeit. Was gab es in der Isarstadt nicht alles zu erkunden, zu entdecken und kennenzulernen!

Da war der Fluss, der seine Wasser in kaum hundert Meter Entfernung in nordöstlicher Richtung der Donau zu bewegte. Im Vergleich zur allezeit gemächlich und träge fließenden Warnow war die Isar schon eher als reißender Strom zu bezeichnen. Das lag vielleicht daran, dass sie wegen der Schneeschmelze in ihrer fernen Heimat im Karwendelgebirge zurzeit wesentlich mehr Wasser führte als üblich. Flusskähne und Boote gab es hier auch, aber Möwen und Seeschwalben und ähnliches Gevögel offenbar nicht.

Da war die Stadt auf den beiden Ufern des Flusses, die mit ihren nur etwa 30 000 Einwohnern wesentlich kleiner war als Rostock und deren Ausstrahlung völlig anders war als die der norddeutschen Küstenstadt. Das linke, flachere Ufer beherbergte den jüngeren Teil der Stadt. Hier lag auch der Bahnhof, ein richtiger Verkehrsknotenpunkt, von dem aus die Züge in mehrere Richtungen fuhren. Die Hauptstrecke war wohl die von München nach Regensburg. Hier gab es auch die meisten Industrie-und Wirtschaftsbetriebe.

Über mehrere Brücken gelangte man auf das rechte Ufer. Dort drängten sich die Häuser der über siebenhundertjährigen Landshuter Altstadt, eingezwängt zwischen dem Fluss und dem Fuß des Hofgartens. Der zog sich in ihrem Rücken in die Höhe, mit der hoch aufragenden »Trausnitz«, der gewaltigen Burg auf seiner Westecke, die früher einmal Residenz der Herzöge von Bayern-Landshut war.

Man brauchte nur wenige Minuten, um das historische Zentrum zwischen der mächtigen Pfarrkirche St. Martin an seinem Südende – ihr 133 Meter hoher Turm, höchster Backsteinturm der Welt, überragte bei Weitem alle anderen Gebäude der Stadt – und der Heilig-Geist-Kirche an seinem Nordende zu durchlaufen. Es sei denn, man blieb in einer der beiden langen Hauptstraßen »Altstadt« oder »Neustadt« –

Landshut, Altstadt mit Rathaus und der Pfarrkirche St. Martin

gerade einmal hundert Jahre jünger als ihr Gegenstück – oder in einer der kleinen Gassen alle paar Meter stehen, um sich die schönen Häuserfronten oder einen hohen, besonders interessant ausschauenden Giebel eines der mittelalterlichen Bauten genauer anzusehen. Die Stadtresidenz, dieser »italienische« Renaissancepalast aus den ersten Jahrzehnten des sechzehnten Jahrhunderts, und das gegenüberliegende gotische Rathaus mit seinen drei Giebeln und dem prächtigen Erker konnten einen Besucher schon eine Weile verweilen lassen. Dann konnte der Rundgang auch Stunden dauern.

Außerhalb von Landshut lag dann eine abwechslungsreiche Landschaft, das anmutige Isartal mit seinen weiten Flussauen und seiner flachhügeligen niederbayerischen Nachbarschaft beiderseits des Flusses.

Die war hauptsächlich geprägt von weiten, landwirtschaftlich genutzten Flächen, die immer wieder von kleinen und größeren Mischwäldern unterbrochen wurden. Diese Gegend hier lag etwa vierhundert bis fünfhundert Meter höher als die mecklenburgische Küstenlandschaft. Und die lag ja bekanntlich nur wenige Meter über dem Meeresspiegel der Ostsee. Dafür gab es hier etliche Steigungen, die für Flachländer sehr ungewohnt waren und die sie durchaus ins Schwitzen bringen konnten. Der Aufstieg auf die Burg Trausnitz hatte es besonders in sich ...

Da war aber noch etwas ganz anderes, das die neuen Stadtbewohner kennenlernen mussten und das bei ihnen zunächst einmal Achselzucken, fragende Gesichter, viele Missverständnisse, zuweilen herzhaftes Lachen, aber auch ab und an ein paar Tränen hervorrief. Das war die Sprache der Leute in dieser Gegend. Die sprachen ja ein entsetzliches Deutsch, wenn das überhaupt Deutsch war, was die sprachen ...

Johanna besuchte in Landshut die Klosterschule der Seligenthaler Nonnen vom Orden der Zisterzienserinnen, ein Lyzeum, das sie in wenigen Minuten von der Papiererstraße aus erreichen konnte. In der katholischen Stadt war es vielen Menschen auch in der NS-Zeit wichtig, ihre Kinder auf eine katholische Schule zu schicken. Eine evangelische gab es nicht. Die Evangelischen waren in dieser Stadt weit in der Minderheit.

Der Unterricht bei den Ordensfrauen in ihren langen, weißen Gewändern mit den schwarzen Schulterkleidern darüber, die auch Skapulier hießen, und den großen Flügelhauben auf ihren Häuptern verlief wie an der Hermannschule in Rostock sehr geordnet und streng und in allen Dingen nach vorne auf die Lehrerinnen ausgerichtet. Da wurde gelernt und kein Unsinn gemacht. Hier wie da wurde Hochdeutsch gesprochen, wenngleich mit einem jeweils anderen Klang.

Aber außerhalb des Unterrichts fühlte sich die arme Johanna wie im fernsten Ausland. Da konnte sie sich mit ihren Mitschülerinnen zunächst praktisch nicht verständigen. Mit den frommen Lehrerinnen, die ihr wie verkleidete Pinguine erschienen, war das kein Problem. Die sprachen auch in den Pausen ein gutes Deutsch. Aber diese Landshuter Madln! Johanna verstand kaum ein Wort von dem, was die Mädchen ihr sagen wollten, und die wollten wohl nicht verstehen, was Johanna ihnen zu erzählen versuchte. Das war alles nur schrecklich.

Aber es dauerte nur ein paar Wochen, bis die »Deern« aus dem norddeutschen Küstenland zum »Madl« wurde und sich im Isartal auch sprachlich zurechtfand, bis sie von den andern Madln gelernt hatte, »wo's drauf okimmt«, dass ihr »Schädel« auf einem »Kaunzen« saß, dass sie »Glotzer« im Gesicht hatte und »a Heft« und »a Goschn« anstelle von Augen, der Nase und dem Mund, dass sie gefälligst ihre »Haxn bewegn« sollte und die »Pratzen reichn«. Welches Geschenk des Himmels, dass Johanna eine gute Sprachbegabung ihr Eigen nennen durfte. Die besonderen »Sprachkurse« ihrer Klassenkameradinnen hatten somit raschen Erfolg, und schon nach wenigen Monaten war die norddeutsche Deern kaum noch von den süddeutschen Madeln zu unterscheiden.

Zu unterscheiden war sie auch an einer anderen Stelle nicht mehr. Seit dem 1. Dezember 1936 war die Hitlerjugend mit ihren Gliederungen als »Staatsjugend« die einzig zugelassene Jugendorganisation. Wie sich das für ein richtiges »deutsches Mädchen« gehörte, trug Johanna Darlapp als Zehnjährige an bestimmten Tagen in ihrer Freizeit die Uniform der »Deutschen Jungmädel«, des weiblichen Teils der NS-Jugendorganisation. Landshut war in allen Bereichen trotz seiner starken katholischen Prägung sehr NS-freundlich orientiert. Nicht zuletzt auch nach der biblischen Vorgabe des Apostels Paulus in seinem Brief an die Römer, dass jedermann der Obrigkeit untertan sei, die Gewalt über ihn hat; denn es sei keine Obrigkeit außer von Gott; wo aber Obrigkeit sei, sei sie von ihm verordnet. – Gottfried Darlapp jun. gehörte übrigens schon länger zum »Deutschen Jungvolk« und war stolz darauf, seine musikalischen Fähigkeiten auch hier in Landshut im Fanfarenzug einsetzen zu können.

Die Mädel trafen sich mehrmals in der Woche zu ihren »Heimnachmittagen«, um bei schönem Wetter draußen miteinander Ball zu spielen, sich im Laufen, Springen und Werfen zu üben, Geländespiele zu machen oder auch zu wandern. An Schlechtwettertagen trafen sie sich drinnen zum Turnen an verschiedenen Geräten, zum Basteln und Handarbeiten, zum Erzählen und Vorlesen, zum Singen und Musizieren. Wie freute sich Johanna, wenn sie hin und wieder den Gesang auf dem Klavier begleiten oder auch ein oder zwei Stücke vorspielen durfte.

Hin und wieder einmal mussten sich die Mädchen Vorträge anhören, wie ein deutsches Mädel zu sein und sich zu entwickeln habe, um seinen Platz für das Vaterland auch richtig einzunehmen und zu gestalten – eines Tages als Frau und Mutter dem deutschen Volk zu dienen, sei ihre einzige und ewige Berufung – und was es dafür zu tun und zu lassen habe, was es zu glauben habe und was nicht … Solche Vorträge, die zum Programm der Hitlerjugend und ihrer Gliederungen gehörten, ließ Johanna in der Regel über sich ergehen, ohne dass sie sie tiefer berührten.

Ob die Verantwortlichen für die Jungvolkgruppen dabei Rücksicht darauf nahmen, dass Landshut eine katholische Stadt war und die weitaus meisten Jungen und Mädchen katholisch waren? Jedenfalls ließen sie es nicht – noch nicht – zur offenen Konfrontation kommen mit dem, was die Kinder an Erfahrungen und Gewohnheiten aus ihren katholisch geprägten Familien und aus dem ähnlich orientierten Schulunterricht mitbrachten.

Das freilich war eine ganze Menge, an dem auch Johanna ihre Freude hatte, wenngleich ihr als evangelisch-lutherischem Mädchen vieles eher fremd und gewöhnungsbedürftig erschien. Dass jede Unterrichtsstunde bei den Ordensfrauen mit Gebet begann und mit Gebet endete, gefiel ihr. Das »Im Namen des Vaters und des Sohnes und des Heiligen Geistes« kannte sie bereits, ebenso wie das »Vater unser, der du bist im Himmel«. Das jeweils folgende Morgengebet hatte sie bald im Kopf, auch wenn es ihr zunächst seltsam erschien, im Gebet Maria, die Mutter Jesu, als die »Mutter Gottes« anzureden. Sie sprach das »Ave Maria« dennoch gerne mit: »Gegrüßet seist du, Maria, voll der Gnade, der Herr ist mit dir. Du bist gebenedeit unter den Weibern, und gebenedeit ist die Frucht deines Leibes, Jesus. Heilige Maria, Mutter Gottes, bitte für uns Sünder jetzt und in der Stunde unseres Todes. Amen.«

Das Wort »gebenedeit« musste sie sich allerdings übersetzen lassen. Warum dann in dem Text nicht gleich das Wort »gesegnet« verwendet wurde, erklärte ihr leider niemand. Die gefragte Schwester meinte nur, der Text sei nun einmal so formuliert und werde schon seit vielen Jahrhunderten so gebetet, schließlich stünde er auch so am Anfang des Lukasevangeliums in der Bibel.

Auch das Gebet des heiligen Franz von Sales – wer auch immer dieser Mann gewesen war – gefiel ihr, weil es darin immer wieder um »heilig« ging. Diese Eigenschaft hatte etwas Geheimnisvolles an sich, das auf Johanna einen tiefen, wenngleich unerklärlichen Eindruck machte. »Heilige Jungfrau und Gottesmutter Maria, mein heiliger Engel und ihr lieben Heiligen des himmlischen Reiches, legt Fürsprache für mich ein, damit ich Gottes Huld an mir erfahre. Helft mir, gut zu sein.«

Das mit dem »heiligen Engel« kannte sie übrigens aus dem Kindergottesdienst in Rostock. Das stand so im Morgensegen und im Abendsegen des Reformators Martin Luther. Wie hieß es da noch am Schluss der beiden Gebete? »Dein heiliger Engel sei mit mir, dass der böse Feind keine Macht an mir finde. Amen.« Eine sehr schöne Bitte, wie Johanna fand.

Ja, auch das andere: »Helft mir, gut zu sein«, war eine schöne Bitte. Die passte doch zu dem, was ihre Scharführerin ebenfalls immer wieder betonte: Ein deutsches Mädel hat gut zu sein. Gut sein hieß für Johanna, den Menschen lieb zu begegnen und freundlich mit ihnen umzugehen, auf das zu hören und dem zu folgen, was ihr die Eltern zu Hause, die Lehrerinnen in der Schule und die Führerinnen in den Gruppenstunden sagten und auftrugen. Und das in der bewussten Verantwortung eines jungen Menschen vor Gott. So sagten es in der Schule die Schwestern. Die Gruppenleiterinnen der Jungmädel und andere, höhere Leute der Hitlerjugend nannten es »der Vorsehung und dem Führer folgen«. Mit den unterschiedlichen Formulierungen musste wohl dasselbe gemeint sein. Da kam es auf die Wörter also nicht an, sondern darauf, entsprechend zu leben. Gut sein, ja, das wollte Johanna, zu ihrem Papa gut sein, zu ihrer Mutti und zu ihrem Bruder genauso. Und auch zu den anderen Menschen ihres jungen Lebens wollte sie gut sein.

Dazu gehörte es also, in der Familie eine brave Tochter zu sein, mitzuhelfen, wenn es die Mutti wünschte oder wenn der Papa in seinem Geschäft Hilfe brauchte. Dazu gehörte auch, im Unterricht der Klosterschule zu den Besten gehören zu wollen und sich in allen Fächern entsprechend anzustrengen.

Dazu gehörte es auch, treu und immer pünktlich und mit Eifer an den Heimstunden teilzunehmen und bei den unterschiedlichen Wettbewerben, die es mehr oder weniger regelmäßig gab, auf dem Siegertreppchen stehen zu wollen.

Bei sportlichen Veranstaltungen gelang ihr das leider nur selten. Sie war sicherlich keine Kandidatin für die nächsten Olympischen Sommerspiele, die bereits für 1940 nach Tokio und für 1944 nach London vergeben worden waren, nachdem Deutschland 1936 sehr erfolgreiche Winterspiele in Garmisch-Partenkirchen und ebenso erfolgreiche Sommerspiele in Berlin veranstaltet hatte. Diese sportlichen Großereignisse und ihre deutschen Sieger als Helden der deutschen Nation wurden in den Heimstunden immer wieder erwähnt und den jungen Leuten als Vorbilder hingestellt. Denen gelte es nachzueifern!

Dagegen fand der vierfache Olympiasieger Jesse Owens, der Größte der Sommerspiele, wegen seiner Hautfarbe kaum Erwähnung. Sein Name wurde nur unter »ferner liefen« genannt. Obwohl die vielen Tausend Besucher im Berliner Olympiastadion den US-Sportler als den besten Kurzstreckenläufer und Weitspringer der Welt frenetisch gefeiert hatten – die Übertragungen im Radio hatten das deutlich gemacht –, hatte »der Führer« ihm seine Hand zum Glückwunsch verweigert. Das war keine gute Geste vor der versammelten Welt gewesen. Der Führer habe wohl befürchtet, sich an der braunen Hand schmutzig zu machen, hatte Vater Darlapp zu Hause spöttisch angemerkt. Aber dieser Jesse Owens sei ja auch nicht arisch, und nur die Leistungen arischer Menschen dürften für Nationalsozialisten bewunderungswert sein.

Johanna schüttelte darüber den Kopf, freilich nur zu Hause, wo die anderen auch ihre Köpfe über diese Denkweise schüttelten, und ansonsten nur innerlich; äußerlich und gar in der Heimstunde hätte das keinen guten Eindruck gemacht. So viel hatte sie längst begriffen.

Was sie selbst betraf im Vergleich zu diesem Jesse Owens – Weitspringen war nicht gerade ihre Stärke. Das Laufen gelang ihr schon besser. Da gehörte sie immer wieder einmal zu den besten drei, die jeweils besonders geehrt wurden und einen Kranz aufgesetzt bekamen.

Bei künstlerischen Wettbewerben war die Darlapp-Tochter erfolgreicher. Im klassischen Klavierspiel hatte sie unter ihren Altersgenossinnen ohnehin nicht viel Konkurrenz. Ihre neue Klavierlehrerin, eine Frau Zahler, war zwar nicht so lieb und freundlich wie das Fräulein Witt in Rostock, aber sie verstand es doch, ihre Schülerin musikalisch und technisch zu fördern und sie vor allem für die Musik des großen Ludwig van Beethoven zu begeistern.

Im Zeichnen und Malen hatte Johanna in Mutter Gabriela eine fähige Lehrmeisterin. Was sie bei dieser Ordensfrau in der Schule im Umgang mit Stiften und Farben lernte, konnte sie in ihrer Freizeit immer wieder mit Erfolg verwenden.

Zu dieser Ordensfrau hatten die Mädchen der Klosterschule ein besonderes Verhältnis. Mutter

Gabriela war nicht so streng und unnahbar wie die anderen Lehrerinnen. Sie saß nicht nur erhaben hinter ihrem Pult oder stand lehrend und erklärend vor der Tafel, nein, sie bewegte sich auch durch den Klassenraum und besuchte die Mädchen an ihren Plätzen. Sie konnte auch schon mal einen Scherz vertragen und darüber lachen, und sie regte sich nicht gleich auf, wenn eine der Schülerinnen »aus Versehen« das weiße Gewand mit ein wenig Asche auf dem Stuhl »verzierte« oder das schwarze Schulterkleid mit weißer Kreide ... Mutter Gabriela war einfach viel netter als die anderen »Mütter«.

Einige der Mädchen – sie waren zu fünft – hätten nur zu gerne gewusst, wie alt ihre Zeichenlehrerin eigentlich war und welche Frisur sie wohl unter ihrer großen Haube verborgen hielt. Ob sie helle oder dunkle Locken hatte oder vielleicht schon graue Haare? Ob sie überhaupt Haare hatte? Sie fragten sich, ob sie ihre Haube wohl überhaupt einmal absetzte, um ihre Haare zu waschen?

»Das wird sie mindestens am Abend müssen«, war Johanna überzeugt. »Wie will sie mit dem Riesending denn in ihrem Bett liegen und schlafen?«

»Vielleicht schlafen die Nonnen ja im Sitzen?«, mutmaßte eins der Mädchen.

»Du bist wohl nicht gescheit«, meinte ein anderes, »wie soll das denn gehen?«

»Fragen wir doch einfach Mutter Gabriela«, schlug Johanna vor. »Eine Antwort kriegt man nur, wenn man fragt.«

»Und wer soll das machen?«, fragte eine, und der

Zweifel, ob sich jemand von ihnen dazu bereitfände, war deutlich zu hören.

Die Antwort kam prompt von einem anderen Mädchen: »Das kann nur die Hanne machen. Die ist nicht von hier und hat vorher nie etwas mit Klosterfrauen zu tun gehabt.«

»Das ist es«, begeisterte sich wieder eine andere Mitschülerin und sprach sofort auf Hanne ein: »Du bist evangelisch, Hanne. Du kannst nicht wissen, wie eine Nonne unter ihrer Haube aussieht. Du kannst Mutter Gabriela am ehesten danach fragen.«

»Ich geh aber nicht allein zu ihr«, erklärte das Mädchen.

»Musst du auch nicht«, gaben die anderen zurück. »Wir gehen alle mit. Wir wollen auch ihre Antwort hören.«

»Am liebsten möchte ich die Antwort sehen«, ging Johanna in ihrer Wissbegier noch ein wenig weiter.

»Dann müsste Mutter Gabriela ja ihre Haube absetzen. Das wird sie für uns niemals tun«, war eins der Mädchen überzeugt.

»Vielleicht ja doch?« »Das wärc was!« »Da bin ich aber gespannt, wie die Geschichte ausgeht.« Die Antworten der Mädchen gingen begeistert durcheinander.

»Gut«, straffte Johanna ihren Körper, »ich werde sie fragen. Am Ende der nächsten Zeichenstunde gehen wir zu ihr. Einverstanden?«

Und ob die anderen einverstanden waren! Die konnten die nächste Zeichenstunde kaum abwarten, und während des Unterrichts steckten sie immer wieder die Köpfe zusammen, flüsterten miteinander und kicherten in sich hinein. Mutter Gabriela musste ein paarmal zur Ruhe mahnen. »Ich wüsste gerne, was ihr heute ständig zu tuscheln und zu kichern habt. An irgendwas müsst ihr a Freud ham. Rückt scho raus damit!«, forderte sie sie auf.

»Nach dem Unterricht, Mutter Gabriela«, bereitete Johanna die Lehrerin schon einmal darauf vor, dass da etwas auf sie zukam. Die Ordensfrau übte sich in Geduld, rief Johanna aber nach dem Schlussgebet nach vorne. Natürlich folgten die vier anderen der Aufforderung ebenso. Sie brannten doch darauf, zu erleben, wie ihre wichtige Frage aufgenommen und beantwortet wurde.

»Also, meine Kinder«, ermunterte die Ordensfrau die kleine Schar links gescheitelter, braun und blond bezopfter Mädchen, »was beschäftigt euch so sehr, dass ihr eure Aufregung kaum verbergen konntet?«

»Verzeihen Sie, Mutter Gabriela ...«, druckste Johanna herum. Dann nahm sie allen Mut zusammen und trug ihrer aller Anliegen vor: »Wir wüssten gerne, ob Sie lange oder kurze Haare unter Ihrer Flügelhaube haben, helle oder dunkle, und welche Frisur Sie tragen.«

Jetzt war es heraus. Fünf Augenpaare hingen am blassen, aber hübschen Gesicht der Ordensfrau. Was würde sie jetzt sagen? Auf jeden Fall war sie nicht böse über diese Frage, denn ihr Gesicht verzog sich überhaupt nicht zu der erwarteten strengen Miene. Im Gegenteil, die Frau im weißen Kleid mit der großen Flügelhaube schaute in die kleine Mädchenrunde und meinte lächelnd: »Ihr seid mir ja vielleicht Rangen.« Sie hielt einen Augenblick inne. Dann sprach sie weiter: »Ich könnte euch jetzt natürlich etwas erzählen, welche Farbe meine Haare haben und welche Frisur ich unter der Haube trage. Und ihr würdet es mir sicherlich glauben.«

»Sie würden uns ja auch nur die Wahrheit sagen, Mutter Gabriela. Also glauben wir Ihnen, was Sie uns antworten«, antwortete eins der Mädchen.

»Das erwarte ich auch nicht anders«, bestätigte die Frau, fuhr aber fort: »Das ist mir aber zu einfach, Kinder. Kommt heute Nachmittag um vier in den Vorbereitungsraum. Ich werde alleine dort sein und eure Frage beantworten. Aber bitte zu niemandem ein Wort darüber! Und jetzt behüt euch Gott!« Damit stand sie auf und verließ ohne ein weiteres Wort den Zeichensaal.

Schweigend, wie auf Samtpfoten und innerlich aufs Höchste gespannt schlichen die fünf Mädchen zur vereinbarten Zeit durch die Schule. Dann standen sie vor der Tür zum kleinen Vorbereitungsraum des Zeichensaals und hielten den Atem an. Johanna klopfte zaghaft, drückte auf die Klinke und öffnete vorsichtig die Tür. Mutter Gabriela saß am Tisch mit dem Rücken zur Tür. »Kommt gerne herein«, sagte sie, ohne sich umzudrehen. Die fünf Mädchen traten nacheinander ein und grüßten artig, wie es sich gehörte. Dann blieben sie abwartend stehen. Jetzt wandte sich die Ordensfrau zu ihnen herum, grüßte lächelnd zurück und nahm ohne ein weiteres Wort – ihre Hauben ab, eine nach der anderen. Es waren tatsächlich drei, die sie übereinandertrug und bedächtig nacheinander von ihrem Kopf nahm und zur Seite legte.

Dann saß sie für eine Minute still, ein wenig verlegen und mit einer leichten Röte auf dem feinen Gesicht vor den Mädchen. Denen verschlug es wohl verwundert die Sprache. Sie standen mit offenen Mündern und staunten mit großen Augen. Mutter Gabriela hatte wunderschönes volles, dunkles Haar, das mit ein paar Kämmchen hochgesteckt war. Die Ordensfrau – ohne Hauben wirkte sie viel jünger als mit; ob sie überhaupt schon vierzig war? – blickte die Mädchen eins nach dem anderen an und setzte dann ihre Hauben wieder auf. »Nun, seid ihr zufrieden?«, fragte sie, immer noch sanft lächelnd. Die Mädchen standen einigermaßen betreten da. Was sollten sie jetzt sagen? Mutter Gabriela wiederholte ihre Frage.

Johanna, die ursprüngliche Fragestellerin, gab die Antwort, die die anderen sicherlich auch gegeben hätten: »Danke, Mutter Gabriela, Sie haben wunderschönes Haar. Danke, dass Sie unsere Frage beantwortet haben, danke, dass wir die Antwort sogar sehen durften.« Das Mädchen unterbrach sich selbst, fuhr dann aber fort: »Verzeihen Sie bitte unsere Neugierde. Wir waren wohl recht dreist mit unserem Anliegen.«

Erst jetzt erhob sich die Zeichenlehrerin von ihrem Stuhl, kam auf die Mädchen zu und gab jedem die Hand. »Es ist gut so. Ihr hattet mich so lieb und so unschuldig gefragt. Da habe ich euch meine Antwort gerne gegeben. Aber unsere Begegnung muss unser Geheimnis bleiben, solange ihr an dieser Schule seid.

Und jetzt geht so still hinaus, wie ihr gekommen seid. Behüt euch Gott.«

Erst als die fünf Mädchen sich wieder auf der Straße fanden, wich die Spannung der letzten halben Stunde von ihnen, und sie fielen sich gegenseitig um den Hals. Mutter Gabriela war wirklich eine liebe Frau! War das ein eindrückliches Erlebnis gewesen! Das würden sie wohl nie vergessen, und darüber zu schweigen war für sie Ehrensache eines guten deutschen Mädels.

Im Landshut der späten dreißiger Jahre gab es neben den regelmäßigen Heimstunden und den gelegentlichen gemeinsamen Wochenenden der Jungvolk-Gruppen auch »Einsätze«, die von den Kindern der Stadt erwartet und zumeist auch gerne geleistet wurden. Durch die Altstadt von Landshut zogen immer wieder größere Aufmärsche oder Umzüge irgendeiner der verschiedenen Gruppierungen der NSDAP, an denen dann auch Einheiten der Reichswehr aus der alten Schoch-Kaserne und der neuen Schwer-Reiter-Kaserne beteiligt waren. Solche pompöse Veranstaltungen gab es jetzt sogar sehr häufig. Immer dann, wenn im fernen Berlin oder irgendwo im Reich oder in den angrenzenden Ländern sich etwas besonders Wichtiges ereignete, wie der Einmarsch der Deutschen Wehrmacht in Österreich im März 1938 oder ins Sudentenland im folgenden Oktober oder in Prag im März 1939, veranstaltete die Leitung der NSDAP-Ortsgruppe in Landshut einen Aufmarsch vor dem Rathaus oder einen Umzug durch die Hauptstraßen.

Offenbar liebten es die örtlichen Führer, sich bei solchen Paraden als kleine – stellvertretend für den großen – Führer des Reiches mit erhobener Hand und lauten Hochrufen grüßen und ehren zu lassen. Die Bevölkerung war dann immer aufgefordert, die Straßenränder zu säumen und den Marschierenden ihrerseits grüßend und winkend die Ehre zu erweisen. Angehörige von Gruppen, die selbst nicht mitmarschierten, wurden dann zum Spalierstehen und Beifallgeben verpflichtet, was die in der Regel als gute Staatsbürger und Anhänger des Führers meistens gerne befolgten. Zuweilen hing das auch davon ab, welche besonderen Ehrengäste sich zu den verschiedenen Anlässen in den Mauern der Stadt aufhielten.

Die niederbayerische Hauptstadt war immer bemüht, vor der NS-Reichsregierung und ihrer Vertreter einen guten Eindruck zu machen und zu verdeutlichen, dass sie mit Mann und Maus hinter dem Führer Adolf Hitler und seiner Politik stand. Auch deshalb hatte es in der Bevölkerung keinerlei offen gezeigte Skrupel gegeben, sich am 9. November 1938 in der Reichspogromnacht an diversen Ausschreitungen von SA-Leuten gegenüber ihren jüdischen Mitbürgern zu beteiligen oder ihre Misshandlung und die Zerstörung ihres Besitzes nachträglich gutzuheißen und zu bejubeln.

Die größte Jubelfeier in der Stadt in der letzten Zeit war wohl am 20. April 1939 zum fünfzigsten Geburtstag des geliebten Führers veranstaltet worden. An diesem Donnerstag hatten wie überall in Deutschland auch in Landshut sämtliche Kindergärten, Schulen, Ämter, Geschäfte, Fabriken und Werkstätten geschlossen. So viele Reichsfahnen hatten zuvor nie in den Straßen und an den Gebäuden der Stadt gehangen, so viele Hitler-Bilder noch nie die Schaufenster der Geschäfte geziert, so pompös und gewaltig hatte die Stadt zuvor wohl noch nie gefeiert. Johanna und ihre Kameradinnen waren stundenlang mittendrin. Ob es überhaupt noch Landshuter Menschen gegeben hatte, die sich nicht auf der Straße befanden? Wahrscheinlich waren das nur ganz kleine gewesen, ganz alte oder sehr kranke. Auf jeden Fall war das ein unvergessliches Fest gewesen …

Das Jungmädel Johanna Darlapp bekam von den politischen Ereignissen außerhalb der öffentlich gefeierten wenig mit, trotz ihrer regen Beteiligung an den offiziellen Veranstaltungen. NS-Politik und ihre Umsetzung in der Ferne und in der Nähe wurden in der Klosterschule gar nicht, in den Heimstunden wenig und am häuslichen Familientisch fast nie besprochen. Mit dem »Heil-Hitler«-Gruß konnte Johanna nicht viel anfangen, wohl weil der auch von Haus aus vermieden wurde, wo das nur eben ging. Die Darlapps beteiligten sich nur am Unvermeidlichen.

Dabei war das Mitmachen beim monatlichen »Eintopftag zur Förderung der Volksgemeinschaft« und bei »Haus- und Straßensammlungen des Winterhilfswerks zur Schaffung des sozialen Ausgleichs im Volk« ja sogar durchaus sinnvoll und konnte dem Ansehen der Familie und dem des Geschäfts nur dienen. An der Straße zu stehen, dazu hatte Gottfried Darlapp sen. keine Zeit, und die Neigung seiner Haushälterin Elisabeth Lübbe zu solchen Aktionen war auch eher schwach ausgeprägt. Den beiden war es bisher gelungen, sich – abgesehen von ihrer zwangsläufigen Parteimitgliedschaft – aktiven Zugehörigkeiten zu Gruppen der örtlichen NSDAP zu verweigern. Und sie hatten auch nicht vor, das zu ändern.

Gottfried jun. und seine Schwester waren als Kinder da in einer anderen Lage. Sie konnten sich dem Zugriff der örtlichen Führer der Hitlerjugend nicht entziehen, wenngleich sie sich bei den Gruppenaktivitäten auf das Notwendigste beschränkten und ihre Plätze eher in einer der hinteren Reihen ihrer Jungvolkgruppen oder HJ-Kreise hatten. Der Junge hatte inzwischen das Jungvolk-Alter hinter sich und gehörte damit zur Hitlerjugend.

Wenn es gefordert war, standen die beiden in ihren altersgemäßen Uniformen unter den vielen großen, wehenden Fahnen zwischen denen, die ihre kleinen Fähnchen und Wimpel mit dem Hakenkreuz im weißen Kreis in den Händen hielten und herumschwenkten.

Die Hakenkreuzfahne war übrigens seit dem 15. September 1935 die alleinige Staatsflagge des Reiches; Fahnen ohne dieses Symbol durften nicht mehr gezeigt werden. Die blau-weiße bayerische Fahne war schon lange aus dem Stadtbild verbannt, was manchem bayerischen Menschen erhebliche Seelenschmerzen bereitete.

Eher pflichtgemäß als aus eigener Begeisterung jubelte Johanna am Straßenrand mit den Mädel ihrer

Schar und den vielen anderen Kindern des Jungvolks, mit den älteren Angehörigen der Hitlerjugend und mit den Erwachsenen anderer Gruppierungen den zumeist männlichen Marschierern hinter ihren Fahnen und Standarten zu und stimmte in die »Hoch«- und »Heil«-Rufe ein. Besonders heftig winkte sie nur dann mit ihrem Hakenkreuzwimpel, wenn die HJ-Fanfaren vorbeimarschierten, und die waren beinahe an jedem Umzug beteiligt. Immerhin blies ihr Bruder in dem Zug sein Instrument als rechter Flügelmann, kam also immer dicht am Straßenrand vorbei und konnte dann zumindest seinem Schwesterchen zublinzeln. Dann war Johanna immer stolz auf Gottfried, und sie empfand es für sich selbst als schade, dass in den Umzügen kein Klavier mitgeführt werden konnte und auch keine Flöte. Na ja, auch ohne Instrument mit der Mädelschar dabei zu sein war dann doch ab und zu schon was ...

Ernteeinsatz beim Hopfenbauern

Dann nahten die Sommerferien 1939. Johannas Vater war gerade sechzig geworden, Fräulein Lübbe war inzwischen achtunddreißig und Gottfried Darlapp jun. sechzehn. Für die zwölfjährige Johanna bahnte sich mit der schulfreien Zeit der erste große Einsatz »für Volk und Vaterland« außerhalb der Stadt an. Begeistert kam das Jungmädel von einem der Heimnachmittage nach Hause und sprudelte die Neuigkeit nur so heraus: »Mutti, wir fahren im August zur Hopfenernte in die Holledau oder Hallertau oder wie die Gegend heißt. Hast du schon mal Hopfen geerntet? Ich weiß gar nicht, wie man das macht. Ich weiß nicht einmal, wie Hopfen aussieht ...« Johanna war richtig außer Atem.

Elisabeth Lübbe meinte: »Ich weiß, dass das Gebiet zwischen Isar und Donau die Holledau oder Hallertau genannt wird, Hannele. Aber mit Hopfen hatte ich noch nie etwas zu tun. Ich glaube auch nicht, dass ich schon welchen von Nahem gesehen habe. Ich weiß nur, dass Hopfen zum Bierbrauen gebraucht wird und dass er auf großen Feldern an solchen hohen Stangen und an Drähten wächst, wie wir das gesehen haben, als wir über Mainburg nach Ingolstadt gefahren sind. Erinnerst du dich?«

»Ja, ja, Mutti, ich erinnere mich an diese Stangenwälder. Da schau ich am besten mal im Lexikon nach, was da über Hopfen drinsteht«, schlug die künftige Erntehelferin vor und eilte auch sofort ins Zimmer ihres Bruders, um das Schullexikon zu holen. »Hier ist auch eine Zeichnung mit Hopfen drin, schau, Mutti. Die Früchte sehen ja lustig aus. Darf ich laut vorlesen, was hier steht? Dann lernst du auch gleich etwas über Hopfen.«

»Tu das, Kind. Ich höre gerne zu«, gab die Mutti zurück, legte sogar ihr Nähzeug aus der Hand, mit dem sie gerade beschäftigt war, und warf einen kurzen Blick auf die Zeichnung im Buch. »Sieht aus wie Dolden mit vielen kleinen Zapfen«, meinte sie.

»Also, ich lese«, begann Johanna: »Hopfen wächst wild in feuchten Wäldern und Gebüschen, aber auch in vielen Hecken. Aus einem unterirdischen, ausdauernden Stamm treibt er jedes Jahr schnell wachsende Stängel, die an anderen Pflanzen emporklettern. Wie die Weide ist der Hopfen zweihäusig. Die weiblichen Pflanzen haben zapfenartige Blütenstände; auf deren Blättern sitzen kleine Drüsen, in denen sich das sogenannte Hopfenbitter bildet. Es gibt dem Bier Würze und Haltbarkeit. Deshalb wird die weibliche Pflanze seit dem frühen Mittelalter in ›Hopfengärten‹ angebaut, besonders in Bayern und Württemberg.«

Johanna hielt nach dem Lesen für einen Moment inne. Dann meinte sie nachdenklich: »Dann hat der Hopfen ja gar keine Früchte, die man ernten kann, wie Äpfel oder Beeren oder so.«

»Wahrscheinlich sind es diese zapfenartigen Blütenstände, die wegen dieses Hopfenbitters, oder wie das genannt wird, gepflückt werden müssen.«

»Na ja«, klappte das Mädchen das Lexikon zu, »der Bauer wird uns das schon zeigen. Ich bin gespannt, wie das wird. Und was ›zweihäusig‹ heißt, das weiß ich schon.«

»Und, was heißt das?«

»Das ist wie bei den Menschen«, erklärte Johanna, »da gibt es männliche und weibliche Menschen. Beim Hopfen gibt es männliche und weibliche Pflanzen. Nie beides auf einem Stängel, wie bei den Menschen auch nie beides auf denselben Beinen.«

Die Mutti musste über den Vergleich lachen. »Freust du dich auf den Ernteeinsatz?«, wollte sie dann wissen.

»Natürlich freue ich mich. Der Bauer hat dann hoffentlich auch noch ein paar Kühe und anderes Viehzeug.«

»Hat man euch schon gesagt, wo das genau ist, wo ihr den Ernteeinsatz macht, wie ihr da hinkommt und wo ihr dann wohnt und versorgt werdet?«

»Unsere Schar soll auf einem Hof bei Eschelbach im Ilmtal arbeiten. Wir sollen bei dem Bauern im Stroh wohnen und von seiner Frau versorgt werden. Und wir sollen mit Privatautos hingebracht und später auch wieder abgeholt werden. Vielleicht muss Papa ja auch fahren. Das organisiert die HJ.«

»Wenn die HJ-Führung ihn danach fragt, wird er das sicher gerne machen, Kind. Und jetzt hilf mir bitte das Abendessen richten. Die beiden Gottfrieds werden bald kommen und Hunger haben.«

»Aber nicht einen so großen wie ich. Ich kann heute sicher drei Knödel essen«, meinte Johanna beim Hinausgehen, brachte das Buch zurück und begab sich dann in die Küche, um ihrer Mutti zu helfen, damit auch alles vorbereitet war, wenn die beiden Männer zum Essen kamen.

Am Montag, dem 7. August, saß eine fröhliche Horde Mädel, alle zwölf und dreizehn Jahre alt, in zwei großen, schwarzen Limousinen. Zwei Väter, denen diese Fahrzeuge gehörten – einer von ihnen war tatsächlich Gottfried Darlapp – fuhren ihre Kinder und deren Kameradinnen zum Ernteeinsatz auf »ihren« Bauernhof am Ortsrand des Dörfchens Eschelbach an der Ilm, unweit des größeren Marktes Wolnzach, mitten im Hopfenland der Hallertau. Hätten die jungen Hopfenpflückerinnen geahnt, welches Unwetter sich am politisch-militärischen Horizont im Osten des Reiches zusammenbraute, sie wären sicher nicht in solch ausgelassener Stimmung gewesen, und sie hätten sich wohl nicht so fröhlich von den beiden Fahrern verabschiedet.

Deren Bedenken zu möglichen Ereignissen verstanden sie nicht. Vater Gottfried Darlapp und sein Kollege schienen beim Abschied von den Kindern im Gespräch mit dem Hopfenbauern deutlich besorgt um die kommende Zeit und um ihre Töchter und die anderen Mädchen. Es wisse niemand so recht, was die nächsten Wochen brächten, und dann seien die Kinder nicht in ihren Familien.

Der alte Bauer versuchte diese Besorgnis zu zerstreuen. Die Zeiten seien doch gut, und die Ernte sei reif, und es sei eine gute Einrichtung der HJ, junge

Leute frühzeitig in die Versorgungsabläufe der Landwirtschaft einzuführen und sie aktiv daran zu beteiligen. Sich Sorgen zu machen sei völlig überflüssig und nur ein Zeichen von Unglauben und Zweifel und fehlendem Vertrauen in die Führungen Gottes. Der mache schon alles recht.

Wusste der Bauer nicht, was sich gerade in diesen Tagen um die Rückgliederung der Stadt Danzig und Westpreußens ins Reich vor allem zwischen Deutschland, Polen und Russland abspielte? Er schien es wirklich nicht zu wissen. Ihm war sein Hopfen offenbar wichtiger als das Wohl des Landes. Der wuchs ja auch vor seiner Tür, und Berlin lag weit weg und Danzig noch weiter. Ein glücklicher Mensch. Ein glücklicher Mensch? Gottfried Darlapp sen. gingen beim Abschiednehmen offenbar ganz andere Gedanken durch den Kopf. Dabei war es ihm keine Frage, dass er sich um das Wohl der Kinder keinerlei Gedanken zu machen brauchte. Die Mädchen waren auf dem Hof und besonders unter der Obhut der Bäuerin sicher bestens versorgt.

Das waren sie dann auch tatsächlich. Ihr Quartier hatten die Mädchen auf einer Strohschütte in der Scheune, die mit großen Tüchern abgedeckt war und auf der genügend Decken bereitlagen. Waschgelegenheit gab es am Brunnen im Hof, das Klo befand sich im Kuhstall. Das Frühstück und das Abendessen sollte es in der Stube des Wohnhauses geben, Mittagessen und Vesper auf dem Feld. Nur das gute Wetter müsse der Himmel schenken, meinten der Bauer und seine Frau mit einem Hinweis auf das große Kruzifix an der Wand in der Stubenecke, ehe sie die erste gemeinsame Abendmahlzeit mit einem Vaterunser beendeten. Und das vor jungen Mädchen der HJ, bei der dieses Gebet, wie alle anderen christlichen Gebete auch, abgeschafft war!? Es war schon merkwürdig, dass es so etwas außerhalb von Klostermauern noch gab. Johanna aber gefiel diese Geste der Bauersleute. Am liebsten hätte sie den Text mitgesprochen, traute sich dann aber doch nicht …

Ob sie der Hahnenschrei geweckt hatte oder das Brüllen einer Kuh oder der Morgengesang der Vögel, wusste sie nicht. Auf jeden Fall drang ein interessantes Gemisch verschiedener Geräusche an ihre Ohren. Schon beim ersten Morgengrauen erhob sich Johanna von ihrem Lager. Sie tat es leise, um ihre Kameradinnen nicht zu wecken. Das würde die Bäuerin schon rechtzeitig tun. Sie wollte einfach noch für eine Weile mit sich selbst allein sein und über einiges nachdenken, was sie seit dem Abschied des Vaters gestern Abend beschäftigte.

Johanna trat aus der Scheune auf den Hof und atmete die frische Morgenluft ein, die doch merkwürdig vermischt war mit dem Geruch des Strohs in der Scheune, des Hopfens auf den Darren, der Dämpfe, die aus dem Dunghaufen aufstiegen und sich merkwürdig in der Nase bemerkbar machten. Johanna hockte sich auf eine Holzkiste an der Scheunenwand, zog ihre Beine an, umfasste die Knie mit den Händen und gab sich ihren Gedanken hin.

Was war es wohl, das ihren Vater so unruhig machte?

War es der drohende Krieg, von dem er vor ein paar Tagen mit einem Kunden im Geschäft gesprochen hatte? Der schneidige Soldat in der Wehrmachtsuniform mit den vielen Dienstgradzeichen an den Kragenspiegeln und auf den Schulterklappen hatte von Nichtangriffspakten Deutschlands mit Dänemark, Litauen und Estland geredet und darüber, dass die Reichsregierung und Russland in Verhandlungen stünden wegen Polen und dass Adolf Hitler in dieser Frage bald etwas unternehmen würde. Es könne nicht mehr lange dauern, bis die Wehrmacht mobil mache, hatte er gesagt. Und der musste es wohl wissen, weil er seiner Uniform und seinen Rangabzeichen nach ein hoher Mensch war und in eine der beiden Kasernen der Stadt gehörte. Er hatte dann noch gesagt, dass Landshut keine strategische Bedeutung habe, oder so ähnlich. Deshalb sei die Stadt in einem Krieg nicht gefährdet. Die Belegschaften der beiden Kasernen seien aber wohl doch betroffen und würden im Ernstfall irgendwann ihren Marschbefehl bekommen.

Johanna hatte das Gespräch zufällig mitgehört, als sie wieder einmal in der Porzellanecke Staub gewischt hatte. Aber erst jetzt begann die Sache, sie zu beschäftigen. Was bedeutete das für sie als junges Mädchen, wenn es Krieg gab? Auf ihren Vater brauchte sie dann wohl nicht zu verzichten. Der war schon zu alt, um noch einmal Soldat sein zu müssen. Dass er im letzten Krieg irgendwo im Kampfeinsatz gewesen war, hatte er einmal erwähnt, ohne Näheres davon zu erzählen. Fragen danach war er immer ausgewichen.

Aber ihr Bruder war jetzt sechzehn, hatte die Schule verlassen, war Kaufmannslehrling im Geschäft des Vaters, war weiterhin begeisterter Musiker im Fanfarenzug und musste seit ein paar Wochen als Hitlerjunge immer wieder der Feuerwehr zur Verfügung stehen. Bei den Blauröcken machte er schon so etwas wie eine vormilitärische Ausbildung. Ob er auch bald der Wehrmacht zur Verfügung stehen musste, wenn die ihn brauchte?

Und was war mit ihr selbst, die sie als Schülerin nicht so recht wusste, wie sie die Ereignisse dieser Zeit verstehen sollte? Dass die Partei mit dem neuen Schuljahr das komplette Lehrerkollegium der Klosterschule ausgetauscht hatte, war einfach nur schlimm gewesen. Was hatten denn die frommen Ordensfrauen verbrochen, dass sie nicht mehr unterrichten durften und hinter die Mauern des eigentlichen Klosters verbannt worden waren? Die neuen Lehrer und Lehrerinnen waren alle einfach nur blöd und konnten überhaupt keinen interessanten Unterricht gestalten. Und dazu dann das: keine Gebete mehr vor und nach dem Unterricht, nur noch Parolen wie »unbedingten Gehorsam lernen«, »Unrecht schweigend ertragen können«, »den Körper gesund halten« usw. Im Deutschunterricht fast nur noch politische Texte, die keiner verstand und die kaum jemanden so recht interessierten. In Mathematik militärische Zahlen und Zusammenhänge, in Kunst komische Themen, die alles, was bisher als schön gegolten hatte, schlecht machten und als »entartet« bezeichneten, weil es den Damen und Herren Parteileuten nicht gefiel und den Lehren des Nationalsozialismus nicht entsprach.

Was wohl Mutter Gabriela jetzt machte?, ging es dem Mädchen plötzlich durch den Kopf. Und die anderen frommen Schwestern? Die durften wahrscheinlich nur noch in ihrer Kirche singen und beten und ihren schönen Klostergarten pflegen. Die Parteipropaganda sprach doch immer wieder von »guten« Menschen. Die Klosterfrauen waren doch wohl alle gute Menschen. Was war das für eine Zeit, in der sie als junges Mädchen aufwuchs? Hatten sie und ihre Kameradinnen wirklich eine so rosige Zukunft vor sich, wie die politischen Belehrungen ihnen das immer wieder weismachen wollten?

Wie passten diese Sachen eigentlich dazu, dass ihr Bruder Gottfried zu Ostern seine Konfirmation gefeiert hatte, nachdem er sich ein Jahr lang mit einigen anderen Jugendlichen – viele evangelische gab es ja nicht in der Stadt, sodass Jungen und Mädchen mehrerer Jahrgänge zusammengefasst worden waren – in der protestantischen Kirche von Landshut darauf vorbereitet hatte? Pfarrer Wagner hatte einen festlichen und erhebenden Gottesdienst gehalten, sogar mit der Feier des heiligen Abendmahls. Der Einsegnungsspruch hatte so richtig in die Zeit und in das Leben eines deutschen Jungen hineingepasst. Johanna erinnerte sich genau: »Sei getreu bis in den Tod, so will ich dir die Krone des Lebens geben« hieß der Bibelspruch. Wo er nachzulesen war, hatte sie vergessen.

Nein, irgendwie passte das alles doch eher schlecht zusammen. Hier fand ein frommer Konfirmationsgottesdienst für Angehörige der Hitlerjugend statt, und da durften Mädchen des Jungvolks nicht mehr von frommen Lehrerinnen unterrichtet werden. Das sollte einer verstehen …

Viele Gedanken gingen durch Johannas jungen Kopf, und sie bekam sie nicht recht sortiert, während sie in der Frühe des kühlen Morgens dem Konzert der Vögel lauschte, die irgendwo in den Bäumen und Sträuchern saßen und vielstimmig den Tag begrüßten. Das Mädchen beobachtete die schlanken, dunklen Segler, die im Hof geschäftig und mit ziemlich lautem »wittwittwittwittwitt« hin und her flogen, immer einmal wieder durch die geöffneten Fenster und Türen im Stall verschwanden, um dort die Pferde, Kühe und Schweine zu besuchen und bald wieder ins Freie herauszukommen und neue Runden zu drehen. Die kleinen schwarzen Flieger mit den spitzgegabelten Schwänzen und den elegant geformten Flügeln mussten Rauchschwalben sein. Die gab es in der Stadt nicht. Waren die schnellen Vögel zu beneiden! Die mussten sich mit solchen Gedanken nicht herumschlagen, wie sie das Mädchen beschäftigten.

Johanna wollte gerade zum Stall hinübergehen, um den großen Tieren dort einen guten Morgen zu wünschen, als ihr die Bäuerin entgegenkam, um die Schar ihrer Erntehelferinnen zu wecken. Also verzichtete sie auf den Besuch im Stall und folgte der Frau in die Scheune, um sich rasch ihr Waschzeug zu holen. Noch war der Brunnentrog im Hof frei und bot Platz für die Morgentoilette. In wenigen Minuten würde es wohl Gedränge geben.

Nach dem Frühstück hielt der Bauer eine theoretische Lehrstunde über das Hopfenzupfen, das auf die Mädchen zukam und mit dem sie die nächsten drei Wochen beschäftigt sein würden.

Später, draußen auf dem Feld zwischen den Stangen, erfolgte dann die praktische Einführung. Der Bauer holte ein paar Reben vom Gestänge und den Drähten herunter und zeigte den Mädchen, wie sie die Dolden leicht und fingerschonend abpflücken konnten. Dann ließ er jedes diesen Arbeitsvorgang ein paarmal wiederholen, bis er mit seinen Helferinnen zufrieden war.

Danach ging die eigentliche Arbeit los, die die kommenden Tage bestimmte: Hopfenzupfen, von vormittags um zehn bis abends um sechs nur Hopfenzupfen. Immer zwei Mädchen bekamen einen großen Weidenkorb, den sie zu füllen hatten. Auch wenn sie sich dabei sputeten, dauerte es zwei bis drei Stunden, bis sie den vollen Korb am Kastenwagen, den die beiden Pferde später nach Hause ziehen würden, abliefern konnten. Dort wurden die gepflückten, gelblichgrün gefärbten Zapfen oder Dolden mit einem Hopfenmaß aus Zink gemessen bzw. gewogen, damit jedes Pflückerinnenpaar am Ende auch entsprechend der geleisteten Arbeit entlohnt werden konnte. »Jeder Arbeiter ist seines Lohnes wert, auch zwölfjährige Madeln«, hatte der Bauer in seiner Einführung gesagt. »Wer fleißig ist, bekommt auch gutes Geld.« Es war dem Bauern wichtig, dass alles in guter deutscher Ordnung vor sich ginge. Unterbrochen wurde die Arbeit nur durch kurze Pausen zur Mittagssuppe und zu einer Vesper mit Brot und Saft am Nachmittag, die die Bäuerin aufs Feld brachte.

Beim Abendessen ergänzte die Bauersfrau die Hinweise ihres Mannes vom Vormittag: Zur guten Ordnung auf ihrem Hof – also auch in der Erntezeit – gehöre es selbstverständlich, dass der Sonntag arbeitsfrei bleibe. Nur das Vieh müsse natürlich auch sonntags versorgt werden. Wer dabei helfen wolle, dürfe es gerne tun, allerdings ohne besondere Entlohnung. Ansonsten diene dieser Tag dem Gang in den Gottesdienst in der Pfarrkirche und danach der Ruhe von der Arbeit, erklärte die Bäuerin weiter: »… wie das der Herrgott mit dem siebten Wochentag auch gemacht hat.« Wer von den Madeln wolle, dürfe gerne in die Kirche mitgehen, lud sie ein. Niemand werde allerdings gegen seinen Willen zum Kirchgang gezwungen. Wer auf dem Hof bleiben wolle, solle sich den Vormittag nach eigenem Wunsch gestalten, aber bitte keinen Unsinn machen und sich vielleicht in Gefahr begeben. »Wir werden sehen, wie es wird.« Nachmittags könne man gerne auch etwas Gemeinsames veranstalten, vielleicht einen Spaziergang machen oder ein paar Hofspiele, wie sie das ja von ihren Heimnachmittagen her kennten.

Johanna musste nicht lange überlegen, wie sie mit der Hofordnung für den siebten Tag umgehen wollte. Am Sonntagmorgen begleitete sie die Bauersleute zum Gottesdienst in das hübsche Kirchlein mit dem lustigen Zwiebeltürmchen, das ein wenig außerhalb des Ortes idyllisch zwischen den Feldern stand. Sie war freilich die Einzige von den Mädchen, die die kleine Gemeinde überwiegend alter Menschen verstärkte, aber das machte ihr nichts. Sie freute sich an der stillen, heiligen Atmosphäre in dem kleinen Gotteshaus und an den liturgischen Gebeten und Gesängen der Messe, die sie zum Teil aus dem Kloster kannte. Sie wunderte sich allerdings ein wenig über das Fürbittengebet des Geistlichen – der alte Herr musste seiner Kutte nach ein Benediktinerpater sein –, der ausdrücklich dafür betete, dass der allmächtige Gott seinen Segen ausbreite über Führer, Volk und Vaterland, dass der Führer Adolf Hitler mit seinen treuen Helfern und Mitstreitern der Partei es in rechter Verantwortung vor dem allmächtigen Gott gut mache und seine Vorhaben und Ziele durchsetzen könne und dass es den guten Menschen im Reich allezeit wohlgehe.

So hatten die Ordensfrauen von Seligenthal nie gebetet, ging es der jungen, evangelischen Gottesdienstbesucherin in der katholischen Messe durch den Sinn. Die hatten die Politik aus ihren Gebeten herausgelassen und immer nur für das Seelenheil der Menschen gebetet und das Erbarmen Gottes und seines Sohnes Jesus Christus erfleht. Dessen Name war in dem Gottesdienst hier überhaupt nicht genannt worden, fiel Johanna nachträglich auf. Ob das wohl daran lag, dass Jesus Jude war? Johanna wusste es nicht, und sie fragte sich, welches Gebet Gott wohl bei diesen Bedingungen eher annahm: das des alten Priesters in seiner braunen Kutte oder das der Zisterzienserinnen in ihren Klostertrachten. Na, das würde sich sicher später einmal an sichtbaren Ergebnissen zeigen.

Sichtbare Ergebnisse brachte zunächst einmal die Arbeit der »Madeln«. Die Trockenböden in der Scheune, sogenannte Hopfendarren, füllten sich, und die Strichlisten für die spätere Abrechnung und Auszahlung des Verdienstes wuchsen.

In der dritten Woche aber fiel den Erntehelferinnen das stete Hopfenzupfen zunehmend schwerer. Sie waren die andauernde Arbeit von morgens bis abends ja nicht gewohnt, und weil ihnen allmählich die Finger schmerzten, waren die Mädchen froh, dass die Zeit ihres Einsatzes zu Ende ging. Hatten sie in den ersten Tagen bei ihrer Arbeit noch gesungen und gescherzt, so ließ das mit der Zeit mehr und mehr nach, und der Kampf gegen die Müdigkeit begann immer früher. Gut, dass die Bauersleute Verständnis für ihre Helferinnen zeigten. Sie verlängerten ihnen in den letzten Tagen die Mittagspausen und die Vesperzeiten am Nachmittag. Sie stellten ihnen auch Vaseline und Melkfett zur Verfügung, mit denen sie sich ihre wunden Finger einreiben konnten. Und ab und zu gab es auch einen zusätzlichen Nachtisch zum Mittagessen. Das waren recht liebe und verständnisvolle Menschen, der Hopfenbauer und seine Frau.

Als nach drei Wochen der Ernteeinsatz zu Ende war und die Mädchen gemäß ihrer Arbeitsleistung ihr Geld bekommen hatten, war die Freude groß und das Aufatmen deutlich hörbar. Alles in allem hatte ihnen die Arbeit Spaß gemacht. Zudem hatte sie ein schönes Taschengeld gebracht und allen ein Stückchen Lebenserfahrung vermittelt. Ja, sollte es im nächsten Sommer einen weiteren Ernteeinsatz geben, würden sie gerne wieder hierherkommen, meinten zumindest die meisten der Mädchen beim Abschiedsessen, für das sich die Bäuerin etwas Besonderes hatte einfallen lassen. Es gab bayerische Weißwurst mit süßem Senf und Sauerkraut und als Nachtisch Beerengrütze. Herrlich!

Johanna war sich heute schon sicher, dass sie zur nächsten Hopfenernte wiederkommen würde. Jetzt war aber auch sie froh, wieder nach Hause zu kommen, eine Weile keinen Hopfen mehr zu sehen und die Finger zu schonen. So lange wie bei diesem Einsatz war sie noch nie allein von zu Hause weg gewesen. Nur einen Brief pro Woche hatte es hin und her gegeben. Inzwischen sehnte sie sich nach ihrem Papa, der Mutti und dem großen Bruder und auch ein wenig nach der Stadt und ihrem Getriebe. Zwei Wochen Ferien blieben noch für Gemeinsames mit der Familie. Ob der Papa vielleicht einen Plan für einen Ausflug hatte? Schön wäre das, aber Johanna wollte sich gerne überraschen lassen. Schade, dass sie nicht schon bei der Heimfahrt fragen konnte, denn der Vater hatte wohl keine Zeit gehabt, herzukommen. Den Abholer, einer der anderen Väter, kannte Johanna nicht, was ihr die Gelegenheit gab, unterwegs einfach die Augen zu schließen und vor sich hin zu träumen …

Wieder zu Hause, gab es ein fröhliches Begrüßen und lebhaftes Erzählen. Dann folgte für Johanna auch schon die Ernüchterung: Es würde keinen Ausflug mit der Familie mehr geben. Die Tage seien dazu nicht geeignet. Die Lage in Deutschland sei zu ernst. Der Führer habe den Einmarsch deutscher Soldaten nach Polen bereits angekündigt und den Termin lediglich um ein paar Tage verschoben. Da müsse jedermann erst abwarten, was daraus werde. Außerdem brauche der Vater ihre Hilfe im Geschäft.

Das Mädchen war enttäuscht, fügte sich dann aber

Am Bahnhof von Oberstdorf 1940

in die elterliche Entscheidung. Wegen dieser Polengeschichte machte sie sich wenig Gedanken. Der Führer wusste bestimmt, was er da im Osten vorhatte. Der hatte die Übersicht. Schlimm konnte der kurze Krieg für Deutschland gar nicht werden und schon gar nicht für das alte Isarstädtchen Landshut. Das war zumindest auch die Ansicht von Bruder Gottfried. Der wusste das von seinen Führern aus HJ und Feuerwehr, und diese gestandenen Parteimänner hatten ja wohl recht …

Dass tatsächlich am 1. September deutsche Truppen den »aktiven Schutz des Reiches« übernommen und

»zum Gegenangriff« die Grenzen nach Polen überschritten hatten, wie es der Rundfunk am selben Tag berichtete – in der Papiererstraße gab es seit einiger Zeit einen »Volksempfänger«, mit dem natürlich alle aktuellen Nachrichten gehört wurden –, beschäftigte Johanna nicht sonderlich. Wichtiger war ihr die Tatsache, dass sie mit dem Beginn des neuen Schuljahres nicht in ihr Lyzeum im Kloster Seligenthal zurückkehren konnte. Sie musste in die Schule des Ursulinen-Klosters wechseln, auf die andere Seite der Isar an den Rand der Altstadt, ganz in die Nähe des väterlichen Geschäfts am Bischof-Sailer-Platz.

Dieser Wechsel, fand sie, war einfach nur blöd! Das war einfach nur blöd! Als Begründung erfuhr sie, dass das Kloster Seligenthal zum Reservelazarett gemacht werden sollte und deshalb als Schule nicht mehr zur Verfügung stand. Das war eine merkwürdige Erklärung. Der Krieg sollte doch bald wieder zu Ende sein. Wozu dann in Landshut ein Reservelazarett neben zwei anderen, die im Kreiskrankenhaus und im Kolpinghaus in der Freyung eingerichtet wurden? Das war nicht nur blöd, sondern richtig ärgerlich. Und dass es da schon wieder neue Lehrer und Lehrerinnen gab, fand Johanna auch nicht schön. Alle waren sie zivile Leute, und alle gehörten zur NSDAP, wie das wohl so sein musste. Denn auch die Ordensfrauen der Ursulinerinnen hatten auf ihre eigene Unterrichtstätigkeit verzichten müssen, wie die Schwestern im Kloster Seligenthal.

Aber so weit, so gut, auch an solche Veränderungen konnte sich ein junges Mädchen gewöhnen. Daran, dass es den alten Deutschprofessor Penzl nicht mehr gab, der ihr im Zeugnis einen Vierer verpasst hatte, weil sie »unbeholfen im Ausdruck« sei, wollte sie sich allerdings gerne gewöhnen. Und auch daran, dass es in Zukunft Unterricht in Kurzschrift geben sollte und Schreibmaschinenunterricht und Haushaltslehre. Das konnte für später nur gut sein und dienlich für den Beruf, den sie einmal lernen wollte, ehe sie ihrer eigentlichen Bestimmung als Hausfrau und Mutter folgen konnte. Denn Hausfrau und Mutter zu sein sei die eigentliche Bestimmung der deutschen Frau, wurde ihnen von den BDM-Führerinnen und anderen Parteimenschen immer wieder erzählt. Welcher Beruf das sein konnte, davon hatte sie als Zwölf- oder Dreizehnjährige noch keine Vorstellung, und welchen Mann sie denn eines Tages heiraten würde, noch viel weniger.

Jetzt galt es ja auch zunächst einmal, anständig und heil durch die Zeiten des begonnenen Krieges zu kommen und in der deutschen Heimat seinen Mann bzw. als heranwachsendes Mädel seine Frau zu stehen und auf diese Weise die Moral der kämpfenden Truppen an den verschiedenen Fronten zu stärken, damit die dem Feind auch ordentlich eins auf den Helm geben konnten. Ganz nach dem Motto, das auch in Landshut plakatiert wurde: »Front und Heimat – die Garanten des Sieges.« Wie aus den Nachrichten zu erfahren war, schien das ja auch zu wirken. Die deutschen Truppen eilten von Erfolg zu Erfolg. Das Vaterland konnte also ganz ruhig sein, und das strategisch unwichtige Landshut ganz bestimmt. Der Führer beherrschte die Lage und würde den Sieg davontragen. Daran gab es keinen Zweifel!

Schwarzes Halstuch mit Lederknoten

Johanna kam ihren Aufgaben nach, wie es von ihr erwartet wurde, zum einen als Tochter und gelegentliche Hilfskraft im väterlichen Geschäft, zum andern als Schülerin, die fleißig zu lernen hatte, was zu lernen war, und nicht zuletzt auch als Angehörige der Hitlerjugend mit ihren Einsätzen und Diensten. Für die nationalsozialistischen Lehren, für die politischen Zeitfragen und die kriegerischen Ereignisse an den verschiedenen Schauplätzen, deren Zahl bald zunahm, interessierte sie sich nur am Rande. Dass sich der Krieg doch länger hinzog, als das angekündigt und erwartet worden war, brachte sie nicht sonderlich in Unruhe. Dass sie nach Ostern 1941 zu offiziellen Anlässen der NSDAP und der HJ endlich die Uniform eines BDM-Mädels anziehen durfte, war ihr viel wichtiger als manche Frontnachricht. Das Mädel sah ja auch schick aus im blauen Rock und in der weißen Bluse unter der hellbraunen Kletterweste, mit dem schwarzem Halstuch, von einem Lederknoten gehalten, und ihren schönen vollen, dunklen Zöpfen, die immer noch ihre Frisur ausmachten.

Zu einer Steigerung des politischen Interesses führte die neue HJ-Kluft allerdings auch nicht. Das war und blieb mäßig. Das wurde sogar für ein volles Jahr von einem gänzlich anderen Interesse überlagert. Johanna begann nämlich zur gleichen Zeit mit dem kirchlichen Unterricht zur Vorbereitung auf ihre Konfirmation. Die sollte für die kleine Gruppe der fünf evangelischen Mädchen zwischen dreizehn und fünfzehn – in ihren Jahrgängen gab es leider keine Jungen – an Palmarum 1942 gefeiert werden. Den wöchentlichen Unterricht hielt Schwester Lina. Diese nette Dame war so etwas wie eine evangelische Ordensfrau mit dunkler Tracht, kleiner weißer Haube mit großer Kinnschleife und einem kleinen Kreuz an einem Halskettchen als »Bekenntnisschmuck«.

Die Angehörige der »evangelisch-lutherischen Diakonissenanstalt« im fränkischen Neuendettelsau gab sich viel Mühe, während der wenigen Monate, die ihr zur Verfügung standen, den fünf Mädchen die Liebe Gottes und die Botschaft der wichtigsten Abschnitte des Alten und vor allem des Neuen Testaments lieb zu machen. Sie las mit ihnen biblische Texte und sprach über ihren Sinn damals und heute. Sie las mit ihnen Luthers »Kleinen Katechismus« und ließ etliche von dessen Erklärungen auswendig lernen. Und sie sang mit ihnen christliche Lieder zur Gitarre vom Glauben an Gott und dem Vertrauen in seine Führung.

Das waren ganz andere Texte und Melodien, als die Mädchen sie aus der Jungmädelzeit und von ihren BDM-Treffen her kannten. Das waren schöne, mutige und zugleich Mut machende Lieder in einer schwierigen Zeit, die einem unter die Haut und ins Herz gingen. Da gab es den neuen Text eines Dichters, dessen Namen Schwester Lina nicht kannte – oder wollte

Als BDM-Mädel 1942

sie ihn nicht kennen? –, der hatte es in sich. Und auch die Melodie war wohl ganz neu. Da lief es einem beim Singen heiß und kalt den Rücken herunter:

»Es mag sein, dass alles fällt, / dass die Burgen dieser Welt / um dich her in Trümmer brechen. / Halte du den Glauben fest, / dass dich Gott nicht fallen lässt: / Er hält sein Versprechen …

Es mag sein, dass Frevel siegt, / wo der Fromme niederliegt; / doch nach jedem Unterliegen / wirst du den Gerechten sehn / lebend aus dem Feuer gehn, / neue Kräfte kriegen …

Es mag sein, so soll es sein! / Fass ein Herz und gib dich drein; / Angst und Sorge wird's nicht wenden. /

Streite, du gewinnst den Streit! / Deine Zeit und alle Zeit / stehn in Gottes Händen.«

Wunderschön auch das Lied eines hessischen Pfarrers namens Kurt Müller-Osten, das auf eine uralte Melodie aus dem sechzehnten Jahrhundert gesungen wurde:

»Also liebt Gott die arge Welt, / dass er ihr seinen Sohn und Held, / den einzigen, gegeben, / auf dass, wer glaubend bei ihm steht, / in Sünde nicht verloren geht / und hat das ew'ge Leben …

Er kam herab in unsre Not, / er trug die Schmach und litt den Tod / und wollt sich uns verbünden, / dass wir, von Schuld und Tod befreit, / ein neu Geschlecht am End der Zeit, / sein wahres Leben künden.

Drum blicket auf: Die Nacht vergeht, / der Morgenstern am Himmel steht / und leucht' durch Angst und Plage. / Seid fröhlich, glaubet unbeirrt, / dass Christus Jesus kommen wird / am großen Königstage …«

Dann gab es neuerdings auch ein wunderschönes Morgenlied, dessen Dichter Schwester Lina anscheinend auch nicht kannte. Es wurde auf eine ganz neue Melodie eines badischen Pfarrers, Rudolf Zöbeley, gesungen:

»Er weckt mich alle Morgen, / er weckt mir selbst das Ohr. / Gott hält sich nicht verborgen, / führt mir den Tag empor, / dass ich mit seinem Worte / begrüß das neue Licht. / Schon an der Dämm'rung Pforte / ist er mir nah und spricht.

Er spricht wie an dem Tage, / da er die Welt erschuf. / Da schweigen Angst und Klage; / nichts gilt mehr als sein Ruf. / Das Wort der ew'gen Treue, / die Gott uns Menschen schwört, / erfahre ich aufs Neue / so, wie ein Jünger hört …

Er ist mir täglich nahe / und spricht mich selbst gerecht. / Was ich von ihm empfange, / gibt sonst kein Herr dem Knecht. / Wie wohl hat's hier der Sklave, / der Herr hält sich bereit, / dass er ihn aus dem Schlafe / zu seinem Dienst geleit.

Er will mich früh umhüllen / mit seinem Wort und Licht, / verheißen und erfüllen, / damit mir nichts gebricht; / will vollen Lohn mir zahlen, / fragt nicht, ob ich versag. / Sein Wort will helle strahlen, / wie dunkel auch der Tag.«

Schwester Lina sang die Lieder natürlich nicht nur mit ihren Konfirmandinnen, sondern sie erklärte ihnen auch, was ihre Dichter mit den Texten ausdrücken wollten. Das half wie die biblischen Texte, den Mädchen für die Zuwendung Gottes die Herzen zu erwärmen. Und es half, sie zu befähigen, die Texte und Töne ihres täglichen, von der Partei gefärbten Umfelds nicht bedenkenlos zu schlucken und zu verwenden. Dass sie sich damit auf einem schmalen Grat bewegte, wusste Schwester Lina wohl. Aber sie machte aus ihrer Überzeugung keinen Hehl, dass es Wichtigeres gab, als menschlichen Appellen zu folgen, die über kurz oder lang der Wind verwehen würde. Gottes Wort allein habe Ewigkeitswert. Darum gelte es auch in der gegenwärtigen Zeit, diesem göttlichen Wort seine ewige Bedeutung zuzuerkennen.

Immer wieder beendete die Diakonisse ihre Konfirmandenstunde mit einem Gebet, das, wie sie sagte, aus einem Lied von Otto Riethmüller stammte. Dieser Mann sei der ehemalige Leiter des »evangelischen Reichsverbandes weiblicher Jugend«:

»Zeig uns dein königliches Walten, / bring Angst und Zweifel selbst zur Ruh. / Du wirst allein ganz recht behalten: / Herr, mach uns still und rede du!«

Johanna war mit derselben Begeisterung bei dieser religiösen Unterweisung, wie sie es auch bei den BDM-Veranstaltungen war. Dabei spürte sie, dass die Inhalte doch eine sehr unterschiedliche Qualität hatten. Hoffentlich blieb ihr die Sehnsucht nach dem heiligen Gott erhalten, wenn die Stimmen recht behalten sollten, die sich mit Fortgang des Krieges in der Isarstadt hier und da leise bemerkbar machten und vorsichtig ihre Fragen an den NS-Staat und seine Politik anmeldeten.

Die Menschen hatten wie überall im Reich die Rationierung von Lebensmitteln hinzunehmen und mit den leidigen Lebensmittelkarten umzugehen. Sie mussten an den regelmäßigen Luftschutzübungen teilnehmen und die Vorschriften zur Verdunklung einhalten. Und sie mussten erleben, dass es an den Fronten auch Landshuter Väter und Söhne tödlich traf. Dass nach dem Motto »Schrott wird neues Eisen, darum her damit« die Kirchenglocken von ihren Türmen heruntergeholt wurden, damit sie mit dem Schillerdenkmal an der Luitpoldbrücke und dem Max-II.-Denkmal, das früher vor dem Rathaus gestanden hatte, für Kriegszwecke eingeschmolzen wurden, das ärgerte die Leute und verunsicherte sie zusätzlich. Als sich dann im Winter 1941/42 herausstellte, dass sich die »Niederringung Russlands« völlig unerwartet verzögerte – diesen Feldzug hatte Adolf Hitler am 22. Juni 1941 ohne Kriegserklärung begonnen, sehr erfolgreich vorangetrieben, um später doch erleben zu müssen, dass sich große Schwierigkeiten abzeichneten; er hatte den russischen Winter als Feind nicht kalkuliert –, wechselte die Stimmung in der Landshuter Bevölkerung zunehmend ins Negative. Sie musste künftig mit intensiven Durchhalteparolen der NSDAP und ihrer Köpfe in der Stadt und im »Gau« hochgehalten werden.

Diese Stimmung ging auch an der darlappschen Familie nicht vorbei, zumal sich abzeichnete, dass der junge Gottfried mit seiner Einberufung zur Wehrmacht zu rechnen hatte. Es gab schon länger eine Menge brisanten Gesprächsstoff am gemeinsamen Tisch. Johanna war froh, dass sie sich dem im Sommer 1941 und im Herbst des Jahres zumindest zeitweise dadurch entziehen konnte, dass sie wieder zum Einsatz in die Hopfenernte und dann in die Kartoffelernte fuhr. Bedauerlich war nur, dass beide Male der kirchliche Unterricht ausfiel. Aber sie hatte inzwischen eine ganze Menge geistliches Wissen im Kopf, von dem sie zehren konnte und das ihr auch half, ihre eigene Glaubenshaltung für ihre Konfirmation zu finden.

Die fand dann wie vorgesehen an Palmarum 1942 statt. Dass mit diesem letzten Märzsonntag die Verbindung zu Schwester Lina abreißen würde und wohl auch zu den anderen vier evangelischen Mädchen, fand die Konfirmandin sehr schade. Dass Gottfried

Landshut, Burg Trausnitz aus dem 13. Jahrhundert

nicht am Gottesdienst und der Nachfeier im kleinen Kreis teilnehmen konnte, weil er sich bereits als Soldat an irgendeinem russischen Frontabschnitt befand, lag wie ein dunkler Schatten über dem Tag. Der Besuch der Patentante aus Nürnberg vermochte es auch nicht, das Fest fröhlicher zu machen. Tante Kläre musste mit Onkel Karl, ihrem Mann, ohnehin gleich nach dem Mittagessen wieder nach Nürnberg zurück, weil später kein Zug mehr fuhr. Da blieb für den Nachmittag nur ein Spaziergang mit den Eltern hinauf zur Burg Trausnitz. Langweilig! Wenn wenigstens das Wetter schöner gewesen wäre! Der Frühling mochte sich leider noch nicht so recht ausbreiten.

Wegen dem allen hielt sich auch Johannas Freude über ihren Konfirmationsspruch in Grenzen, der ihr aus 1. Johannes 3,1 mitgegeben wurde. Die Konfirmandin nahm ihn hin, ohne weiter über seine wunderbare Aussage nachzudenken:

»Sehet, welch eine Liebe hat uns der Vater erzeiget, dass wir Gottes Kinder sollen heißen.«

Als Gottfried Darlapp sen. mit seiner inzwischen einundvierzigjährigen Immer-noch-Haushälterin, Fräulein Elisabeth Lübbe, und seiner Tochter die Höhe des Hofgartens erreicht hatte und die drei von einem guten Aussichtspunkt aus über die Stadt und das Flusstal schauten, unterbrach der Vater plötzlich das Schweigen, das die drei Menschen bisher umgeben hatte. »Ich möchte den heutigen Tag nutzen und dir etwas erklären, Hanne. Ich bin dir diese Erklärung schon lange schuldig.«

Johanna wandte sich um und blickte ihren Vater fragend an. »Ich höre, Papa.«

»Ich mache es kurz, Hanne, und ich bitte dich um dein Verständnis für das, was ich dir sagen will.«

»Ich werde mir Mühe geben, Papa«, gab das Mädchen zurück und wollte die Bemerkung wohl als Aufforderung verstanden wissen, endlich mit der Sprache herauszurücken.

»Also, ich habe vor, Fräulein Lübbe, die du schon immer deine ›Mutti‹ nennst, zu heiraten, damit sie das dann auch endlich und wirklich wird.«

Johanna schaute einigermaßen erstaunt erst ihren Vater, dann die Mutti an, als wollte sie fragen, ob denn diese Ankündigung wohl ein dummer Scherz sei.

»Weißt du, Kind, als damals 1929 meine Frau Charlotte, deine Mutter, uns wegen eines anderen Mannes verließ, brauchte ich jemanden, der sich um euch beide kümmerte, um Gottfried und um dich. Wegen der Firma konnte ich das nicht selbst tun. Ich hatte dann zunächst zwei Haushälterinnen, die aber nichts taugten. Die waren euch auch keine Mutter. Dann meldete sich Fräulein Lübbe, ich meine Elisabeth. Und sie blieb bei uns und wurde euch beiden zur Mutter. Warum sie bisher nicht meine Frau wurde, muss ich jetzt nicht erklären. Aber du sollst wissen, dass wir demnächst tun, was lange überfällig ist. Für uns beide wird sich in unserer Zusammenarbeit dadurch wohl nicht viel ändern, aber doch wird die Beziehung eine andere werden und das Zusammenleben ein engeres. Für dich muss sich dadurch gar nichts ändern, denn deine Mutti bleibt deine Mutti und wird es dann nur auch dem Namen nach.«

Gottfried Darlapp brach seine Rede ab und wartete wohl auf eine Antwort des Mädchens. Elisabeth Lübbe nestelte ein wenig nervös an ihrem Taschentuch und wartete wohl ebenso gespannt darauf, wie ihre »Tochter« Hanne jetzt reagieren würde.

Die stand eine Weile still und schaute über die Stadt in irgendein Nichts auf der anderen Talseite. Dann rollten ihr ein paar Tränen über das Gesicht. Der Vater legte ihr den Arm um die Schulter – wann hatte er das eigentlich zum letzten Mal gemacht? – und fragte vorsichtig: »Möchtest du nicht …«

Nein, Johanna mochte nicht antworten. Nicht mit Worten. Die hätte sie jetzt ohnehin nicht gefunden. Sie antwortete, indem sie erst ihrem Vater um den Hals fiel und dann ihrer »Mutti«. Und dann hielten sich drei Menschen eine ganze Weile in den Armen, glücklich über den Moment, der ein Stück vergangener Gemeinsamkeit klärte und ihren Fortbestand für die Zukunft sicherte. Schließlich lösten die beiden Erwachsenen und das große »Kind« sich voneinander, und Johanna fragte: »Weiß Gottfried schon davon?«

Der Vater atmete einmal tief durch. »Ja, er weiß es. Ich habe es ihm neulich gesagt, ehe er nach Berlin zur Wehrmacht eingerückt ist. Er musste diese Wahrheit vorher noch erfahren.«

»Und was hat er dazu gemeint?«, wollte das Mädchen wissen, wobei sie sich ein paar letzte Tränen aus dem Gesicht wischte.

»Er hat die Sache damals in Rostock ja miterlebt. Er war ja schon fünf. Du warst noch keine zwei.«

»Ich erinnere mich«, unterbrach Johanna ihren Vater. »Gottfried hat mir mal etwas davon erzählen wollen. Aber ich habe ihm gesagt, dass er still sein sollte, weil ich davon nichts hören wollte. Die Mutti ist meine Mutti und Punkt, habe ich ihm damals gesagt. Danach habe ich die Sache wohl vergessen.«

»Wahrscheinlich. Ich kann mich auch nicht erinnern, dass du jemals nach deiner Mutter gefragt hast. Gottfried hat aber auch nie nach seiner Mutter und nach unserer Familie gefragt. Deine ›Mutti‹ war immer sein ›Fräulein Lübbe‹.«

»Weil du die Mutti auch immer so genannt hast?«

»So war es wohl«, bestätigte der Vater und griff den Faden von eben wieder auf: »Also, nur dass wir heiraten werden, war für Gottfried neu, und er war erfreut darüber. Dann hat er sich allerdings in Berlin nach eurer Mutter erkundigt – und er hat sie auch gefunden.«

»Hat er sie besucht?«

»Ja, er hat sie besucht. Aber sie hat nichts von ihm wissen wollen.«

»Hat sie nach mir gefragt?«

»Nein, sie hat wohl nicht nach dir gefragt. Gottfried hätte mir das sicher mitgeteilt«, antwortete der Vater.

»Dann ist es gut«, stellte Johanna beinahe aufatmend fest. »Dann hat sie auch keinen Anspruch an mich als Tochter. Und Mutti ist und bleibt meine einzige Mutti.«

Jetzt war es ihre künftige offizielle Stiefmutter – noch Elisabeth Lübbe und bald Darlapp –, die ihre »Tochter« in die Arme nahm. »Danke, mein Hannele«, brachte sie mühsam hervor, »danke. Bei uns bleibt alles beim Alten. Ich habe es immer genossen, dass du mich ›Mutti‹ genannt hast. Wenn ich doch Heimweh nach meinem Peterle hatte, hat mich dein ›Mutti‹ immer getröstet. Der Junge konnte ja nie so zu mir sagen. Ich freue mich jedenfalls sehr, dass ich jetzt auch amtlich deine Mutter werde und dass das so bleibt, bis der Tod uns scheidet.«

»Und was ist mit deinem Peterle?«, fragte Johanna vorsichtig, den Hinweis der Mutti aufgreifend. »Der wird ja dann mein Stiefbruder oder so etwas.«

»Dem geht es gut an der Küste bei den Großeltern. Besser, als wenn er hier in der Stadt lebte. Und ich hoffe, du kannst ihn als deinen fernen Stiefbruder annehmen.«

»Da ich ihn ja kaum richtig kenne, ist das nicht schwierig. Wenn er bei uns wohnte, würden wir uns wohl zusammenraufen. Und du, Papa?«

»Ich würde Peter als meinen Stiefsohn selbstverständlich annehmen. Aber die Frage stellt sich ja nur theoretisch. Peter wird auch künftig in Norddeutschland bleiben. Die Großeltern Lübbe sind ja wie Eltern für ihn. Diese gewachsene Beziehung möchten Elisabeth und ich nicht zerstören. Und jetzt sollten wir wieder hinuntergehen, ihr beiden Frauen.«

Am Abend ihres Konfirmationstages konnte Johanna sich dann doch noch über ihr geistliches Weggeleit freuen: »Sehet, welch eine Liebe hat uns der Vater erzeiget, dass wir Gottes Kinder sollen heißen.«

Irgendwie, so ging es dem Mädchen durch den Kopf, muss die Liebe des irdischen Vaters zu seinen Kindern ein Abbild der Liebe Gottes zu denen sein, die ihn ihren himmlischen Vater nannten. Eine Erkenntnis und eine Erfahrung, die sie gerne aus diesem Tag in ihr Leben mitnehmen wollte. Und als brauchte das noch eine besondere Bestätigung, riss gerade jetzt die Wolkendecke auf, und der erste Frühlingsvollmond malte einen großen, hellen Fleck auf Johannas Bettdecke …

In den Sommerferien dieses Jahres machte Johanna eine ganz neue Lebenserfahrung: Sie wurde als BDM-Mädel zum Ernteeinsatz auf einen Bauernhof geschickt, auf einen uralten Einödhof, der irgendwo am Ende der niederbayerischen Welt lag. Eine ganze Tagesreise brauchte sie mit Bahn, Bus und den eigenen Beinen, bis sie das bäuerliche Anwesen nach etwa einer Stunde Fußweg vom letzten Dorf aus endlich erreichte. Das Hofgebäude machte von außen einen heruntergekommenen, mindestens vernachlässigten Eindruck. Das Gelände drum herum ebenso. Hier fehlten offenbar ordnende Hände, vielleicht auch der Wille zu besseren Taten.

Als die Erntehelferin sich dem Bauernhaus näherte, wurde sie schon von Weitem von einem großen Hund begrüßt, der wild und laut bellend an seiner langen Kette zerrte. Für ein paar Augenblicke hielt sie die Luft an. War das Tier scharf oder friedlich? Kam sie zur Haustüre heil an ihm vorbei? Hunde, die bellen, beißen nicht, hieß es. Aber ob der Hund diese Weisheit kannte? Zur Beruhigung des Mädchens wurde das Tier mit einem grellen Pfiff und einem scharfen »Brünó!« zur Ordnung gerufen. Bruno mit ü und hinten betont, das klang komisch, fand Johanna. Und »Brünó« gehorchte. »Gott sei Dank!«, atmete das Mädchen auf und fragte sich, wer wohl der fesche dunkelhaarige junge Mann in dem schmutzigen hellen Hemd und der zerschlissenen blauen Uniformhose war, der den Hund zurückgepfiffen hatte. Einen Moment später grüßte er mit »Bonjour, Mademoiselle« und stellte sich knapp als »Jean-Philippe« aus Paris vor.

Ein Kriegsgefangener, schoss es Johanna durch den Kopf, geschieht ihm recht, dass er sich hier am Ende der Welt nützlich machen muss. Laut grüßte sie knapp zurück und fragte nach den Bauersleuten. Der Franzose verwies sie auf das Haus und wandte sich wieder seiner Arbeit am großen Misthaufen zu.

In der Haustür kam ihr ein älteres Ehepaar entgegen. Die Kreuthers, die beide aus müden Augen in verhärmten Gesichtern schauten, waren wohl irgendwo in den Sechzigern. Die Bäuerin reichte ihr die Hand: »Gut, dass'd kimmst. Schaugst di nur um, wosd lebst die nächstn Wochn. Die Stubn teilst mit der Magd, mit der Marie.«

Die kam wie herbeigerufen auch schon durch die Diele geschlurft. Das Alter der kleinen, hutzligen Frau war schwer zu erkennen, und einen Nachnamen hatte sie wohl auch nicht. Sie nahm Johanna bei der Hand und sagte nur: »Kimm eini, Dirndl, i zoag di, wosd sehn muast, un sog di, wosd wissn muast.«

Während die Bauersleute draußen irgendwas zu tun hatten, zeigte die ansonsten wohl eher mundfaule Marie ihrer jungen Mitbewohnerin das Haus und seine Umgebung und erklärte ihr mit kargen Worten, was sie in den nächsten Wochen hauptsächlich zu tun hatte: Helfen bei allem, was gerade anfiel in der Küche, der Stube, dem Stall mit seinen Nebenräumen und draußen auf den Feldern und Weiden. Der Bauer und seine Frau teilten die Arbeit für Jean-Philippe und für sie ein. – Wie gut, dass das Mädchen aus der Kleinstadt Bayerisch gelernt hatte, wenngleich das, was man in Landshut sprach, völlig anders war als das in diesem vergessenen Winkel.

Na, das konnte ja interessant werden mit den Leuten und der Arbeit auf dem Hof. Ob ihr das wirklich Freude machen würde?, ging es der Erntehelferin durch den Kopf. Dabei wurde ihre Aufmerksamkeit auf zwei kleine und ein größeres Mädchen gelenkt, die sich im Kräutergarten hinter dem Haus beschäftigten. Marie erklärte: Im hinteren Teil des Hauses, unmittelbar über dem Saustall, lebe eine fünfköpfige Familie, eine junge Frau mit drei Kindern zwischen zwei und acht Jahren und ihrer eigenen alten Mutter. Ihr Mann sei Soldat und an der Front im »Einsatz für das Reich«. Diese Leute seien dem Hof zugewiesen worden, Flüchtlinge von irgendwo aus dem Osten, wo sie alles verloren hätten. »Die Russn, die damischen …«

Welch elendes Quartier mussten diese armen Menschen hier bewohnen, ging es Johanna durch den Sinn. Über dem Saustall! Gab es denn keinen anderen Wohnraum für die Leute als diesen elend stinkenden Verhau? Und das bei dem Opfer, das sie für Führer, Volk und Vaterland hatten bringen müssen! Aber das Opfer der Kreuthers war wohl ähnlich schlimm oder sogar viel schlimmer, wie sie von Marie erfuhr: Vier ihrer sechs Söhne lagen bereits gefallen unter fremder Erde, die beiden verbliebenen Söhne kämpften an der Ostfront. Und wer wusste schon, ob wenigstens die lebend zurückkamen?

Als Johanna von diesem Schicksal erfuhr, trieb es ihr die Tränen in die Augen. Sie brauchte eine Weile, bis sie sich wieder gefangen hatte, und sie nahm sich vor, ihrer Arbeit ganz besonders gewissenhaft nachzugehen und zu den leidenden Eltern und auch zu der Flüchtlingsfamilie besonders nett zu sein. Der Franzose war ein Feind. Mit dem musste sie kein Mitleid haben. Der sollte froh sein, dass er Wiedergutmachung leisten konnte und dazu auch noch sein gutes Auskommen hatte, auch wenn er nur einen elenden Verschlag neben der Futterküche bewohnte.

Auf dem Hof gab es übrigens keinen elektrischen Strom und kein fließendes Wasser, abgesehen von dem Bach, der am Haus vorbeiplätscherte und später zu einem kleinen Teich aufgestaut war. Das Klo war ein windschiefes Holzhäuschen über der Jauchegrube, gleich neben dem Misthaufen an die Hauswand gelehnt und nur durch eine halbhohe Tür zu verschließen. Sehr gewöhnungsbedürftig für einen Menschen aus der Stadt! Aber die Einschränkungen der nächsten Wochen wollte Johanna für diese Leute hier und für den Führer im fernen Berlin wohl gerne auf sich nehmen.

Für den Führer? Oder doch lieber um Gottes willen? Doch lieber um Gottes willen! Das geballte Elend, das ihr auf diesem Einödhof begegnete, ließ das BDM-Mädel in seiner Arbeitskluft wieder einmal stark zweifeln an der Politik des Führers und damit auch an allem, was sie in den vergangenen Jahren in Landshut an nationalsozialistischer Propaganda gehört und beklatscht hatte oder was sie auch immer wieder nur über sich hatte ergehen lassen, weil ihr lediglich das Dabeisein wichtig gewesen war. Nein, was sie hier auf diesem Elendshof erlebte, war nicht gut, das war unmenschlich und … Johanna fielen keine Worte ein, wie sie ihr Empfinden beschreiben sollte. Sie wollte dennoch gerne hier sein und ihre Pflicht tun, notfalls die Zähne zusammenbeißen und eine

Faust in der Tasche machen und Erfahrungen für ihr junges Leben sammeln.

Die Erfahrung, die sie schon wenig später in der Küche machte, bereitete ihr aber gleich neue Mühe: Beim Abendessen saßen nur die Bauersleute, Marie und sie am Tisch. Wo waren die anderen Bewohner des großen Hofes? Der Tisch war doch groß genug für alle, und zu essen war auch genug da. Johanna wagte die Frage, was denn mit der armen Flüchtlingsfamilie und mit Jean-Philippe sei. Der gehöre nicht mit an den Tisch, bemerkte die Bäuerin kurz und bündig. Der »Franzos« bekomme für seine Arbeit sein Futter, und das könne er verzehren, wo er wolle, aber nicht mit ihnen zusammen.

»Und die anderen über dem Saustall?«, beharrte Johanna auf ihrer Frage.

»Die Mutter mag die Leut net«, erklärte der Bauer mit einem Seitenblick auf seine Frau, die er offenbar immer »Mutter« nannte.

Die Frau warf ihren Kopf in den Nacken und sagte mit deutlicher Härte in der Stimme, wobei sie wie ihr Mann ebenfalls versuchte, Hochdeutsch zu sprechen: »Es is net mei Schuld, dass die hier sein. Die kriagn ihre eigene Marken und wern scho net verhungern. Es reicht, dass die hier wohnen, unsre Wäsch benutzen und sonst nutzlos herumstehen.«

»Aber …«, versuchte Johanna einen Einwand vorzubringen.

»Nix aber, Madel«, wehrte die Bäuerin sofort ab, »des is net dei Sach, woaßt. Des is nur mei Sach, hast g'heart, Madel? Deana fünf geht's lang guat hier herausn.«

Das Mädchen hatte gehört und verstanden und hatte doch nicht verstanden, wie ein Mensch, der in der Fülle lebte, vor der Not anderer die Augen verschließen und seine Hände heraushalten konnte. Den Gesichtern des Bauern und der Magd war zu entnehmen, dass die anderer Meinung waren und dass dieses Thema wohl öfters zum Streitpunkt wurde. Aber gegen die Ansicht der Kreutherin war wohl nicht anzukommen.

Nachdem diese Sache deutlich geklärt war, wechselte die Bäuerin ihren Tonfall. Ihre Stimme klang jetzt sogar lieb und freundlich, als sie Johanna erklärte, was in der nächsten Zeit ihre Arbeit sei und dass sie recht aufmerksam dabei sein solle. Sie könne viel lernen für ihr späteres Leben als Frau und Mutter. Und wenn sie mit dem Franzos zusammenarbeiten müsse, solle sie zurückhaltend sein. Der sei, zugegeben, ein durchaus fescher Bursche und deshalb eine mögliche Gefahr für ein ebenso fesches Dirndl. Leider könne er kaum Deutsch, sei aber ansonsten anstellig und fleißig. Mit den Petroleumlampen solle sie sehr sorgsam umgehen. Ein Feuer sei schnell entfacht, aber hier hinten im Tal schwer gelöscht. Dann schloss sie ihre Rede: »Und jetzet no die sechs Kerzn für die Buam draußn un oane für den Führer, für jedn a Vaterunser, d'Kuchn aufräuma, und dann geht's schlofn.«

Das war schon ein merkwürdiges Ritual, mit dem die Bäuerin den Tag beschloss. Sie erhob sich vom Tisch und wandte sich der Kommode zu, über der ein großes, holzgeschnitztes Kruzifix hing. Auf dem Schrank standen ein großes Führerbild und Bilder ihrer sechs Söhne, von denen vier mit einem Trauerband versehen waren. Die Frau bekreuzigte sich, zündete sieben Kerzen an und sprach tatsächlich an jedem Licht ein Vaterunser. Die anderen drei Menschen standen schweigend dabei. Ob die innerlich überhaupt beteiligt waren? Für Johanna war das eine sehr befremdliche Szene, an deren Ende sich die Frau noch einmal bekreuzigte. Sie blies die Kerzen wieder aus und machte sich daran, den Tisch abzuräumen. Dem Mädchen gab sie die Anweisung, genau Obacht zu geben, wo die Dinge ihren Platz hatten, damit sie diese Arbeit künftig allein verrichten könnte.

Was ging Johanna nicht alles durch den Sinn, als sie wenig später in ihrem Kastenbett lag und nicht einschlafen konnte. Das lag nicht daran, dass die alte Marie in ihrem Strohkasten schnarchte, wie ein Holzarbeiter sägte. Nein, die vielen Eindrücke der vergangenen Stunden machten ihr Mühe. Warum war die Bäuerin eine so zwiespältige Frau? Dass sie zu dem Franzosen so hart war, nun, das war ja vielleicht noch verständlich. Der Mann war wohl schon im ersten Kriegsjahr bei dem erfolgreichen Feldzug gegen sein Heimatland gefangen genommen worden. Aber dass sie zu den Flüchtlingen ebenso abweisend und hart war, dafür fiel Johanna das Verständnis schwer. Und ihr war sie begegnet wie eine Mutter ihrer Tochter. Dabei war sie ein bisher völlig unbekanntes BDM-Mädel für die Bäuerin. Dann diese merkwürdig fromme Kerzenzeremonie vor dem Schlafengehen. Wie mochte die Frau wohl wirklich über den Führer Adolf Hitler denken, dessen Krieg ihr bereits vier Söhne geraubt hatte? Der Nationalsozialismus war mit seinem Gedankengut ja auch bis in dieses entlegene Tal gekommen, und das ohne Volksempfänger und ohne propagandistische Aufmärsche mit den zugehörigen Reden. Richtig, der »Völkische Beobachter« hatte auf der Eckbank gelegen. Johanna hatte allerdings nicht auf das Datum der Zeitung gesehen.

War die Bäuerin nicht eigentlich eine bedauernswerte, arme Frau?, ging es Johanna weiter durch den Kopf. Sie brauchte das abendliche Ritual wohl, um ihre inneren Verletzungen und ihren Schmerz zu verarbeiten. Und ob sie dabei das eine Vaterunser für den Führer betete oder gegen ihn, wurde dabei gar nicht deutlich. Die Gedanken waren ja frei ... Aber durfte ein Mensch denn überhaupt ein Vaterunser für den Führer beten? Der wollte doch von dem »Vater in dem Himmel« gar nichts wissen, und seinen Namen wollte er schon mal gar nicht heiligen. Der heiligte doch viel lieber seinen eigenen und hielt sich an die »Vorsehung«, was das auch immer war ... Und hatte der nicht inzwischen die ganze Welt gegen sich? Nein, Hitlers Weg war kein guter Weg! Konnte der den Krieg an den vielen Fronten überhaupt noch gewinnen?

Wo wohl Gottfried jetzt war? War der Bruder nach seiner Hitlerjungenzeit nicht freiwillig zur Wehrmacht gegangen? War das für ihn vielleicht ein möglicher Weg gewesen, seinen Konfirmationsspruch ins Leben umzusetzen? Getreu sein bis in den Tod, um die Krone des Lebens zu erben? Damit war aber doch wohl nicht der Tod im feindlichen Kugelhagel gemeint oder der Tod in einer Bombennacht?! Und als Krone verstand er doch wohl nicht irgendein Ehrenzeichen, das er sich an die Uniformjacke heften oder um den Hals hängen konnte? Wie viele Menschen waren wohl kürzlich in den Bombennächten von Hamburg gestorben? Weit über 100.000 Brandbomben sollten allein dort vom Himmel gefallen sein. Elende Alliierte! Verdammter Scheißkrieg!

Johannas Gedanken schweiften ungeordnet und ziellos weit in die Welt und kamen dann doch zurück in die Kammer auf dem Kreuther-Hof und an ihren Ausgangspunkt. Das Mädchen beschloss, die arme Bäuerin zu mögen. Sie würde es machen wie der Bauer und »Mutter« zu der Frau sagen. Vielleicht tat ihr das gut. Und dann würde sie versuchen, den anderen Fremden auf dem Hof auch wenigstens ein bisschen Freundlichkeit, Liebe und Zuwendung zu schenken. Es musste doch möglich sein, wenigstens für die drei Kinder ab und zu einen Becher Milch abzuzweigen oder eine Scheibe Brot mit Butter oder ein Stück Wurst …

Irgendwann war die Erntehelferin mit ihren vielen Gedanken dann doch eingeschlafen. Als sie am frühen Morgen aufwachte, erinnerte sie sich, dass sie geträumt hatte: Sie hatte bei irgendeiner Gelegenheit ihr Halstuch von sich gerissen und es durch ein Kreuz an einer Halskette ersetzt, durch solch ein Kreuz, wie es die Neuendettelsauer Diakonisse Schwester Lina trug. Das war schon merkwürdig! Ob sich solche

Träume irgendwann bewahrheiteten?, ging es dem Mädchen durch den Sinn, als sie sich im Dämmerlicht des aufkommenden Tages aus ihrer Strohkiste hochrappelte, um nach unten und nach draußen zu gehen. Marie war wohl bereits mit den anderen im Stall beschäftigt.

Vor dem Haus machte Johanna sich in der kühlen Morgenluft und bei herrlicher Begleitmusik ungezählter Vögel, die im Geäst der Hofbäume und des Sträucherwerks ihre Morgenlieder sangen, am Zuber frisch, um danach die Küche zu richten, wie die Bäuerin ihr das am Abend gesagt hatte. Zum Frühstück würden sie bald hereinkommen und wahrscheinlich zunächst wieder das Kerzenritual zelebrieren …

Die sechs Wochen des Einsatzes auf dem Kreuther-Hof vergingen für Johanna wie im Flug. Die Arbeit ging ihr flott von der Hand und machte ihr Freude. Sie begann sogar, die landwirtschaftliche Arbeit zu lieben. Die Kühe zu füttern und zu melken, die Pferde zu versorgen, mit dem Federvieh umzugehen und sogar das Ausmisten der Ställe machten richtig Spaß. Im Getreide und im Grummet zu arbeiten und auf dem Feld die Frühkartoffeln auszubuddeln und aufzuklauben ebenso. Und wenn bei schlechtem Wetter in der Küche und in der Stube gearbeitet werden musste, war das auch lehrreich.

Vielleicht sollte sie später Bäuerin werden, ging es ihr immer wieder einmal durch den Kopf. Das wäre doch was! Aber dann müsste sie ja eines Tages einen Bauern heiraten. Ob es den passenden und für sie vorgesehenen dann irgendwo gab? Nein, nicht den »vorgesehenen«, Johanna!, wies sich das Mädchen bei diesem Gedanken selbst zurecht. Mit der Vorsehung wollte sie nichts zu tun haben. Gottes Liebe sollte ihr in ein paar Jahren den Mann zuführen! So war es viel besser! Ob sie nicht auch selbst eines Tages in irgendeiner Weise Gottes Liebe weitergeben konnte? Wäre das nicht das »Gutsein« aus dem Gebet des Franz von Sales, zu dem Gottes heilige Engel sie befähigen sollten?, ging es ihr für einen Moment durch den Sinn. Dann war der Gedanke aber auch schon wieder weg.

»Gut sein!« Bis zum Ende ihrer Arbeitszeit auf dem Hof der Kreuthers gelang es dem Mädchen tatsächlich, mit den großen und kleinen Flüchtlingsleuten in näheren Kontakt zu kommen und ihnen ab und an etwas Gutes zu tun. Die Mutter der drei Kinder nicht zu verpfeifen, wenn sie sie beim Kartoffel- oder Rübenklau erwischte, war für sie auch etwas Gutes. War das nicht sowieso Mundraub, der sogar vor den Gerichten meistens straffrei blieb?

Die Bäuerin davon zu überzeugen, dass sie doch gegen diese armen Menschen nicht so hart sein und ihnen ab und zu wenigstens etwas von den Resten geben sollte, das war sogar das Bessere. Jean-Philippe blieb ihr allerdings fremd. Wenn die beiden an der gleichen Arbeit waren, geschah das meist in argwöhnischem Abstand und überwiegend schweigend. Ob das Misstrauen des Franzosen an ihrer BDM-Kluft lag, die sie bei der Arbeit trug? Er musste sie ja für eine überzeugte Anhängerin des Führers halten, der immerhin seine Heimat Frankreich unter seine Knute gezwungen hatte und verantwortlich war für vielfachen Tod und eine Menge Zerstörung in seinem Land. Nur waren Bluse und Halstuch im Einsatz leider Vorschrift, der Johanna selbstverständlich nachkam. Die Kluft aber war schon lange nicht mehr Ausdruck ihrer Treue zum Staat und seinem Führer. Sie war für sie Arbeitskleidung. Schade, es gelang dem erst fünfzehnjährigen Mädel nicht, den Mann davon zu überzeugen, und es tat ihr leid, dass sie ihn nicht zu »öffnen« vermochte.

Was draußen in der Welt und an den Kriegsschauplätzen passierte, drang nur sehr spärlich auf den Hof. Es schien die Menschen hier auch gar nicht sehr zu interessieren. Für sie hatte das alles bisher nur böse Auswirkungen gehabt. Der Bauer fuhr höchstens einmal in der Woche auf den Markt ins entfernte Dorf, der Postbote kam zweimal heraus und brachte dann auch schon einmal Zeitungen mit, deren Nachrichten aber oft bereits überholt waren.

Hoffentlich war die Nachricht nicht auch schon überholt, die Johanna durch die Post von den Eltern erhalten hatte: Ihrem Bruder Gottfried ginge es im Einsatz seiner Nachschubeinheit in der Ukraine noch einigermaßen gut. Sein Heeresverband gerate aber zunehmend unter Druck. Die deutschen Truppen vor ihnen hätten die Wolga zwar erreicht, müssten sich aber wachsendem Widerstand stellen, was auch nach hinten in der Etappe spürbar sei. Es werde hoffentlich für den Jungen – und für das Reich – alles gut ausgehen. Gerne wollte sich Johanna die Hoffnung des Vaters zu eigen machen. Schlimm wäre es, wenn ihrem geliebten Bruder etwas zustoßen sollte …

Als sie den Brief während ihrer Rückreise noch einmal las, ging es Johanna plötzlich durch den Kopf, wie sie es zuletzt in ihrem Konfirmationsgottesdienst mitgesungen hatte: »Kyrie eleison – Christe eleison – Kyrie eleison.« Dieses griechische »Herr, erbarme dich« hatte sie ähnlich zuvor auch schon bei den Seligenthaler Nonnen kennengelernt. Ja, nur so konnte es wohl sein, nein, so musste es sein: Gott musste sich über alles erbarmen. Ohne dieses Erbarmen würde wohl die kommende Zeit in einer Katastrophe versinken …

Am liebsten Neuendettelsau

In den ersten Tagen des Jahres 1943 ging es in einem der abendlichen Tischgespräche bei den drei Darlapps um Johannas Zukunft. Im kommenden März stand ihr Schulabschluss bevor, und danach musste es ja weitergehen. Aber wie in diesen unsicheren Kriegszeiten und wo?

»Hast du eine Vorstellung?«, fragte der Vater seine gerade sechzehnjährige Tochter.

»Ich bin mir nicht sicher, Papa«, gab die zurück. »Aber ich hatte schon mal daran gedacht, Kindergärtnerin zu werden.«

»Wie kommst du gerade darauf?«, fragte die Mutti überrascht. »Als du im Sommer vom Kreuther-Hof zurückkamst, wolltest du doch Bäuerin werden.«

»Wollte ich, Mutti. Aber das ist wohl doch nicht das Rechte«, gab Johanna ein wenig verlegen zurück. »Immer sehr früh aufstehen. Und dann ist der Tag so lang, und man hat keinen Sonntag und keinen Werktag. Und man stinkt immer nach Stall, Jauche und Mist.«

»Und wieso Kindergärtnerin?«, kam die Frage fast gleichzeitig von beiden Eltern.

»Ich war doch schon ein paarmal bei meinem Besuch in Nürnberg mit meiner Cousine in ihrem Kindergarten und hab ihr bei der Arbeit geholfen. Das war schön, mit den Kleinen zu spielen und zu singen und ihnen Geschichten zu erzählen.«

»Und du glaubst, den Aufgaben gewachsen zu sein, auch wenn du alleine in einer Kindergruppe arbeiten musst? Dann ist deine Cousine nicht dabei.« Diese Frage kam wieder vom Vater.

»Wenn ich vorher eine gute Ausbildung gemacht habe, traue ich mir das zu, Papa«, war das Mädchen überzeugt.

»Dann müssen wir den rechten Ausbildungsort finden«, überlegte der Vater und schien auch schon eine Idee zu haben. »Wie wäre es, wenn du nach Neuendettelsau gingest?«

»Schwester Lina kommt aus Neuendettelsau«, begeisterte sich Johanna sofort für den Vorschlag.

»Richtig«, bestätigte der Vater. »Die Diakonissenanstalt dort hat zwar keine eigenen Schulen mehr, die sind alle vom Staat übernommen oder geschlossen worden. Aber die haben noch ein eigenes Kindergärtnerinnenseminar. Das soll sogar noch nach evangelisch-lutherischen Richtlinien geführt werden und noch nicht vom Nazistaat vereinnahmt sein. Religion soll bei ihnen noch Unterrichtsfach sein.« Die letzten Sätze hatte Gottfried Darlapp etwas leiser gesprochen, als befürchtete er, ungebetene Ohren könnten mithören.

»In dem Nürnberger Kindergarten wurden auch biblische Geschichten erzählt«, erinnerte sich Johanna und schwärmte beinahe davon, das auch in ihrer Arbeit einmal tun zu können. »Erkundigst du dich, ob ich in Neuendettelsau ankommen kann, Papa?«

»Ich schreibe gleich morgen, Kind. Und dann werden wir sehen, wie es gehen soll«, antwortete der Papa. »Ich erkundige mich vorsichtshalber aber auch nach anderen Orten, wo du vielleicht hinkommen könntest.«

»Danke, Papa«, fiel das Mädchen dem Vater um den Hals und drückte ihm einen Kuss auf die Wange. »Gott kann es schenken. Neuendettelsau wäre mir am liebsten. Und jetzt muss ich noch ein bisschen Hauswirtschaft lernen.« Damit verschwand Johanna aus der Küche und ließ die Eltern allein. Die hatten sicher auch noch anderes miteinander zu bereden.

Die Antwort aus dem Ort in Mittelfranken ließ auf sich warten. Andere Kindergartenseminare hatten längst geantwortet und allesamt – Absagen geschickt. Die Sorge um die mögliche Absage auch aus Neuendettelsau wurde zunächst überlagert von den bangen Fragen, wie es um Gottfried jun. stand. Seit der Kapitulation der 6. Armee unter Generalfeldmarschall Paulus in Stalingrad am 2. Februar machten sich die Darlapps große Sorgen um den Sohn und Bruder. War er noch bis dorthin gekommen? Gehörte er zu den vielen Tausenden tapferer deutscher Männer, die »der Übermacht des Feindes und der Ungunst der Verhältnisse erlegen« waren und »starben, damit Deutschland lebe?«, wie es in der Zeitung stand. Oder hatte er »Glück« und »Schwein« gehabt und war von der Roten Armee gefangen genommen worden und ostwärts unterwegs in die Kriegsgefangenschaft – und damit in eine ungewisse Zukunft in den unendlichen

Weiten Russlands? Nach der NS-Propaganda waren die Russen slawische Untermenschen und verhielten sich schlimmer als wilde Tiere. Wie mochten die wohl mit deutschen Soldaten umgehen?

Weitere Aufregung gab es im Haus an der Papiererstraße, als die Zeitungen von der großen, pompösen Versammlung am 18. Februar im Berliner Sportpalast mit Dr. Joseph Goebbels berichteten, dem Reichsminister für Volksaufklärung und Propaganda. Die Darlapps hatten es leider versäumt, diese Veranstaltung im Rundfunk zu verfolgen. Goebbels, den Gottfried Darlapp sen. hinter vorgehaltener Hand als »Giftzwerg und Schreihals« bezeichnete, hatte in seiner Rede seinen vielen Tausend Zuhörern als angeblichen Vertretern des deutschen Volkes zehn Fragen gestellt, auf die er Antworten hören wollte. Die örtliche Presse hatte die Rede selbstverständlich wörtlich abgedruckt. Die schlimmste Frage war wohl gewesen: »Wollt ihr den totalen Krieg? Wollt ihr ihn, wenn nötig, totaler und radikaler, als wir ihn uns heute überhaupt noch vorstellen können?« In einer »leidenschaftlichen Kundgebung des Kampfwillens von Front und Heimat« hatten die aufgeputschten Massen mit einem dreifachen »Ja!« geantwortet, sodass die Halle nur so gedröhnt hatte.

»Und das soll die Meinung des ganzen Volkes sein?«, fragte Gottfried Darlapp sen. mehr sich selbst als die beiden Frauen am Tisch. Er faltete die Zeitung zusammen, aus der er die Goebbels-Rede abschnittweise vorgelesen hatte, und legte sie zur Seite. Allen dreien am Tisch lief es wohl wie Gänsehaut den Rücken hinunter. Johanna stiegen die Tränen in die Augen: »Was ist mit Gottfried? Muss der vielleicht auch sterben, damit wir leben? Das ist doch Wahnsinn, reiner Wahnsinn!«

»Das darfst du nur nicht an der falschen Stelle sagen, Kind«, mahnte der Vater, »überzeugte NS-Leute mögen das auch in unserer Stadt nicht hören.«

»Und Gottfried ist in Gottes Hand. Er kann ihn bewahren und gesund nach Hause bringen«, versuchte die Mutti die Tochter zu beruhigen.

»Hoffentlich bald«, fügte Johanna an und wischte sich dabei eine Träne von der Wange. »Und hoffentlich melden die sich bald aus Neuendettelsau. Ich muss doch wissen, was wird.«

»Du wirst es rechtzeitig wissen, Hannele«, legte die Mutti ihre Hand beruhigend auf den Arm des Mädchens. »Auch das liegt in Gottes Hand.«

Wenige Tage später lag die Antwort auf dem Tisch: Johanna Darlapp könne mit dem Unterrichtsbeginn nach Ostern in die Vorschule des Kindergärtnerinnenseminars der evangelisch-lutherischen Diakonissenanstalt Neuendettelsau aufgenommen werden. Die Arbeits- und Lernbedingungen seien wegen des im Schulgebäude untergebrachten Lazaretts freilich zurzeit ein wenig eingeschränkt, der Unterricht sei aber möglich und werde kaum behindert. Zur Unterbringung im Internat seien mitzubringen ... Es folgte eine Liste von Dingen, die ein junger Mensch halt benötigte, wenn er für längere Zeit von zu Hause weg war: Bettwäsche, eine Decke, Kleider, Schürzen, Unterwäsche, Strümpfe, Schuhe ...

Wunderbar! Gott sei Dank! Was freilich »Vorschule« des Seminars bedeutete, würde sich ergeben. Diese Nachricht hob die Stimmung in der Familie deutlich an, zumal auch inzwischen ein Feldpostbrief von Gottfried aus der Ukraine angekommen war. Er schrieb, dass er mit seiner Einheit in der Nähe von Charkow liege und es ihm gut gehe. Die Lage habe sich nach dem Fall von Stalingrad allerdings sehr verschlechtert. Man hoffe, den westwärts anrückenden Feind aufhalten zu können. Er sei sehr zuversichtlich, dass das gelinge und er heil aus dieser Lage herauskomme. Das waren zwei gute Nachrichten für die Familie, die Freude und Dankbarkeit auslösten.

Die Eltern Darlapp brachten also ihr Hannele zu Ostern per Bahn an ihren Ausbildungsort ins Mittelfränkische. Die Reise war beschwerlich, weil die Strecken nicht frei und die Züge nicht pünktlich waren. Dafür waren sie umso voller. Die Eltern mussten leider in Wicklesgreuth an der Strecke Nürnberg–Ansbach kurz vor dem Ziel wieder umkehren, weil sie sonst nicht mehr rechtzeitig zurück nach Landshut gekommen wären. Der Anschlusszug von Ansbach nach Windsbach mit Halt in Neuendettelsau, das »Bähnle«, ließ stundenlang auf sich warten. Der Tochter war das gerade recht, die restlichen Kilometer ohne Vater und Mutti weiterreisen zu können. Die Vorschülerin des Kindergärtnerinnenseminars war ja schon fast erwachsen und hatte bereits anderes allein bewältigt. Also konnte sie die Ankunft im neuen Ort und den Einstieg in den neuen Lebensabschnitt auch alleine bewältigen, ohne an die Hand genommen zu werden. Das war durchaus gut so.

Schließlich kam Johanna an ihrem Ziel an. Sie wurde von der Haushaltsschwester Grete Dorn in Empfang genommen. Die Diakonisse löste das Geheimnis »Vorschule«, indem sie der Neuen erklärte, dass sie im Schulhaus zunächst einmal als Haustochter zu arbeiten habe. Sie zeigte ihr dann auch gleich ihr Zimmer, ihr Bett und ihren Schrank und stellte sie ihren drei Mitbewohnerinnen vor. Dann lud sie sie ein, später – aber bitte pünktlich! – mit Gunda, Liesbeth und Elfriede nach unten zu kommen, wo sie gemeinsam mit den Küchenschwestern zu Abend essen würden. Danach hätten sie heute Abend alle vier noch frei. »Ich bitte sehr um ordentliches Verhalten und um rechtzeitige Bettruhe!« Am kommenden Morgen um sechs begännen dann ihre Pflichten in der Küche. »Sei uns allen herzlich willkommen, Johanna«, reichte die Schwester der Vorschülerin noch einmal die Hand und ließ sie mit ihren drei Kameradinnen allein.

Nachdem die vier sich dann ordentlich begrüßt und ein wenig berochen hatten, mussten sie auch schon nach unten gehen. Die Küchenschwestern warteten mit dem Essen – und sicher auch mit der Dienstanweisung für den nächsten Tag. Hoffentlich gab es in beiden Bereichen auch ordentliches Miteinander, verdauliche Kost und leistbare Arbeit.

Leistbar war das schon, was in den nächsten Tagen von Johanna verlangt wurde, aber es war alles andere als schön. Sie hatte zwar bei ihren vielen Ernteeinsätzen das Arbeiten gelernt, aber sie war doch nicht zum Kartoffelschälen, Gemüseputzen, Geschirrspülen, Staubwischen, Zimmer-, Hof- und Straßefegen nach Neuendettelsau gekommen! Sie wollte doch Kindergärtnerin werden! Dazu war der Umgang mit diesen drei schlichten Mädchen auch nicht gerade einfach. Die gingen ihr mit ihrem unbedarften Reden über Sachen, von denen sie offenkundig keine Ahnung hatten, einfach auf die Nerven. Und das sollte jetzt ein ganzes Jahr so gehen, bis sie endlich ins Seminar eintreten konnte? Grausamer Gedanke! Aber das musste dann wohl oder übel durchgestanden werden, um später den Platz im Seminar zu erhalten.

Die große Überraschung folgte aber bereits am Ende der zweiten Haustochterwoche. Johanna wurde zur Leiterin des Seminars bestellt. Die eröffnete ihr, dass zwei der Mädchen ihre Probezeit nicht bestanden hätten und folglich aus dem Seminar wieder ausscheiden müssten. Einer der beiden Plätze sei für sie frei. Ob sie vielleicht nachrücken wolle? Das war ja nun eine Frage! Nichts lieber als das! Johanna wäre der Schwester am liebsten um den Hals gefallen vor Freude. Aber das hätte sich wohl nicht geschickt. Sie zügelte also ihre Begeisterung und beschränkte sich auf ein freudiges: »Das ist ja wunderbar! Gott sei Dank! Und danke für das Entgegenkommen!« Dann fragte sie, was sie jetzt zu tun habe.

»Umziehen zu den Mädchen des Seminars. Die erwarten dich schon«, bekam die glückliche angehende Kindergärtnerin zur Antwort. »Die zeigen dir auch deinen Platz im Schlafsaal und sagen dir, welchen Stoff du nachholen musst. Es sind ja bereits zwei Wochen Unterricht vorbei. Aber als Absolventin eines Lyzeums wird dir das sicher nicht schwerfallen.«

»Ich denke nicht«, bestätigte Johanna durchaus ein wenig selbstbewusst, »ich werde mir jedenfalls alle Mühe geben.«

Die gab sie sich dann auch und arbeitete den versäumten Stoff tatsächlich rasch nach, vor allem den in den neuen Fächern Pädagogik, Psychologie, Sozialkunde und Rechtskunde. Froh war sie darüber, dass keine Mathematik auf dem Stundenplan stand. Dafür gehörte der Klavierunterricht zum musikalischen Teil der Ausbildung. Als ob die Eltern das bereits in Landshut gewusst hätten. Die hatten ihr den Wunsch nämlich stets verweigert, mit dem Klavierspielen aufzuhören. Jetzt kam ihr zugute, dass sie immer wieder mit sanfter Gewalt zum Üben und Spielen angehalten worden war. Vielleicht gehörte sie auch deshalb hier zu den besten Musikerinnen.

Johanna hatte bald ihren Stammplatz am Klavier, wenn es galt, den gemeinsamen Gesang bei Andachten zu begleiten oder auch Lieder des Chores und solistische Darbietungen. Ans Dirigentenpult des kleinen, aber tüchtigen Schulorchesters wurde sie auch immer wieder gerufen. Das war aufregend und schön zugleich, besonders wenn sie solche Stücke wie die Kindersymphonie von Josef Haydn dirigieren durfte. Stammte die nicht eigentlich von Leopold Mozart? Oder gar von einem ganz anderen Komponisten? Da waren sich die Experten doch gar nicht einig.

Vor den Patienten des Lazaretts zu spielen, vor Soldaten im Fronturlaub, vor den Parteigrößen des Ortes und vor Jugendlichen aus BDM und HJ oder auch nur im Kreis der Diakonissen und der Bediensteten der Anstalt ließ Johannas Herz höher schlagen. Ein schöner Applaus tat ihr durchaus gut und stärkte das Selbstwertgefühl. Zuweilen war Johanna richtig stolz auf sich, und immer häufiger kam so etwas wie Neid in ihr hoch, wenn eins der anderen Mädchen in die Tasten greifen durfte …

So etwas wie Applaus erfuhr Johanna bald auch von ihren Ausbilderinnen und den Eltern der anvertrauten Kinder im werkseigenen Hort und im Kindergarten. Die junge Erzieherin durfte die Erfahrung machen, dass ihr die Buben und Mädchen folgten, zumindest die meisten, und dass etliches von dem hängen blieb, was sie ihnen erzählte aus der großen Fülle biblischer Geschichten und dem herrlichen Märchenschatz der Gebrüder Grimm und was sie in ihnen an Fähigkeiten zu wecken und an praktischen Fertigkeiten beizubringen versuchte.

Zuvor hatte sie allerdings die Erfahrung machen müssen, dass manche Trauben doch sehr hoch hingen. Die Kinder in ihrer ersten Praktikumsstelle in der Hegelkrippe in Nürnberg hatten ihr das Leben und Arbeiten noch recht schwer gemacht. Hatte das wirklich daran gelegen, dass die Praktikantin immer noch ihre schönen Zöpfe trug wie die meisten kleinen Mädchen ihrer Gruppe? Jedenfalls hatte die Krippenleiterin gemeint, es sei zwar schade, aber doch wohl besser, sie ließe sich die Zöpfe abschneiden, damit sie

Autorität gewinne und nicht wie ein Kind unter Kindern erscheine.

Wirklich schade, fand Johanna, aber wenn es denn sein musste, dann her mit der Schere. Die »neue« Johanna bekam zum ersten Mal in ihrem jungen Leben eine Dauerwelle. Richtig damenhaft sah sie jetzt aus, erwachsen halt. Mit diesem neuen Aussehen passte sie auch viel besser in den Kreis der Mädchen des Neuendettelsauer BDM, in dem Zopffrisuren nicht mehr sehr populär waren. Populär waren allerdings die Versammlungen und Heimstunden der Mädelgruppen. Hier ging es fröhlich musisch und sportlich zu und dabei für Johanna meistens erfreulich unpolitisch. Lag das daran, dass Neuendettelsau ein »frommes« Dorf war? Ihre Führerinnen waren zwar allesamt Parteigenossinnen mit stolz getragener, weil dekorierter Kluft, aber sie erschienen nicht fanatisch, wenngleich zum Beispiel das Absingen des Horst-Wessel-Liedes zum Ritual gehörte genauso wie das mit erhobenem Arm ausgerufene »Adolf Hitler – Sieg Heil!«.

Dabei schien die Begeisterung für den Inhalt dieser Nazihymne durchaus nicht mehr ungetrübt zu sein:

»... Die Straße frei den braunen Bataillonen, / die Straße frei dem Sturmabteilungsmann! / Es schau'n aufs Hakenkreuz voll Hoffnung schon Millionen. / Der Tag für Freiheit und für Brot bricht an.

Zum letzten Mal wird zum Appell geblasen! / Zum Kampfe steh'n wir alle schon bereit. / Bald flattern Hitlerfahnen über allen Straßen. / Die Knechtschaft dauert nur noch kurze Zeit!«

Ob sich da in die Köpfe der BDM-Frauen nicht

längst Zweifel eingeschlichen hatten? Waren sie nicht durch die aktuellen Kriegsereignisse, die vor allem im Osten immer bedrohlicher wurden, nachdenklich geworden? Da drohte ein ganz anderer Tag anzubrechen und eine ganz andere Knechtschaft. Die Truppen der Roten Armee eroberten mehr und mehr russischen Boden zurück. Kursk und Charkow gehörten wieder ihnen, und ihre Einheiten trieben die deutschen Truppen inzwischen nach Westen gegen den Dnjepr. Es war nur noch eine Frage von Wochen, wann diese über diesen Fluss zurückweichen mussten.

Und irgendwo in jener Gegend musste Gottfried seinen Mann für Führer, Volk und Vaterland stehen. Ein zunehmend schrecklicher Gedanke für Johanna. Wenn der allmächtige Gott ihn nicht bewahrte …

Aber wo war Gott überhaupt in dieser schlimmen Zeit? Auf welcher Seite war er? Oder gab es den wirklich nicht, und war die Bibel, das ehrwürdige Buch, in dem in so wunderbarer Weise von ihm geschrieben war, gar nicht die »Äußerung seines Willens«, nicht »sein« Wort und nicht die »Heilige Schrift« der Kirche? War sie etwa ein »erfundenes Schriftwerk«, dem man nicht glauben dürfe, wie es die »Deutschen Christen« verbreiteten? Oder hatten die Vertreter der »Bekennenden Kirche« recht, die einen lebendigen, persönlichen Gott verkündigten und an dem Gottessohn festhielten, an dem gekreuzigten und auferstandenen und allein selig machenden Jesus Christus?

In Neuendettelsau, wo das halbe Dorf in irgendeiner Weise mit der frommen Anstalt verbunden war – oder mit dem, was die Nazis davon übrig gelassen hatten –, stießen diese Positionen häufig aufeinander. Dabei wurden vor allem die jungen Leute immer wieder neu unsicher. Einerseits hatten sie ihren Arbeits- oder Ausbildungsplatz in der christlichen Diakonissenanstalt und wohnten in deren Häusern, andererseits gehörten sie der Hitlerjugend und ihren Untergliederungen an und mussten sich an deren Programmen beteiligen. Da sollte sich einer zurechtfinden und seinen Standpunkt finden, der auch tragfähig war in solch wirren Zeiten wie diesen Kriegsjahren. Da mochte bald in einer ganz anderen Weise »zum letzten Mal … zum Appell geblasen« werden …

Wenn es den lebendigen, allmächtigen Gott aber nun doch gab, hatte der dann vielleicht die Seite gewechselt? Die deutschen Truppen waren doch überall so siegreich gewesen. Und jetzt? Jetzt jagten sich die Nachrichten von Bombardierungen deutscher Städte durch die todbringenden Geschwader der alliierten Luftwaffe. Das war ein vielfältiges Sterben in grausamen Bombennächten landauf, landab. Der Feind gewann die Übermacht. Das war furchtbar, nur noch furchtbar! Wo war dieser Gott, der so etwas zuließ? Oder schaute er sich das von seinem fernen Thron her nur gelangweilt an? Wie war es richtig, mit dieser Zeit umzugehen? Nur noch trauern und verzagen? Oder die Augen vor den Tatsachen verschließen und unbekümmert die Tage leben und die Feste feiern, wie sie fielen?

Nein, Grund zum Feiern und Jubeln hatten die NSDAP-Leute in Neuendettelsau nicht mehr, auch wenn der nächtliche Alarm für sie selbst keine Folgen hatte. Entweder kamen die angekündigten Luftgeschwader gar nicht, oder sie überflogen das Dorf und die Region nur, um an anderen, wichtigeren Orten ihre zerstörerische und tödliche Fracht abzuwerfen. Dass es in diesem »frommen« Ort und in den Nachbarorten immer wieder Konzerte, Theateraufführungen und Sportfeste gab, war vielleicht so etwas wie eine trotzige Antwort auf die neuen Tatsachen. Die Heimatfront musste auf Parteilinie und bei Laune gehalten werden. Diesem Ziel sollten wohl auch die Plakate dienen, die überall aushingen, mit ihren Bildern kerniger, entschlossen dreinschauender Menschen unter dem Hakenkreuz und den Aufschriften »Front und Heimat – die Garanten des Sieges« – dieses Plakat hatte auch schon in Landshut ausgehangen – oder »Harte Zeiten – Harte Pflichten – Harte Herzen«.

Aber alle Appelle dieser und anderer Art vermochten das tausendfache Sterben an der Front und in der Heimat natürlich nicht zu mildern oder gar aufzuhalten. Und dann wurde auch die von Johanna immer wieder neu gehegte Befürchtung grausame Wirklichkeit: Als sie zu Weihnachten 1943 für ein paar Tage nach Hause kam, erfuhr sie die schlimme Nachricht vom »Heldentod« ihres einzigen Bruders. Die Eltern hatten die Nachricht zurückgehalten, um die ferne Tochter zunächst damit zu verschonen.

Gottfried war bereits am 3. September schwer verwundet worden, konnte wegen der militärischen Lage an seinem Frontabschnitt nicht sofort versorgt werden und war am 10. September schließlich in einem Feldlazarett an den Folgen seiner schweren Verwundungen gestorben.

Der Schmerz und die Trauer bei den Darlapps waren groß. Und jetzt bei Johanna besonders. Ihr einziger Bruder! Ihr so sehr geliebter Gottfried! Gerade einmal zwanzig Jahre alt und jetzt irgendwo in kalter russischer Erde! Schlimm, nur schlimm! Damischer Krieg! Jetzt hatten der Papa und die Mutti nur noch sie, und sie war weit weg. Dazu machte sich Papas angegriffenes Herz zunehmend bemerkbar. Die Mutti musste immer häufiger zum Bedienen mit ins Geschäft – wenn sie nicht als Pflegehelferin im Lazarett eingeteilt war –, um den Papa zu entlasten und zu unterstützen, weil ja auch kaum noch Mitarbeiter da waren ... Das war alles nur furchtbar und zum Weinen! Heiliger Gott, warum?

Johanna trauerte sehr, weinte viel und las immer wieder den Brief, den Wehrmachtsoberpfarrer Aschoff aus der Ukraine geschrieben hatte: »... Ich war immer tief ergriffen von der Glaubensinnigkeit, mit der er die großen Schmerzen seiner Verwundung ertrug. Christus, Heimat, Vaterland waren die Gedanken, die er seinen Gebeten zugrunde legte. Mehrere Male umfasste er in innigen Gebeten das Kreuz des Geistlichen. Zwar hoffte er auf Genesung, aber sein Wollen und Wünschen war ganz und gar dem heiligen Willen Gottes ergeben. So ist er dann am 10.9.1943 sanft entschlafen. Am folgenden Tage bestattete ich ihn zur letzten Ruhe auf dem Kriegerfriedhof in Semenowka.

Sein Leiden und Sterben war heilig, deshalb ist ihm das ewige Leben gewiss …«

Ein tröstlicher Brief! Und tröstlich war es für das Mädchen auch, dass ihr Bruder seinen Konfirmationsspruch bis zu seinem »heldenhaften« Sterben dort in dem fernen ukrainischen Ort gehalten und in gewisser Weise folgerichtig ausgelebt hatte – so jedenfalls verstand sie den Brief: »Sei getreu bis in den Tod, so will ich dir die Krone des Lebens geben.« Wenn der Pfarrer geschrieben hatte, dass Gottfried in das ewige Leben eingegangen war, dann war das wohl richtig so, und dieses Wort hatte sich erfüllt, und der Bruder hatte die Krone des Lebens empfangen. Wirklich tröstlich!

Dennoch brauchte Johanna lange, um diesen unbarmherzigen Schlag zu verarbeiten und mit diesem Gotteswillen, wie sie es empfand, einigermaßen klarzukommen. Als sie zu Pfingsten 1944 wieder für ein paar Tage in Landshut war, nahm sie zur Erinnerung an den geliebten Bruder und zur Erleichterung ihrer Trauer sein Tagebuch mit an ihren Ausbildungsort. Darin hatte er sporadisch kurze Eintragungen gemacht. Sie wollte es künftig in seinem Sinn weiterführen, damit er »stets in diesem Buch fortleben« könne.

Wohl deshalb trug sie als erste Ereignisse auch solche von der schönen Seite des Lebens ein, die ihm selbst immer wieder Freude gemacht hatten und sicher heute noch machen würden. Zum Beispiel schrieb sie von einem klassischen Konzert im März, dem schönen Ablauf des Wochenendes zu Hause mit dem Pfingst- und zugleich Gedenkgottesdienst für die Gefallenen der letzten Wochen. Oder über die bleibenden Eindrücke vom Besuch einer Ausstellung mit herrlichen Gemälden, Wandteppichen und Tonarbeiten. Auch ein großes Sportfest wurde ausführlich beschrieben, an dem Johanna den Wettkampf um das Deutsche Sportabzeichen als Zweitbeste absolviert hatte, dank ihrer Schnelligkeit über die 75-Meter-Distanz. Die anschließende Siegerehrung auf dem Platz vor der Post hätte Gottfried wohl sehr gefallen. Von Nürnberg war eigens eine große Blaskapelle gekommen, die die Feier mit schmissiger Marschmusik umrahmte und abends im Saal des Gemeindehauses noch ein Konzert gab. Blasmusik hatte dem Fanfarenbläser Gottfried Darlapp immer sehr gefallen …

Am 6. Juni schrieb Johanna dann allerdings von ganz anderen Dingen: »… Der Engländer ist in der Nacht vom 5. zum 6. Juni 1944 auf französischem Boden gelandet. Cherbourg und Le Havre, viele kleinere Städte, Dörfer und Inseln wurden vorher mit einem wahren Bombenteppich belegt. Mit Kriegsschiffen, Handelsschiffen, Frachtern wurde die Landung vollzogen. Tausende von Fallschirmjägern kämpfen nun auf französischem Boden. Viele unserer tapferen deutschen Soldaten müssen hier wieder ihr Leben lassen. Nun steht alles auf der Spitze. Jetzt muss die Entscheidung fallen. Nun wird es sich beweisen, wer die bessere Ausdauer, wer den längeren Atemzug hat. Wenn dieser Kampf für uns siegreich geführt worden ist, dann wird wohl ein großer Teil der schwersten

Kämpfe vorüber sein, doch der Endkampf wird noch schwerer sein …«

Vier Tage später hielt sie fest, dass die Invasion der Alliierten weitergegangen war: »… Viele Stellungen unserer Soldaten sind eingeschlossen. Doch der Feind hat grausame Verluste … Die deutschen Reserven sind auch schon herbeigeführt worden. Der Feind bombardiert immer mehr deutsche Städte … In München wie in Wien sind viele wertvolle Kunstschätze zerstört worden, es gab viele Tote.«

Als hätten diese Eintragungen ihr Mühe gemacht, schrieb Johanna dann doch anschließend wieder etwas von dem schönen Spaziergang durch Felder und Wiesen von Neuendettelsau, bei dem sie ihre Freundschaft mit Lenchen begründete, von dem Chorkonzert in der Kirche St. Laurentius, an dem sie als Sängerin und sogar Solistin beteiligt war, und von dem besonderen musikalischen Nachmittag, an dem ein Musikerehepaar verschiedene Balladen für Singstimme und Klavier und Stücke für Klavier solo vortrug, wie »Heinrich der Vogler«, »Tom der Reimer«, »Der Wirtin Töchterlein«. Hatte dieser Musiker vielleicht ein scheußliches Gesicht! Der war ja richtig hässlich! Dass der es überhaupt wagte, sich auf einer Bühne vor Publikum zu präsentieren. Na ja, seine Baritonstimme war wenigstens erträglich, und Klavier spielen konnte er auch. Aber seine Frau war wesentlich besser! Das festzustellen erforderte ein gewisser Frauenstolz, der auch Johanna nicht fremd war.

Stolz hielt die angehende Kindergärtnerin auch immer wieder Eindrücke von ihrer Arbeit fest, wie die

Erfahrung beim Kinderturnen: »... dann machten wir lustige Übungen. Die Kinder gehorchten sehr gut, sogar die großen Buben ... Frl. Lüdders hatte natürlich etwas auszusetzen, aber im Ganzen war's gut.« Ihren Eintrag über ein überregionales Sportfest, bei dem es geregnet hatte, schloss sie BDM-getreu mit »Deutsche Jugend, scheue vor nichts zurück«, in Großbuchstaben geschrieben. Das war ihr anscheinend wichtig, zumindest für den Augenblick.

Ende Juni musste Johanna dann wieder ganz anderes schreiben, ihr Herz war wohl sehr schwer dabei:

»... So ist nunmehr die Spitze und der Höhepunkt dieses Krieges herbeigeführt. An allen drei Fronten sind Durchbrüche vom Feind erzielt. Cherbourg ist mit der tapferen Besatzung gefallen. An der Ostfront drei Durchbrüche erzielt. Es sind schwere Tage, hoffentlich hilft der getreue Gott uns aus dieser Notlage.

Gott, mein einziges Vertrauen,
Gott, du meine Zuversicht,
deine Augen zu mir schauen,
deine Hilf versag mir nicht.«

Das Letzte war wieder in Großbuchstaben und deutlich tiefem Ernst geschrieben, wenngleich Johanna in der Frage nach Gott und dem Glauben an ihn hin- und hergerissen war. Ob sie in dieser Frage einmal Klarheit für ihr Leben gewann? Das musste Gott dann schon selbst bewirken. Und dass er es tat, machte die junge Frau zunehmend zu ihrem Gebet.

Von dieser Frage wurde die angehende Kindergärtnerin aber zunächst einmal wieder abgelenkt. Sie musste nach Memmingen reisen, um dort ihr zweites Praktikum anzutreten. Dafür wurde sie in einem Kindergarten erwartet, der von Schwester Lore geführt wurde, einer Neuendettelsauer Diakonisse, die sich hier mit einigen Mitarbeiterinnen um eine große Kinderschar bemühte.

Die Zeit verlief in gutem Miteinander der Großen und erfolgreich in der Arbeit mit den Kleinen. Leider brachten sie viele Nächte im tiefen Schutzkeller zu. Es gab beinahe an jedem zweiten Abend Fliegeralarm und in einigen Nächten auch Angriffe feindlicher Luftgeschwader auf die alte Stadt am Rande des bayerischen Allgäus. Zum Glück blieben die Schäden an den Gebäuden gering und die Verluste unter der Bevölkerung auch.

Wieder in Neuendettelsau, kam von der Seminarleitung die Mitteilung, dass wegen der schwieriger werdenden Zeiten das Abschlussexamen von März 1945 um ein halbes Jahr vorverlegt werden müsse. Das konnte ja was werden! Da gab es in wenigen Wochen noch vieles zu lernen und den Ausspruch Martin Luthers umzusetzen, der im ersten Stock des Schulhauses an der Wand zu lesen war: »Ein jeder lern sein Lektion, so wird es wohl im Hause stoh'n.« Dazu kam, dass es zunächst noch ein weiteres Praktikum im »Sonnenheim«, einem Anstaltswaisenhaus, zu absolvieren galt.

Aber diese Zeit wurde für Johanna nicht zu der Belastung, die sie befürchtet hatte. Sie mochte das bedauernswerte elternlose Völkchen dort, und die Kinder liebten sie. Nachdem gewisse Schwierigkeiten im Miteinander der Helferinnen geklärt waren, ging die

Arbeit leichter von der Hand. Und nachdem Klara Wrensch angekommen war! Jetzt wurden die mittäglichen Freistunden und die Feierabende richtig lustig, und die Prüfungsvorbereitung wurde zunächst einmal unwichtig. Mit diesem fröhlichen Mädchen verstand sich Johanna auf Anhieb blendend. Mit Klara konnte sie »Pferde stehlen« und über Themen reden, die junge Mädchen wie sie jetzt interessierten und zu denen andere einfach zu blöd waren, wie sie fand.

Beim »Stehlen« ging es allerdings nur um Fallobst an den Wegen und um Rüben auf den Feldern – gegen den zuweilen übergroßen Hunger, denn die Versorgungslage war schlecht. Die Brotmarken, die die Mutti gelegentlich schickte, halfen nur für den Augenblick. Die Brote, die Johanna dafür bekam, waren in der Regel schon halb gegessen, ehe die glückliche Besitzerin damit zu Hause angekommen war.

Bei den Gesprächen ging es um manches, was jungen Mädchen im Backfischalter wichtig war, vornehmlich um gewisse Jungen, die den Mädchen irgendwo unterwegs begegnet waren oder im Ort immer wieder begegneten. Um solche Jungen wie jenen »pfundigen« Soldaten, der mit Johanna auf der Fahrt nach Memmingen im selben Abteil gesessen hatte, reich dekoriert mit dem Zeichen des Horst-Wessel-Kampfgeschwaders, mit mehreren Verwundeten-Abzeichen, mit dem goldenen Sturmabzeichen und sogar mit dem EK 1. – Schade, als Johanna ihre Zurückhaltung endlich abgelegt hatte und mit dem feschen Jüngling ins Gespräch gekommen war, fuhr der Zug in den Bahnhof ein …

Und dann war da dieser schneidige junge Soldat gewesen, der dem Landshuter Mädchen das Kompliment gemacht hatte: »Fräulein, Sie haben so wunderschöne Rehaugen.« So ein blöder Kerl, hatte Johanna damals gedacht, weil sie vor Verlegenheit nicht gewusst hatte, wo sie ihre »wunderschönen Rehaugen« jetzt hinwenden sollte. Dieser junge Mann gab für die beiden siebzehnjährigen Freundinnen ein gutes Gesprächsthema ab. Was wäre geworden, wenn …

Klara Wrensch hatte da auch so ihre Erlebnisse beizutragen, die zum Schwärmen geeignet waren oder auch nur dafür, sich immer wieder köstlich zu amüsieren.

Nach den drei Wochen im »Sonnenheim« fand das enge Miteinander mit der neuen Freundin schon wieder sein Ende. Jetzt ging es für Johanna Darlapp wirklich ans Vorbereiten für das praktische Examen. Sie hatte zu ihrem Glück ein günstiges Los gezogen: Turnstunde mit den Kleinen. Da konnte eigentlich wenig schiefgehen. Dennoch begannen für die Kandidatin nervöse und aufregende Tage. Sie nahmen ein letztlich gutes Ende mit einem erfreulichen Ergebnis der Prüfung in der Kindergruppe. Die mündlichen Examina sollten erst Anfang Dezember folgen. Nur, wie ging es bis dahin weiter?

Die nunmehr praktisch examinierte Kindergärtnerin schrieb im Herbst 1944 wieder in ihr Tagebuch, was sie neben der Dankbarkeit für die bestandene praktische Prüfung in diesen Oktobertagen bewegte: »Der Krieg steht nun auf einem gewissen Höhepunkt.

Deutschland ist von allen Seiten vom Feind umzingelt ... Wir dürfen das Vertrauen nicht verlieren ... Unzählige Tote und Helden hat dieser schreckliche Kampf gekostet. Und wie viele unserer tapferen Soldaten müssen noch fallen? Der Feind wütet immer mehr mit Bombenterror über deutschen Städten ... wieder ein Großangriff auf Nürnberg. Dieses furchtbare Bild. Als wir den Himmel sahen, war er im Norden glutrot. Es war ein furchtbares Bild ... Und wir sitzen in Dettelsau und können nicht helfen ... Heute wurden wir für den RAD (Reichsarbeitsdienst) gemustert. Zu 6 sind wir, wenn wir nur bald fortkämen.

Jesu, der du Jesus heißt,
als ein Jesus Hilfe leist;
hilf mit deiner starken Hand;
Menschenhand hat sich gewandt.«

Johanna fühlte sich in dieser Zeit ständig hin- und hergerissen. Auf der einen Seite die vielfältigen Freuden ihres Ausbildungsalltags und auf der anderen Seite die niederdrückenden Nachrichten aus allen Teilen Deutschlands und Europas, die das Radio und die Zeitungen brachten. Im einen Ohr tönten die Durchhalteparolen für die kämpfende Truppe und die Heimatfront, die bei allen offiziellen Veranstaltungen der NSDAP und ihrer Gruppierungen verkündet wurden: Der Führer werde den Sieg davontragen, er sei schließlich dank der Vorsehung dem feigen Attentat vom 20. Juli unverletzt entkommen, und der verbrecherische Widerstand gegen die konsequente Durchsetzung seiner Ziele sei mit den angemessenen Mitteln ein für alle Mal zerschlagen. Im anderen Ohr klang die Einladung zum Vertrauen auf die Hilfe Gottes, der zwar nicht am Leid dieser Zeit vorbeiführe, aber doch mit seinem Trost und seiner Kraft durch das Leid hindurchhelfe.

Auf welche Stimme sollte sie hören? Auf welcher Seite waren die wirklichen Christen? Wo war die Liebe des Vaters im Himmel? Wo waren die Kinder Gottes denn nun wirklich? »Sehet, welch eine Liebe hat uns der Vater erzeiget, dass wir Gottes Kinder sollen heißen.« Der Konfirmationsspruch machte Johanna wieder einmal Kopfzerbrechen. Wie nur passte der in diese Zeit und in ihr jetziges Leben? Ihr Herz war unruhig und betrübt, zuweilen sogar ein wenig gereizt und ärgerlich. Und dann war in ihr der starke Wille zu helfen, wenn es einen Ort gab, wo sie sich in irgendeiner Weise im Kriegsgeschehen nützlich machen konnte. Der Reichsarbeitsdienst hatte sie ja bereits gemustert und für tauglich befunden, irgendwo an einem Hilfseinsatz beteiligt zu werden.

Aber da war zunächst nichts, was sie betroffen hätte. Am 5. Dezember gab es eine schöne literarisch-musikalische Feier mit Gedichten, mit der »Struwwelpeterkantate«, die Johanna auf dem Klavier begleitete, mit vorweihnachtlichen Liedern und mit Tee, Kuchen und Plätzchen. Nach dem gemeinsamen Lied »Herr, wir stehen Hand in Hand«, das Johanna seit ihrem Konfirmandenunterricht immer wieder gerne sang – Schwester Lina hatte es ihnen damals beigebracht, und die Mädchen hatten es zum regelmäßigen Schlusslied des Unterrichts erhoben –, wurde die erste ausgewählte Mädelgruppe von einer forschen BDM-Frau zu einem Lagereinsatz verabschiedet. Johanna war nicht dabei. Wohin es ginge, würden sie noch erfahren. Warum wohl wurde um das Reiseziel der Gruppe ein Geheimnis gemacht?

Einer der Anstaltspfarrer befahl die Mädchen dann mit bewegenden Worten der Gnade Gottes, wobei er sich auf den Text dieses Liedes von Otto Riethmüller bezog. Dessen Worte bekamen in der Tat bei dieser Gelegenheit ganz besondere Bedeutung:

»Herr, wir stehen Hand in Hand, / die dein Hand und Ruf verband, / stehn in deinem großen Heer / aller Himmel, Erd und Meer.

Wetter leuchten allerwärts, / schenke uns das feste Herz. / Deine Fahnen ziehn voran, / führ auch uns nach deinem Plan!

Welten stehn um dich im Krieg, / gib uns teil an deinem Sieg. / Mitten in der Höllen Nacht / hast du ihn am Kreuz vollbracht.

In die Wirrnis dieser Zeit / fahre, Strahl der Ewigkeit; / zeig den Kämpfern Platz und Pfad / und das Ziel der Gottesstadt!

Mach in unsrer kleinen Schar / Herzen rein und Augen klar, / Wort zur Tat und Waffen blank, / Tag und Weg voll Trost und Dank!

Herr, wir gehen Hand in Hand, / Wandrer nach dem Vaterland; / lass dein Antlitz mit uns gehn, / bis wir ganz im Lichte stehn!«

Natürlich konnte Johanna bei dieser Mädchengruppe nicht dabei sein. Sie wurde zwar in zwei Tagen achtzehn, aber sie hatte doch ihre mündliche Prüfung noch nicht gemacht. Dennoch, der Wille, irgendetwas zu tun, brannte in ihr wie in anderen auch.

Aber dann kam es doch wieder völlig anders, wie so oft im Leben. Am Freitag, dem 15. Dezember 1944, legte das Mädchen seine letzten mündlichen Prüfungen ab. »Es ist zu zeigen, wie jeder einzelne Teil der Pflanze dem Ganzen dient« und »Erziehung zum Gehorsam«. Die beiden Themen gefielen der Kandidatin überhaupt nicht, aber dadurch, dass der Schulrat zur Prüfung nicht erschien – er war unterwegs irgendwo aufgehalten worden –, hatte sie größere Freiheit für ihre eigenen Beiträge zur Sache. Wäre dieser Obernazi dabei gewesen, hätte sie nur ausführen können, was der hätte hören wollen und was der offiziellen Parteilinie entsprach. So konnte sie wenigstens ihre eigene Meinung und ihre wenngleich geringe Erziehungserfahrung mit einfließen lassen. Das wurde sogar honoriert, und am Ende hatte die Kandidatin ihr Kindergärtnerinnenexamen mit einer »Zwei« als Gesamtnote bestanden. Wunderbar! Gott sei Dank! Nun konnte es in die eigentliche Praxis gehen, wenn sie nicht doch noch zum Arbeitsdienst einrücken musste.

Elender Krieg

Das Zeugnis bedeutete dann auch den Abschied aus Neuendettelsau. Anstelle der Reise an irgendeinen Einsatzort für den Arbeitsdienst gab es die Fahrt nach Landshut. Das war dann freilich auch schön, Weihnachten und die Jahreswende mit den Eltern zu verbringen und zu Hause darauf zu warten, ob das Seminar ihr irgendwo einen Arbeitsplatz vermitteln konnte. Hoffentlich gelang das an einem Ort, der mit der Diakonissenanstalt in Verbindung stand. In einem Kindergarten der NS-Volkswohlfahrt, der NSV, wollte sie nicht so gerne arbeiten.

Bereits am Ende der Weihnachtsferien fand Johanna sich in Memmingen wieder als Vertretung für »Tante« Annemarie. Die bereitete sich auf die Geburt ihres ersten Kindes vor, schön! Diesen Arbeitsplatz kannte Johanna schon, aber sie war ganz und gar nicht begeistert davon, hier zu sein. Als Praktikantin hatte sie es ja als durchaus richtig empfunden, dass Schwester Lore sie als unerfahrenes Kind behandelt hatte, dem man alle Dinge erst vormachen und dann anordnen musste. Sie war ja auch gerne bereit gewesen, sich »befehlen« zu lassen. Aber jetzt war sie examinierte Kindergärtnerin, zwar mit noch wenig Erfahrung in der verantwortlichen Arbeit, aber gerade deshalb mit einer großen Bereitschaft, in eigener Verantwortung und selbsttätig zu lernen. Aber doch nicht mehr in der Rolle einer dummen Befehlsempfängerin! Nein, wenn sich die Arbeit in solch deutlicher Unterordnung und Abhängigkeit gestaltete, wie sich das in den ersten Tagen andeutete, dann wollte Johanna hier nicht lange bleiben. Dann würde sie doch lieber in eine Einrichtung der NSV wechseln und in einem ihrer Kindergärten arbeiten.

Gut, dass Klara Wrensch seit einiger Zeit in Kempten arbeitete und die beiden sich an manchen Wochenenden trafen. Die Freundin war für sie eine große Hilfe, um Enttäuschungen auszusprechen und zu verarbeiten und für die neue Arbeitswoche wieder Mut und Bereitschaft zu sammeln. Aber auch Klara konnte Johanna nicht davon abbringen, einen ihrem Empfinden und ihren Wünschen entsprechenden Brief nach Neuendettelsau zu schreiben.

Und dann kam doch wieder alles anders als befürchtet oder auch erwünscht. Vorher aber ereignete sich noch eine amüsante Geschichte, an der auch die Kemptener Freundin ihren Spaß hatte. Jedes Mal, wenn die beiden Mädchen sich trafen, amüsierten sie sich köstlich über den »Funker aus Kempten«.

»Johanna, hier steht ein junger Mann in Uniform an der Tür und möchte dich sprechen«, rief »Tante« Annemarie nach oben.

»Ich bin schon unterwegs«, antwortete Johanna und war bereits klopfenden Herzens auf dem Weg nach unten. Wer sollte in dieser Stadt nach ihr fragen? Klara konnte es nicht sein. Die kam erst am Samstag wieder herüber.

Und dann stand die Achtzehnjährige ihm gegenüber und wusste kaum, wohin mit ihrer Überraschung. »Karl?! Wie kommst du denn hierher? Woher weißt du, dass ich ...«, stammelte sie mit deutlicher Verlegenheitsröte im Gesicht.

»Du hast mir doch schon an Silvester erzählt, dass du hier in Memmingen arbeitest. Und dann hast du es mir noch mal geschrieben«, antwortete Karl grinsend. »Und von Kempten ist es nur ein Katzensprung bis hierher. Kaum vierzig Kilometer. Eine gute Stunde. Und weil ich frei habe, habe ich gedacht, ich komme mal kurz rüber.«

Die beiden jungen Leute hatten in Landshut schon eine Weile als Nachbarn gelebt, ohne sich bewusst begegnet zu sein. Irgendwann war Johanna Darlapp dann diesem Karl Backlin, fünfundzwanzig Jahre alt und Bankkaufmann, zurzeit Funker bei der Wehrmacht in Kempten im Allgäu, wohl einmal aufgefallen, und er hatte per Brief Kontakt gesucht. Das Mädchen hatte sich auf seine mehrfachen Bitten zu einigen Stadtspaziergängen einladen lassen. Aber sie war jedes Mal enttäuscht zurückgekommen. Karl war zwar ein netter und gutmütiger Mensch, aber nicht gerade willensstark und im Grunde ein Langweiler.

Ob es nun an seiner Kriegsverletzung lag, die er damals noch auskurieren musste, oder an seiner Schüchternheit, jedenfalls war Karl Johanna nicht anziehend erschienen. In ihr Tagebuch hatte sie damals eingetragen: »... für mich ist er, glaube ich, nichts. Ich schreibe ihm halt einmal, wenn er schreibt, aber sonst glaube ich, brauche ich fürs Leben einen anderen Menschen, der mir etwas gibt.« Er hatte geschrieben, und sie hatte geantwortet. Hätte sie doch bloß nicht! Jetzt stand er hier vor der Tür, und Johanna brachte es nicht übers Herz, den jungen Mann wegzuschicken.

»Und was machen wir jetzt?«, fragte sie ein wenig ratlos. Sie war unschlüssig, wie diese unerwartete Situation am besten zu bewältigen sei. Sie konnte doch den jungen Mann nicht mit hinauf in die Wohnung nehmen. Was würde Schwester Lore denken? Und was würde sie erst sagen? In dem Mädchen arbeitete es fieberhaft.

»Ich habe sowieso nicht viel Zeit. Mein Zug zurück geht bereits in zwei Stunden«, befreite Karl Johanna aus ihrer Not. »Gehen wir ein wenig spazieren?!«

»Gut, gehen wir«, war die junge Frau gerne einverstanden. »Ich sage nur rasch oben Bescheid und ziehe mir einen Mantel an. Es ist frisch draußen.«

Nach wenigen Augenblicken war sie wieder unten, und die beiden stiefelten los, um sich in den Straßen der Altstadt zu ergehen und dabei zu unterhalten.

Aber worüber sollten sie sich unterhalten? War nicht in Landshut bereits alles gesagt? Johanna hörte mehr zu, als dass sie selbst erzählte, wovon auch? Ein wenig von der Arbeit im Kindergarten, ein wenig aus ihrer Zeit als BDM-Mädel im Ferieneinsatz, über Nachrichten von den Kameradinnen, die beim Arbeitsdienst waren … Alles schön und gut, aber eigentlich eher nichtssagend. Karl erzählte dafür von seiner Arbeit bei den Infanterie-Funkern und davon, dass er demnächst wieder in den Fronteinsatz müsse. Dabei sei der Ort noch unklar, und es wisse wohl niemand, wie denn der Einsatz ausginge. Der Feind im Osten sei inzwischen in der Tat nahezu übermächtig geworden und stehe ja bereits an der schlesischen Grenze. Aber der solle sich vorsehen. Er bekomme schon noch sein Fett ab. »Der Endsieg ist unser!«

Auf diese Bemerkung hätte Johanna gerne mit einem deutlichen Zweifel geantwortet. Sie ließ es aber sein und machte Karl lieber auf die Arkaden des vierhundertfünfzig Jahre alten Steuerhauses aufmerksam. Nicht nur hier blieben die beiden stehen, um genauer hinzusehen. Auch vor anderen historischen Gebäuden der schönen Memminger Altstadt verharrten sie und schauten zu den Fassaden und Giebeln hinauf, um sich gegenseitig auf diese und jene Besonderheit aufmerksam zu machen. Besonders lange hielten sie sich vor dem ehrwürdigen Renaissance-Rathaus auf, um sich an dem schönen Rokokostuck und an den Erkern und den drei Türmchen zu erfreuen und laut darüber nachzudenken, was wohl die Stadtregierung hinter diesen Wänden über die Zukunft von Memmingen dachte. Ob die wohl Angst hatten, es erginge der Stadt wie Nürnberg und vielen anderen zerbombten Städten des Reiches? Oder waren sie gelassen, weil Memmingen keine strategische Bedeutung hatte?

Eine Viertelstunde vor Abfahrt von Karls Zug nach Kempten erreichten die beiden jungen Leute den Bahnhof. Als sie sich erkundigten, ob denn der Zug auch pünktlich sei, erfuhren sie zu beider Schreck, dass es an diesem Tag keine Möglichkeit mehr gebe, per Bahn hinüber ins Allgäu zu kommen. Der Mann hinter dem Fensterchen erklärte mürrisch: »Sie sollten wissen, dass die Deutsche Reichsbahn vor drei Tagen den Verkehr mit Schnellzügen und Eilzügen eingestellt hat. Ein Personenzug geht erst wieder morgen früh.« Der Mann sprach's, schloss sein Türchen mit einem eher gemurmelten »Heil Hitler!« und ließ zwei ein wenig bestürzt dreinschauende junge Leute davor stehen.

»Und was jetzt?«, fragte Johanna.

»Ich bringe dich nach Hause zurück«, bot Karl an, »und dann sehe ich, wo ich die Nacht bleibe. Für einen Soldaten vor seinem Fronteinsatz wird es wohl noch ein Quartier geben. Dass ich zu spät in die Kaserne komme, ist nicht meine Schuld.«

»Vielleicht kannst du ja im Kindergarten übernachten? Ich frage Schwester Lore«, schlug Johanna vor.

»Ach, besser nicht«, lehnte Karl ab. »Vielleicht komme ich auf andere Weise noch nach Kempten. Ein Soldat wird gerne mitgenommen …«

»… wenn einer kommt, der nach Kempten fährt.«

»Wir werden sehen.« Karl ärgerte sich wohl über sein Missgeschick. Vielleicht auch darüber, dass es ihm nicht gelungen war, Johanna nahezukommen. Und das im Sinne des Wortes. Er wäre gerne ein wenig dichter neben ihr gegangen und hätte ihren Körper gefühlt und ihre Hand genommen. Aber das spröde Fräulein war jedes Mal wieder einen Schritt zur Seite gegangen. Annäherung nicht erwünscht und folglich auch nicht möglich! Karl war auch heute bei Johanna chancenlos.

Bei der Ankunft vor dem Haus bot sie ihm noch einmal an, Schwester Lore zu fragen, ob er … Nein, darauf wollte Karl sich nicht einlassen. Also galt es, sich zu verabschieden. In Johanna kämpfte es für ein paar Augenblicke, welche Botschaft sie Karl für die Zukunft mit auf seinen Weg geben sollte. Sie hatte ja gemerkt, dass er tiefere Absichten hatte, die sie aber überhaupt nicht teilte. Also fasste sie sich ein Herz, gab ihm die Hand und sagte es ihm: »Leb wohl, Karl. Danke für den Spaziergang. Es war schön, dass du hier warst. Aber du brauchst nicht wiederzukommen. Mit uns kann es nichts werden. Leb wohl und behüt dich Gott.«

Rasch entzog sie dem jungen Mann ihre Hand, verschwand hinter der Haustür und ließ den verdutzten armen Kerl davor stehen. Hoffentlich fand der ein Quartier für die Nacht. Und hoffentlich fand er eine, die besser zu ihm passte, wenn er denn seinen nächsten Fronteinsatz überlebte. Das wollte sie ihm allerdings gerne wünschen …

Die Memminger Wochen vergingen für Johanna zunächst zäh, dann aber doch immer leichter. An die besondere Art von Schwester Lore gewöhnte sie sich, mit den anderen Kolleginnen kam sie gut aus, und die Arbeit mit den Kindern machte ihr immer mehr Freude. Mit der kleinen Schar bereits gegen Ende Februar die ersten Schneeglöckchen zu betrachten, mit ihnen ihre Puppen auszufahren und draußen Ball zu spielen, das sorgte für gute Laune und Arbeitsfreude. Gut, dass sie den Brief mit ihrer Bewerbung bei der NSV dann doch nicht abgeschickt hatte.

Wenn nur die täglichen Nachrichten die Stimmung nicht immer wieder trüben würden! Das Kriegselend wollte kein Ende nehmen! Wie lange sollte das noch gehen? Wie viele Menschen sollten denn noch ihr Leben lassen? Wie viel Zerstörung sollte denn noch angerichtet werden?

Die Berichte des Oberkommandos der Wehrmacht klangen immer bedrohlicher und wurden immer bedrängender. Die ersten Städte und Regionen in Westdeutschland waren längst von den Amerikanern und Engländern eingenommen. Berlin lag unter Dauerbombardement. Die Russen näherten sich von Osten in gefährlicher Weise. Den Berichten nach haustenb sie auf ihrem Vormarsch schlimmer als die Wandalen, vergewaltigten, mordeten und brandschatzten, was ihnen vor die Gewehre kam und in die Hände fiel. Schaurig und scheußlich!

Wohl in einem gewissen Trotz gegenüber diesen Nachrichten trug Johanna am 11. März in ihr Tagebuch ein: »… Wie viel wertvolle deutsche Brüder und Söhne fallen täglich an den Fronten. Doch die Heimat muss halten, trotz der vielen Opfer, die sie bringen muss. Was würde sonst aus Deutschland? Jetzt heißt es sich WEHREN und ZÄHNE ZUSAMMEN! ES GEHT UMS LETZTE.«

Dass es zu diesem Letzten auch noch um ein ganz anderes Letztes für das menschliche Leben ging, wurde Johanna bewusst, als sie am 18. März am Konfirmationsgottesdienst in der evangelischen St.-Martins-Kirche von Memmingen teilnahm. Während des feierlichen Gottesdienstes hatte sie plötzlich deutlich das Empfinden, der Raum sei erfüllt von der Heiligkeit des allmächtigen und erhabenen Gottes, der Zeit und Ewigkeit in seinen Händen hielt. Es fiel ihr wie Schuppen von den Augen, dass ihr Lebensschiff steuer- und führerlos dahintrieb und es keinen Hafen gab, in dem es festmachen konnte, dass sie ein »irrendes Schaf« war, das »keinen Hirten hatte« und dass sie unbedingt Orientierung brauchte und ein eindeutiges Ziel für ihr junges Leben in dieser unruhigen und ungewissen Zeit. Mächtig stand die Notwendigkeit vor ihrer Seele, dass sie sich entscheiden müsse, »wieder fester zu Gott zu stehen, der doch so viel Gutes an mir getan hat«.

Gott offenbarte sich in seinem Wort. Gott lebte in Jesus Christus, dem Heiland! Der war der Steuermann! Der war der gute Hirte, der sogar sein Leben gelassen hatte für die Schafe! Warum nur war sie immer wieder der Lehre gefolgt, die das alles nicht wahrhaben wollte. In ihr Tagebuch schrieb sie: »… ich wusste noch nichts davon, dass die Bibel kein erfundenes Schriftwerk sei. Das ist es, was mich wankend machte. Doch ich will und muss dies überwinden. Was ist ein Leben ohne Gott?«

Johanna beschloss, wie immer diese Zukunft in und nach diesem schrecklichen Krieg aussah: Sie wollte ein Leben mit Gott führen und sich nicht mehr von anderen Lehren zum Wanken bringen lassen! Gott selbst musste ihr auf diesen Weg helfen und dann dort halten, darüber war sie sich schon im Klaren. Und er sollte doch bitte diesem mörderischen Kriegstreiben ein rasches und gnädiges Ende machen …

Wenig später kam der Tag, an dem Schwester Lore es nicht mehr verantworten konnte, dass ihre junge Kollegin in der Stadt blieb. Sie schickte Johanna nach Hause. Wenn die Amerikaner kämen, sei sie wohl in Landshut bei den Eltern am besten aufgehoben.

Gut so und doch bedauerlich, fand Johanna. Jetzt, wo auch die Zusammenarbeit mit der Leiterin erfreulicherweise immer besser und leichter wurde …

Johanna packte also ihre Siebensachen und machte sich auf den Weg an die Isar. Bis Aubing am westlichen Stadtrand von München kam sie mit der Bahn. Quer durch die stark zerstörte Stadt ging es mehr als fünf Stunden lang mit vielen anderen Reisenden zu Fuß über Schutt und Asche. Man mochte gar nicht hinsehen, was da alles in Trümmern lag und wie die Menschen hausen mussten. Das war alles nur schlimm und traurig und weckte Zorn und Wut auf den elenden Krieg und auf die, die ihn angezettelt hatten und nicht beenden konnten oder ihn nicht beenden wollten, weil der Endsieg noch nicht errungen war. Der konnte aber doch wohl nur eine grässliche Niederlage sein …

In Johanna jagten sich die wechselnden Empfindungen und trieben ihr die Tränen in die Augen. Sie hätte sich gerne vor dem freundlichen Landser ausgesprochen, der ihr zeitweilig den Koffer trug. Ein stiller Mensch auf dem Weg nach Berlin, »die Hauptstadt zu retten«, wie er mit deutlicher Ironie in der Stimme erklärt hatte. Befehl sei schließlich Befehl, und er sei kein Drückeberger und Deserteur. Aber sie behielt ihre Gedanken dann doch lieber für sich. Man konnte ja nicht wissen …

Im Nordosten der Stadt, in Unterföhring, gab es einen Zug, der nach Regensburg fuhr. Den konnte sie nehmen, der fuhr über Landshut. Wunderbar. Wenn der Zug nur nicht so voll gewesen wäre. Schließlich erreichte Johanna ihre Heimatstadt – und war entsetzt von dem, was sie antraf. Wie sah das hier aus! Das war ja schrecklich! Das gesamte Viertel um den Bahnhof ein einziges Trümmerfeld. Dass der Zug hier überhaupt noch durchfahren konnte!

Ob das Haus in der Papiererstraße noch stand? Und das Geschäft am Bischof-Sailer-Platz? Was war mit Papa und Mutti? Und was waren das für schwarze Baracken? Die hatten doch neulich dort noch nicht gestanden. Wer waren die Männer in der komischen gestreiften Kleidung, die offenbar mit Aufräumungsarbeiten befasst waren und dabei unter strenger Bewachung schwarz uniformierter, finster dreinschauender Männer standen? Plötzliche Angst erfüllte Johannas Herz, und sie geriet innerlich in Panik. Sie beschleunigte ihre Schritte. Nur rasch hier weg und nach Hause in die Papiererstraße, schauen, ob es ihr Zuhause überhaupt noch gab!

Wenig später konnte das Mädchen aufatmen. Das Haus stand unversehrt. Den Eltern ging es gut, auch dem Vater mit seinen Herzproblemen. Die beiden erfüllte allerdings eine tiefe Trauer über die Ereignisse der letzten Wochen. Zunächst hatte es leichte Bombenangriffe auf den Bahnhof gegeben und dann die schwere Attacke vom 19. März. Mehr als zweihundert Menschen waren ums Leben gekommen, darunter viele Bekannte und Kunden des Geschäfts. Furchtbar!

Die Eltern wussten auch andere Fragen der Tochter zu beantworten. Sie taten es leise und mit Seufzen: In der Stadt gab es neuerdings eine Außenstelle des Konzentrationslagers Dachau mit rund fünfhundert Häftlingen, die unter schlimmsten Bedingungen in den schwarzen Baracken auf dem Bahnhofsgelände untergebracht waren. Diese Leute sollten die Schäden in der Nordstadt beseitigen und den Bahnverkehr in Funktion halten. Sie wurden von SS-Einheiten beaufsichtigt, die auch andernorts in der Stadt ihr Unwesen trieben. Die seien zum Beispiel dabei, die Sprengung der Isarbrücken vorzubereiten, damit der Feind, falls er denn käme, den Fluss nicht überqueren könne. Welch wahnsinniges Ansinnen!

Johanna war erschüttert von dem, was sie sah und erfuhr. Wann ging diese Tragödie endlich vorbei? Hoffentlich machte Gott ihr bald ein Ende. Besser ein Ende mit Schrecken, als diesen Schrecken ohne Ende. »Kyrie eleison – Christe eleison – Kyrie eleison«, ging es dem Mädchen immer wieder durch den Kopf, wie immer das Erbarmen Gottes dann auch aussehen würde. Wenn nur keine weiteren Opfer an Menschen zu beklagen wären.

Am Dienstag, dem 1. Mai 1945, war dann für Landshut der Krieg endlich vorbei. Die Amerikaner marschierten von Norden her ein und besetzten die Stadt. Am Vortag hatten die SS-Einheiten alle Isarbücken in die Luft gejagt und waren danach Richtung Süden abgezogen. Vorher hatten sie noch einen Bürger der Stadt öffentlich gehenkt, weil der es gewagt hatte, angesichts der nahenden feindlichen Amerikaner die bayerische blau-weiße Flagge auf seinem Haus zu hissen. Welch eine sinnlose Handlung angesichts der unvermeidlichen Niederlage! Das war wohl ihre Art, auf den »Heldentod« ihres Führers am selben Tag zu reagieren, der sich bald als feiger Selbstmord herausstellen sollte.

Die Darlapps verbrachten die nächsten Tage zumeist im Keller ihres Hauses. Es gab in der Nordstadt offenbar ein paar Widerstandsnester, von denen aus immer wieder einzelne Scharmützel mit den Amerikanern provoziert wurden. Die zogen auch ihr Haus in Mitleidenschaft. Als die Eltern mit ihrer Tochter dann am 9. Mai, dem Tag des offiziellen Kriegsendes, aus ihrem selbst gewählten Untergrund ans Tageslicht zurückkamen – diese traurige und dennoch ersehnte gute Nachricht war natürlich auch zu ihnen in den Keller gedrungen –, fanden sie ihre Wohnung oben stark beschädigt. Keine Fensterscheiben mehr und Zerstörungen an den Wänden, am Mobiliar und Inventar. Aber sie drei lebten und waren unversehrt. Das war nun doch zum Danken. Gott hatte sie bewahrt!

Dass es keinen Strom gab, war ärgerlich und musste hingenommen werden. Dass es auch kein Wasser gab, war schlimmer. Sie mussten es in Eimern irgendwo draußen an einer Pumpe holen. Johanna allerdings durfte diese Aufgabe nicht übernehmen. Das machte der Vater selbst. Die Eltern hatten Angst um ihre Tochter, sie könnte vielleicht einem der amerikanischen Soldaten in die Hände fallen und der könnte das Mädchen …

Dann beschlagnahmten die Amerikaner das Haus.

Warum gerade dieses? Sie brauchten es für ihre Zwecke. Die drei Darlapps hatten kaum Zeit, das Nötigste zusammenzupacken. Ein Nachbar war so freundlich und nahm die Familie auf. Aber bereits nach einer Woche gaben die Besatzer das Haus wieder frei, und die Mieter konnten in die Wohnung zurückkehren, die freilich nach den paar Tagen der Besetzung äußerst mitgenommen aussah. Da gab es einiges zu ordnen.

In sein Geschäft konnte der Vater noch nicht zurückkehren. Wie mochte es am Bischof-Sailer-Platz aussehen? Seine besorgte Frage konnte leider lange nicht beantwortet werden. Es gab keine Verbindung für Zivilisten zum anderen Ufer der Isar, weder telefonisch noch zu Fuß. Als es sie nach der späteren Errichtung einer Behelfsbrücke endlich wieder gab und der Kaufmann Gottfried Darlapp nach seinem Geschäft gesehen hatte, kam er sehr niedergeschlagen zurück: Das Haus am Bischof-Sailer-Platz war eine Ruine, und alles, was nicht niet- und nagelfest gewesen war, hatten Plünderer entwendet. Fenster, Türen, Regale und die Waren sowieso. Nur der Tresor war ihnen zu schwer gewesen. Der stand ungeöffnet noch an seinem Platz.

Für Johannas Vater bedeutete das, bei dem großen Verlust wenigstens einiges Geld gerettet zu haben. Die neue Situation war für ihn aber auch der Anlass, nach einer Möglichkeit zu suchen, das Anwesen und alles, was dazugehörte, loszuwerden. Zum Wiederaufbau fühlte er sich wegen seines Alters und seiner Gesundheit nicht mehr in der Lage. Zudem hatte der Krieg den Geschäftserben genommen, und Johanna würde seine Nachfolge nicht antreten wollen. Die Möglichkeit, das Geschäft zu veräußern, ergab sich, als der bisherige junge Geschäftsführer bald nach Kriegsende aus kurzer amerikanischer Gefangenschaft nach Hause zurückkehrte. Er übernahm, was von der renommierten Eisenwarenhandlung Darlapp übrig geblieben war – samt Namen –, und machte sich daran, das Geschäft neu aufzubauen.

Aber was sollte jetzt aus Johanna werden? Eine Verbindung nach Neuendettelsau zu knüpfen war in den ersten Wochen nach Kriegsende nicht möglich. In der Stadt gab es keine Arbeit für sie als Kindergärtnerin. In der Umgebung auch nicht. Sie konnte sich nur an den Aufräumarbeiten beteiligen. Das füllte allerdings nicht den Magen, denn die Versorgungslage war nach wie vor äußerst schlecht. Gottfried Darlapp nutzte seine Geschäftsverbindung zu einem Bauern in der Nähe von Hohenegglkofen, etwa fünf Kilometer südlich von Landshut, der interessanterweise auch noch »Bauer« hieß. Die Bäuerin war mit dem siebten Kind schwanger und konnte sicher Hilfe gebrauchen.

Johanna fuhr mit dem Fahrrad hinüber und war sogleich herzlich willkommen. Arbeit gab es auf dem großen Hof in Hülle und Fülle, und das von morgens vier bis abends zehn. Im Sommer wurde es morgens ja früh hell und abends spät dunkel. Den Stall ausmisten, mit dem Ochsengespann hinausfahren und den Klee holen, den der Knecht schon gemäht hatte, danach mit dem Bauern und der Bäuerin – die ließ sich nicht von ihrer fortgeschrittenen Schwangerschaft hindern –, mit dem Knecht und den älteren Kindern hinaus auf ein riesiges Feld zum Rübenhacken, mittags wieder in den Stall und nachmittags ins Heu oder in die Beeren oder Kirschen und abends wieder in den Stall … und das Tag für Tag über mehrere Wochen.

Aber Johanna war ja nicht zum ersten Mal auf einem Bauernhof, und sie wurde für die harte Arbeit bei den Mahlzeiten reich entschädigt. Hier musste niemand hungern wie in der Stadt. Die Küche gab genug her für die vielen Leute, die sich dreimal am Tag um den großen Tisch versammelten, um unter der gestrengen Leitung des Hausherrn die Mahlzeit einzunehmen. Nur, wie hier gegessen wurde, das hatte Johanna zuvor noch nicht erlebt: Beim Frühstück stand eine große Schüssel mit Milchsuppe auf dem Tisch und ein großer Laib Brot, von dem sich jeder seinen Teil abbrechen musste. Dazu hatte jeder einen Löffel, mit dem er seine Suppe schöpfte. Mittags bekam jeder eine Gabel dazu. Jetzt stand ein großer Tiegel auf dem Tisch mit Kartoffeln und Fleisch in einer Soße. Da mussten kleine Leute schon lange Arme machen und sich dranhalten, dass sie auch genug bekamen …

Vor dem Essen gab es immer eine ähnliche Zeremonie, wie Johanna sie schon auf dem Kreuther-Hof kennengelernt hatte. Nur dass hier der Bauer die Leitung hatte und keine Bilder auf einem Schrank standen. »Im Namen des Vaters und des Sohnes und des Heiligen Geistes … Gegrüßet seist du, Maria, voll der Gnade …« Danach gab es etliche gemeinsam gesprochene Vaterunser für verstorbene Angehörige und ein besonderes Vaterunser für den Sohn Walter. Der hatte sich bei einer Fahrt mit dem Ochsengespann nach einem merkwürdigen Gegenstand am Wegrand gebückt, um ihn aufzuheben. Irgendjemand hatte dort eine scharfe Handgranate verloren. Das Ding war explodiert und hatte den Siebzehnjährigen auf der Stelle zerrissen.

Gespült wurde übrigens nicht bei den Bauers. Nach dem Essen leckte jeder sein Besteck gründlich sauber und legte Löffel und Gabel zu den anderen. Danach wischte er seinen Tischplatz mit der eigenen Schürze oder mit dem Ärmel seiner Jacke ab, und das war's.

Die Arbeit mit den kleineren Kindern des Hofes ersetzte Johanna natürlich nicht ihre Arbeit in einem Kindergarten. Sie nahm ohnehin nur einen geringen Teil ihrer Zeit ein. Je länger sie auf dem Bauer-Hof war, desto mehr sehnte sie sich nach der Tätigkeit, für die sie doch die Schule besucht hatte. Nachdem alle ihre Bemühungen in den Ortschaften der Umgebung ohne Erfolg geblieben waren, bat sie ihre Eltern darum, nach Neuendettelsau fahren zu dürfen, um vielleicht dort eine Stelle als Kindergärtnerin zu bekommen. Vielleicht konnte man ihr von dort aus irgendwo im Land eine Stelle vermitteln. Papa und Mutti stimmten dem Wunsch der Tochter zu und entließen sie mit vielen guten Ratschlägen und deutlichen Verhaltensmaßregeln für die abenteuerliche und für ein junges Mädchen auch gefährliche Reise über Land.

Drei Tage brauchte Johanna, um auf den Pritschen und unter den Planen verschiedener Lastwagen – einer davon, ein kleiner, dreirädriger »Goliath«, transportierte Heringe in offenen Fässern, aus denen immer wieder die Brühe herausschwappte und sich über die Kleidung der Mitfahrenden ergoss –, zu Fuß und mit dem Zug nach Neuendettelsau zu kommen. Die erste Nacht verbrachte sie, äußerst übel nach Fisch riechend, mit ungezählten anderen im Albrecht-Dürer-Bunker in Nürnberg, den sie gerade noch vor Beginn der Sperrstunde erreichte. Ihr Bett war eine schlichte Holzbank im sechsten Untergeschoss gleich neben dem ständig ratternden Generator für die Aufbereitung der Frischluft. Ihre Tasche war ihr Kopfkissen, der eigene Mantel ihre Decke, ihr persönlicher Schutz der Fischgestank, den sie verströmte. Und das alles, weil sie in der stark zerstörten Stadt ihre Verwandten nicht hatte finden können.

Die zweite Nacht verbrachte Johanna nach einem langen Fußmarsch nach Westen bei einer Bekannten in Oberasbach, immer noch übel nach Fisch riechend, die dritte Nacht im Schlafsaal ihrer Seminarzeit. Endlich am Ziel, endlich sich gründlich waschen und den Fischgestank loswerden können, endlich etwas essen, endlich ein richtiges Bett und endlich die Möglichkeit, sich nach einer freien Arbeitsstelle zu erkundigen. Ob das klappte, würde wohl der kommende Tag und die Begegnung mit Schwester Marie Pißel erweisen.

Nach dieser Begegnung war Johannas Herz bis an den Rand von Dankbarkeit erfüllt. Für den kommenden 1. Februar war ihr ein Arbeitsplatz im Kinderhort der Anstalt zugesagt worden. Zwar Kinderhort und nicht Kindergarten, aber doch besser als gar nichts! Dem Vater im Himmel sei Dank!

Die glückliche Kindergärtnerin reiste auf wiederum abenteuerlichen Wegen zunächst zurück nach Landshut, um zu packen, was sie am neuen Arbeitsplatz brauchte, und um Abschied zu nehmen von den geliebten Eltern und zum zweiten Mal von einer Stadt, die ihr zur Heimat geworden war.

Auch von Günther musste sie Abschied nehmen, einem gut aussehenden jungen Mann, den es durch die Wirren des verlorenen Krieges von Breslau nach Landshut, von der Oder an die Isar verschlagen hatte. Günther arbeitete in der Bäckerei Grünzweig in der Papiererstraße und hatte in seiner Nachbarin Johanna eine Verehrerin gefunden, was dem flotten Achtzehnjährigen durchaus recht war. Die beiden jungen Leute verstanden sich gut und hatten sich manches zu erzählen auf ihren gemeinsamen Spaziergängen durch die Stadt und durch den Hofgarten. In beider Herzen nistete sich etwas ein, was wohl doch schon ein wenig über bloße Sympathie hinausging. Schade, dass sich ihre Wege zunächst einmal trennen mussten. Aber auch im Kinderhort gab es ja immer wieder einmal Ferien, die eine Heimreise und neue Begegnungen ermöglichten …

In Neuendettelsau lebte sich Johanna leider nur schwer ein. Da gab es in ihrer Umgebung niemand Jüngeres, den sie von früher kannte und mit dem sie sich zusammentun konnte. Die Arbeit mit den Jungen und Mädchen im Hort war so anders als die mit den Kleinen im Kindergarten. Die Zusammenarbeit mit Hedi, der Hortnerin, gestaltete sich ähnlich schwierig wie seinerzeit die in Memmingen mit Schwester Lore. Sie war die Leiterin und kehrte das immer wieder deutlich heraus.

Das Zusammenleben in der Hausgemeinschaft war irgendwie unnatürlich. Die Hausmutter legte eine überzogene Strenge an den Tag und verlangte von den Mädchen einen Gehorsam bezüglich Ordnung, Pünktlichkeit und Aufrichtigkeit, wie ihn die schärfsten HJ-Führerinnen von ihren Mädels nicht gefordert hatten. Der Gipfel ihres Verhaltens war wohl ihr Ausspruch: »Von mir aus hätten Sie singen können ›Die Fahne hoch‹, aber pünktlich daheim hätten Sie sein müssen.« Dass diese Frau das Horst-Wessel-Lied immer noch im Kopf hatte …

Was war passiert? Eine Mädchengruppe hatte den genehmigten Abendausgang um fünfzehn Minuten überzogen und dieses Missgeschick damit begründet, dass sie zum Schluss der Veranstaltung noch alle Strophen des Liedes »Der Mond ist aufgegangen« gesungen hätten. Das waren immerhin sieben. Die Sprecherin wurde für diese Entschuldigung mit drei Tagen Verbannung aus dem Esssaal bestraft. Die abendliche Verabschiedungszeremonie von der Hausmutter an der Tür des Esssaals mit Handschlag, einem Knicks und einem eher gehaucht als gesprochenen »Gute Nacht« empfand Johanna als erniedrigend.

Zu dem »Menschlichen« kam, dass das Wetter in diesem Frühjahr einfach furchtbar war, kalt, ungemütlich und unwirtlich wie die Atmosphäre und die Versorgung im Schulhaus. Johanna litt in ihrer Seele und vertraute ihre Empfindungen einmal mehr ihrem

Tagebuch an: »... Ich komme mir so einsam vor, so dumm und klein, als sei ich ein ganz unbeachtetes kleines Tierchen, das nur so ganz nebenbei da ist und das es nicht wert ist, dass man auch ihm ein klein bisschen hilft und sich darum kümmert.

Oh, hier ist es nicht schön. Keine liebe Menschenseele ist da, der ich mein Herz ausschütten könnte, dem ich das sein könnte, was ich wirklich bin. Ich darf ja hier gar nicht zeigen, wie lustig ich bin, alles ist gekünstelt, alles muss auf die feine (?!?!) Gesellschaft, die im Übrigen sehr kleinlich ist, abgepasst sein.

Mein Güntherle, wie vermiss ich dich, erst jetzt merke ich, was du mir warst, was du mir sein kannst. Oh, verlass mich nicht, sonst habe ich keinen Mensch mehr, den ich liebe ... Ich glaube auch nicht, dass ich mich mit der Hedi gut verstehen werde. Es sind ja alles solche Menschen, die nicht wissen, dass ich doch auch ein klein wenig etwas sein möchte und nicht ewig Aschenputtel spielen will. Wenn es nur schöner wird, sonst weiß ich wirklich nicht, was ich anfangen soll. Morgen werde ich mich noch einsamer fühlen, denn morgen ist Sonntag, und ich bin ganz allein ...«

Johanna biss sich durch in ihrer Arbeit mit den Kindern im Hort, in ihrer Zusammenarbeit mit Hedi, im Miteinander in der Hausgemeinschaft. Merkwürdig, seitdem Schwester Marie wusste, dass die beiden Lehrerinnen Darlapp an der Löheschule in Nürnberg Verwandte von Johanna Darlapp waren, konnte sich die Kindergärtnerin im Hort einer spürbaren Wertschätzung in der Hausgemeinschaft und auch seitens der Hausmutter erfreuen. Plötzlich war sie nicht mehr ein »unbeachtetes kleines Tierchen, das nur so ganz nebenbei da ist und das es nicht wert ist, dass man auch ihm ein klein bisschen hilft und sich darum kümmert«. Johanna genoss die Veränderung. Warum sollte sie auch nicht? Sie tat ihr wohl bei all dem anderen, das ihr weiterhin Mühe machte.

Dann gab es auch wieder ganz andere Gedanken, die die junge Frau beschäftigten. Eine Woche vor Ostern besuchte sie in Ansbach eine Aufführung der Johannespassion von Bach. In ihr Tagebuch schrieb Johanna: »… Auch diese Musik war wieder ein Erlebnis für mich. ›O Herr, lass dein lieb' Engelein am letzten End' die Seele mein‹. Was sind dies doch für schöne Worte, und was für schöne Musik begleiten sie? Erst jetzt steigen wieder Gefühle in einem auf, die einem das Leben vor Augen stellen. ›Welchen Weg soll ich gehen?‹ Ich komme mir so schwach vor, aber einmal zusammengenommen und stark bleiben, es muss werden. Warum verstehe ich mich mit Hedi nicht gut? Ist es doch eine ganz andere Denkungsweise? Ich darf aber nicht meine gute Haltung aufgeben. Mein Bruder mahnt mich dazu: Bleib deiner Erde treu und vergiss nie, dass wir, die wir im blühenden Alter standen, für euch gefallen sind. Soll es denn umsonst sein?

Ich trat vor ein Soldatengrab
und sprach zur Erde still herab,
mein lieber, guter Bruder du,
das Denken lässt mir keine Ruh!«

Nein, das Denken über die Frage »Welchen Weg soll ich gehen?« ließ Johanna tagelang keine Ruhe. Das betraf sie selbst, ihren Bruder, die vergangene und jetzt so veränderte Zeit ... Sollte sie in Neuendettelsau bleiben? Sie war Kindergärtnerin und nicht Hortnerin! Sie sehnte sich nach eigenverantwortlicher Arbeit mit Kindern, ohne Bevormundung.

Und: Für welche Ziele war der Bruder eigentlich gestorben? Wo waren die Ideale jener Zeit, die doch kaum vorbei war und doch schon so weit weg schien? Hatte die NS-Ideologie sich nicht als ein einziger, großer Irrtum erwiesen, dem ein ganzes Volk auf den Leim gegangen und zum Opfer gefallen war und unter dessen Folgen die ganze Welt zu leiden hatte? Die ganz großen Nazis, die sich nicht per Flucht oder Selbstmord feige davongemacht hatten, standen vor den Gerichten und mussten sich verantworten. Aber auch wer sonst überlebt hatte und davongekommen war, ob Großer oder Kleiner, ob Überzeugter oder Mitläufer – alle mussten sich mit der vergangenen Zeit auseinandersetzen und nach seiner Verantwortung für gestern, heute und morgen fragen. Die amerikanische Militärregierung wollte das so.

Eine Welle der Befragung zur »Entnazifizierung« rollte durch die Lande und auch durch Bayern. Die Besatzungsmacht wollte wissen, wer wann wo wie in welcher Position innerhalb oder außerhalb der Partei und einer ihrer Untergliederungen an welchen NS-Aktivitäten teilgenommen oder von Unrecht gewusst hatte, damit man ihn zur Rechenschaft ziehen oder entlasten konnte. Da mussten Fragebögen ausgefüllt, Stellungnahmen abgegeben, Überzeugungen offengelegt werden. Was kam dabei nicht alles ans Tageslicht an kleinen und großen Schweinereien Einzelner in ihrer familiären und örtlichen oder überörtlichen Umgebung?!

Was kam in der folgenden Zeit nicht alles auch ans Tageslicht an Gräueltaten an Millionen von Menschen, denen das Menschsein von den Großkopferten des Hitlerstaates abgesprochen worden war, weil sie auf dem Weg zu seinen Wahnsinnszielen im Wege waren!? Wie viele Menschen hatten sich überzeugt oder auch nur leichtgläubig zu Handlangern machen lassen? Das ganze Ausmaß der Vernichtungsarbeit im Kleinen und im Großen an Juden, an Zigeunern aus Sinti und Roma, an anderen unliebsamen Gruppen, an politisch Andersdenkenden und an sogenanntem lebensunwerten Leben, geistig behinderten Menschen, wurde erst nach und nach öffentlich. Die Vernichtungsmaschinerie des versunkenen Reiches hatte schreckliche Arbeit geleistet.

Auch an der Diakonissenanstalt Neuendettelsau und ihren Pflegeheimen waren die Maßnahmen des Euthanasieerlasses zur »Vernichtung lebensunwerten Lebens« von 1940 – zurückdatiert auf den 1. September 1939 – nicht spurlos vorübergegangen. Dass die Verantwortlichen der Anstalt diese Dinge nicht hatten verhindern können, lag wie eine Schicht Mehltau auf den Bemühungen zum allmählichen Wiederaufbau der eigentlichen Arbeit. Dabei konnte dieser Ort seine Frömmigkeit in allen Arbeitsbereichen endlich wieder offen zeigen und leben, auch wenn er noch nicht in allen Häusern und Einrichtungen so schnell zu seinen ursprünglichen Aufgaben zurückkehrte. Warum also erschien das Zusammenleben der Menschen an diesem frommen Ort immer wieder so gedrückt, so unfrei und unfroh? Warum regierte nicht längst wieder die Freude über die neu gewonnene Freiheit des christlichen Glaubens und Wirkens?

Johanna litt unter den Fragen und Unklarheiten der schwierigen Zeit in der Diakonissenanstalt und ihrer eigenen Person. War sie auch schuldig geworden am Unglück der Zeit, am vielfachen Tod und Verderben? Konnte sie als Jungmädel und danach als Angehörige des BDM überhaupt schuldig geworden sein? Wodurch denn? Durch ihre bloße Mitgliedschaft in diesen NS-Gruppierungen, die sie ja doch gar nicht hätte verweigern können? Durch ihr Mitlaufen und ihr Mittun in den Gruppen und durch ihre rege Beteiligung an den Veranstaltungen dieser Organisationen? Die hatten doch nur aus Spiel, Sport und Abenteuer bestanden und aus Hilfseinsätzen und Sammelaktionen. Sie hatten winkend und jubelnd und Fähnchen schwenkend an der Straße gestanden und bei ihren Treffen Nazijugendlieder mitgesungen.

Konnte sie schuldig geworden sein durch das Hören auf Parolen und das gehorsame Für-wahr-Halten der Nazilehren, ohne sie jemals zu hinterfragen oder gar dagegen zu opponieren? War sie nicht auch verführt worden, bei allen möglichen Gelegenheiten mit erhobener Kinderhand dem Führer entgegenzujubeln und das Heil für Volk und Vaterland von ihm zu erwarten?

Immer wieder kreisten solche Überlegungen unruhig und belastend durch Johannas Kopf, und sie sehnte sich danach, an einem Ort zu sein, wo sie frei von dem inneren Druck, von der Enge dieser Einrichtung, von den Zwängen des Miteinanders wäre. »Warum, frage ich mich zum hundertsten Mal, warum muss ich hierherkommen, wo ich keine Freiheit habe, Freiheit, die ich meine …«, schrieb sie ins Tagebuch. Aber welche Freiheit meinte sie eigentlich? Die junge Frau war sich selbst nicht im Klaren darüber, was sie unter der ersehnten Freiheit verstehen und wie sie sie gestalten wollte, wenn sie sie denn irgendwann erreicht hatte. Welchen Weg sollte sie gehen?

Diese Frage bezog sie auch auf ihr »Güntherle«. Der junge Bäckergeselle schrieb ihr fleißig Briefe. Aber die steckten so entsetzlich voller Fehler, dass sie kaum zu lesen waren. Und sich einigermaßen verständlich ausdrücken konnte der auch nicht. Das ärgerte Johanna ungemein. Sie selbst machte fast nie Rechtschreibfehler, Günther aber wusste kaum ein Wort richtig zu schreiben, und die deutsche Grammatik war ihm offenbar mehr als fremd. Nein, das konnte es nicht sein. Nein, *der* konnte es nicht sein, genauso wenig wie Karl, den sie in Memmingen wegen seiner geistigen Unbedarftheit abgewiesen und aus ihrem Herzen und ihren Gedanken vertrieben hatte. Warum nur war das Leben so kompliziert und das menschliche Herz ein so verzagtes und unruhiges Ding?

In ihrer inneren Not machte sie es zu ihrem Gebet, was der Sänger und Beter David vor Jahrhunderten bereits gesungen und gebetet hatte und was heute noch im Psalm 25 nachzulesen war: »Herr, zeige mir deine Wege und lehre mich deine Steige; leite mich in deiner Wahrheit und lehre mich! Denn du bist der Gott, der mir hilft; täglich harre ich dein. Gedenke, Herr, an deine Barmherzigkeit und an deine Güte, die von der Welt her gewesen ist*. Gedenke nicht der Sünden meiner Jugend und meiner Übertretungen; gedenke aber mein nach deiner Barmherzigkeit um deiner Güte willen!« Dabei entwickelte sie eine starke Hoffnung, dass Gott ihr Gebet bald erhören würde …

* In der revidierten Lutherbibel (1984) heißt es statt »die von der Welt her gewesen ist«: »die von Ewigkeit her gewesen sind«.

»Tante Hanne«

Als Johanna im April in die Osterferien fuhr, konnte sie damit das Kapitel Neuendettelsau endgültig abschließen. Welch großes Aufatmen! Nach Ostern sollte sie ihre neue Arbeit in der Marktgemeinde Roßtal beginnen, wo die evangelisch-lutherische Kirchengemeinde eine Diakoniestation mit einem Kindergarten unterhielt. Dieser brauchte dringend eine neue Leiterin. Johanna Darlapp – Kindergartenleiterin in Roßtal? Herrlich, wunderbar und zum Danken!

Aber wo lag Roßtal? Den Namen dieses Ortes hatte Johanna doch schon gehört. Aber wann und wo? Nach einigem Nachdenken fiel es ihr ein: Der Markt Roßtal lag an der Bahnstrecke Nürnberg–Ansbach. Der Bahnhof lag etwas außerhalb des eigentlichen Ortes, dessen Zentrum mit einer großen Kirche sich auf einem Bergsporn befand, weithin im Umland sichtbar. Die Diakoniestation in Roßtal war mit zwei Neuendettelsauer Schwestern besetzt. Eine Schwester Marie und eine Schwester Berta waren in der häuslichen Krankenpflege im Ort und in einigen kleineren Nebendörfern tätig und hatten in der Gemeinde zusätzlich Aufgaben zur Unterstützung des Pfarrers. Na, das würde sie schon alles kennenlernen.

Johanna packte also wieder einmal ihre Sachen, nahm Abschied vom zuletzt ungeliebten Ort ihrer ersten richtigen, aber eher unglücklichen Anstellung und reiste für die kurzen Osterferien zunächst noch einmal nach Landshut. Schön wurden die Tage mit dem Papa und der Mutti und herzlich das Miteinander zu dritt. Ergreifend waren für sie die gemeinsamen Gottesdienste am Karfreitag und an Ostern mit ihren Botschaften von Jesus, dem Heiland, der für die Sünden der Menschen am Kreuz verblutete und starb, auch für die der erst kürzlich vergangenen Zeit – das zu glauben und zu begreifen war gar nicht einfach! –, und der als der auferstandene und lebendige Herr seine Jünger damals und seine Freunde heute mit seinem »Friede sei mit euch« grüßte und segnete. Eine Wohltat für die wunde und unruhige Seele! Es war bewegend und herrlich, mit welcher Freiheit und Freude diese Botschaft wieder verkündet werden konnte, diese wohltuende und froh machende Botschaft!

Musste auch deshalb der Krieg verloren gehen, damit wieder von dem rechten Heiland geredet werden durfte?, ging es Johanna durch den Kopf. Das Heil kam nach dem Ratschluss Gottes von dem Juden Jesus und nicht von diesem selbsternannten Heilsbringer Adolf Hitler. Der Verlauf der Geschichte des sogenannten Dritten Reiches hatte diese Frage eindrücklich beantwortet. Es hatte sich als richtig erwiesen, dass Gott sich nicht spotten ließ, auch wenn diese Erkenntnis erst nach schweren Opfern und Leiden unter den Menschen wieder Raum gewann.

Als abgekühlt erwies sich bei diesem Heimataufenthalt in Landshut die Beziehung zu Günther, der unbedingt einen Spaziergang mit Johanna gewünscht hatte. Sie gewährte ihm die Freude, machte ihm jedoch deutlich, dass es wohl nichts werden könne mit ihnen beiden. Nachdem sie die spätromanische Kapelle oben auf Burg Trausnitz besucht und einen ausgiebigen Blick auf die roten Dächer der Stadt diesseits der Isar und hinüber auf das kaum aufgeräumte Trümmerfeld der Nordstadt geworfen hatten, nahmen die beiden jungen Leute Abschied. Und der war wohl endgültig, wie Günther mit großem Bedauern feststellte. Johanna war freilich sehr erleichtert. Nein, dieser Junge konnte nicht »ihr Güntherle« sein. Er war zwar durchaus liebenswert, aber nichts für ihr Leben. Sie brauchte einen anderen.

Am Osterdienstag 1946 verabschiedete sie sich dann auch von den Eltern. Es war ein trauriger Abschied. Dem Vater ging es gar nicht gut. Sein Herz machte ihm große Mühe. Er war wohl kränker, als er zugeben wollte. Vielleicht wollte er seiner Tochter das Herz nicht noch zusätzlich beschweren und gab sich deshalb stark. Ob es auf dieser Erde ein Wiedersehen geben würde? Der heilige Gott konnte es möglich machen, er war der Herr über Leben und Tod.

Am späten Abend desselben Tages erreichte die neue Roßtaler Kindergärtnerin den Ort ihres künftigen Lebens und Schaffens. Glücklicherweise gab es ein paar Menschen, die ihr den Weg zu ihrer Wohnung nahe der Kirche zeigten. Warum lag der Bahnhof nur so weit von dem Ort entfernt? Johanna wurde belehrt, er sei halt zwischen Roßtal und Weitersdorf angelegt worden, damit die Wege für die Reisenden aus den beiden Orten etwa gleich lang wären. Schon da fiel ihr auf, dass die Leute hier anders sprachen als die in Landshut und auch anders als die in Neuendettelsau, obwohl das gerade mal dreißig Kilometer von hier entfernt lag. Nun gut, auch an diesen Dialekt würde sie sich sicher bald gewöhnen, zumal es im Kindergarten wahrscheinlich überwiegend mundartlich zuging. Das würde sich schon übermorgen erweisen. Johannas Vorfreude auf das, was auf sie zukam, wuchs. Und wurde gleich am ersten Abend in der Begegnung mit den beiden Dettelsauer Schwestern genährt, die bereits auf sie gewartet hatten und der »Tante Hanne« ein herzliches Willkommen bereiteten. So würde sie in diesem Ort heißen und von den Leuten angeredet werden, erklärten ihr die beiden freundlichen Diakonissen beim Abendessen. Hier berichteten sie auch schon in groben Zügen, was auf die neue Kindergärtnerin zukam. Da gebe es eine tüchtige, sehr selbstständige Helferin, Kuni Eckstein. Sie stamme aus dem Ort und sei ein wenig älter als sie. Mit der käme sie aber sicher gut aus. Für die ungefähr hundertzwanzig Kinder …

»Hundertzwanzig Kinder?«, entfuhr es Johanna mit deutlichem Erschrecken.

»Na, ja«, versuchte Schwester Berta den Schrecken zu mildern, »es kommen in der Regel nur etwa sechzig bis siebzig. Alles brave Buben und Mädel zwischen vier und sechs.«

»Die wollen aber auch erst einmal beschäftigt werden«, meinte Johanna bedenklich. »Eine so große Gruppe habe ich nie gehabt.«

»Hab da mal keine Bange, Mädel«, versuchte

Schwester Marie sie zu beruhigen. »Ihr seid zu zweit, habt einen großen Raum, habt Spielzeug, eine große Kiste Holzklötze, Perlspiele und Puppen. Es gibt auch ein paar Puppenwagen und noch manches andere. Und Sie, liebe Tante Hanne, haben offenbar eine kräftige Stimme.«

»Ich werde sie sicher brauchen«, bestätigte Johanna und fragte weiter: »Gibt es beim Haus einen Spielplatz mit Bänken und mit Sandkasten, Schaukel und Wippe?«

»Gibt es, Tante Hanne«, bestätigte Schwester Marie lächelnd. »Eimerchen, Schäufelchen und Förmchen bringen die Kinder meistens mit. Davon hat der Kindergarten leider nur wenig.«

»Darf ich mit den Kindern auch spazieren gehen?«

»Selbstverständlich. Die Kinder laufen gerne durch die Felder und Wiesen hinüber nach Stöckach, nach Buttendorf oder Kastenreuth. Es muss halt schönes Wetter sein.«

»Und wie stehen die Eltern zum Kindergarten und zu den ›Tanten‹?«, wollte Johanna jetzt wissen.

»Die meisten sind froh, dass sie ihre Kinder gut aufgehoben wissen. Die Leute haben alle viel zu tun in ihren Häusern und auf ihren kleinen Landwirtschaften. Viele Mütter sind alleine.«

»Kriegerwitwen?«

Die beiden Diakonissen seufzten leicht auf. »Eine ganze Reihe sind Kriegerwitwen«, antwortete eine von ihnen. »Andere Väter sind irgendwo in Gefangenschaft. Wir beten alle darum, dass sie bald zurückkommen.«

»Und was ist mit Flüchtlingen und Heimatvertriebenen?«, wollte Johanna auch wissen.

»Von denen leben inzwischen etwa achthundert in Roßtal. Fast ein Drittel der Bevölkerung. Da gibt es hier und da schon ein paar Schwierigkeiten«, musste Schwester Marie zugestehen. »Diese armen Leute kommen hauptsächlich aus dem Sudetenland und den verlorenen deutschen Ostgebieten. Die meisten von ihnen sind katholisch. Die wenigen einheimischen Katholiken hier freut es vielleicht sogar, dass sie Verstärkung gekriegt haben, trotz der Enge und der Not. Aber für viele der alten evangelischen Roßtaler ist das alles nicht einfach.«

»Wer betreut die Katholiken?«, wollte Johanna wissen.

»Das macht ein Pfarrer Josef Zankl«, erklärte die Schwester. »Ab und an haben wir mit ihm zu tun. Pfarrer Zankl hält in der kleinen Scheunenkirche St. Theresia an der Ecke Felsenstraße / Bleigasse als Aushilfspriester für Roßtal alle drei Wochen katholische Messe. Dafür ist das Kirchlein aber längst zu klein. Es fasst die Besucher nicht.«

»Die Leute erzählen sich übrigens hier einen dummen Witz über die Dorfneulinge«, schob Schwester Berta dazwischen.

»Darf ich den hören?«, fragte Johanna.

»Warum nicht? Erzähl du, Schwester Marie.«

»Also, der Witz geht so«, begann diese. »Was ist der Unterschied zwischen einem Kartoffelkäfer und einem Flüchtling?«

Die Kindergärtnerin zuckte mit den Schultern.

Sie hatte keine Vorstellung, wohin die Frage führen sollte.

»Es gibt keinen«, fuhr die Schwester fort. »Beide bekommt man nicht mehr los, wenn man sie erst einmal hat.«

Nach einigen Momenten eher betretenen Schweigens meinte Johanna: »Na ja, zum Lachen ist das eigentlich nicht. Irgendwo müssen die armen Menschen ja hin, wenn sie in ihrer Heimat nicht mehr leben können, weil man sie von da verjagt hat oder weil sie flüchten mussten.«

»Richtig. Aber die Leute hier im Dorf mussten dafür Stuben räumen und selbst zusammenrücken. Das gefällt längst nicht jedem. Da ist auf der einen Seite viel Elend und auf der anderen viel Unfreundlichkeit. Die Leute haben es alle nicht leicht.«

»Gibt es im Kindergarten Flüchtlingskinder?«

»Natürlich gibt es die.«

»Und wie gehen die Roßtaler Kinder mit ihnen um?«

»Kinder haben da weniger Schwierigkeiten, Fräulein Johanna. Die gehen eher natürlich miteinander um.

Sie haben nur Sprachprobleme. Die Kinder verstehen sich untereinander kaum. Sudetendeutsch, Schlesisch, Ostpreußisch und dann das Mittelfränkisch, das die Einheimischen hier reden – die Mundarten liegen schon sehr weit auseinander. Da gibt es ständig ärgerliche Missverständnisse.«

»Ach ja, dieser elende Krieg!«, seufzte Johanna auf. »Wenn der anders ausgegangen wäre, dann wäre manches leichter. Aber ich denke schon, dass ich mit dem babylonischen Sprachengewirr zurechtkomme.« Nach einem Augenblick des Nachdenkens ergänzte sie: »Und ich denke auch, dass ich die Flüchtlingskinder in großer Barmherzigkeit ein wenig mehr lieb haben muss als die kleinen Roßtaler.«

»Sie scheinen auch den Ausspruch von Wilhelm Löhe im Kopf zu haben«, vermutete Schwester Berta. Als Johanna nicht sofort antwortete, fuhr sie fort: »›Lass die barmherzige Auffassung aller Dinge deine Lebensaufgabe sein‹, hat der Gründer unserer Anstalt uns Diakonissen aufgetragen.«

»Den Satz hat man uns auch in unsere Hefte diktiert«, bestätigte Johanna, »und ich möchte mich bemühen, mich in meiner Arbeit und in meinem Leben danach zu richten. Nicht zuletzt deswegen, weil Gott auch mit mir sehr barmherzig umgegangen ist. Davon kann ich Ihnen später erzählen.«

»Wenn Sie das so sehen können, dann tun Sie das. Das ist wirklich nötig«, bekräftigte Schwester Marie den Vorsatz der »barmherzigen Auffassung aller Dinge«, und ihre Mitschwester fuhr fort: »Wir sind bei unserer Arbeit auch ständig um barmherzigen Ausgleich zwischen den Leuten bemüht. Die Flüchtlinge und Heimatvertriebenen können nichts dazu, dass sie hier sein müssen. Die Unwetter der Geschichte haben sie angeweht. Es hätte den Krieg gar nicht geben dürfen. Der war ein einziger, riesiger Fehler und ein Verbrechen am deutschen Volk und an den Völkern der Welt. Die alten Nazis hier im Ort müssten das eigentlich allmählich auch begreifen und sich anders einstellen.«

»War Roßtal hitlertreu?«, wollte Johanna jetzt doch wissen, ohne direkt auf die Bemerkungen von Schwester Berta einzugehen.

Die antwortete: »Sicher nicht mehr und nicht weniger als andere Orte auch. Gleichgeschaltet halt, in allen Bereichen. Es gab Überzeugte, und es gab Mitläufer, laute Krakeeler und aktive Propagandisten und eine Menge Jasager, Kopfnicker und Armheber zum Pflichtgruß, wie überall im Land.«

»Da hat es schon 1933 ein paar ganz Eifrige gegeben. Es gab dann sehr bald einen ›Adolf-Hitler-Platz‹ im Ort«, ergänzte Schwester Marie.

Schwester Berta schloss sofort an – Johanna gefiel es sehr, wie die beiden Frauen sich ergänzten –: »Und diesen Unmenschen haben sie sogar bereits gleich nach der Machtergreifung zum Ehrenbürger des Marktes gemacht. Gottlob ist das vorbei, und der Platz heißt wieder ›Hofrat-Heinlein-Platz‹. Es gab auch eine ›Horst-Wessel-Straße‹ und einen ›Schlageter-Platz‹. Die wurden bald nach Kriegsende auf Anordnung der Amerikaner wieder zur ›Pelzleinstraße‹ und zum ›Marktplatz‹.«

»Und die evangelische Kirche?«

»Unser Pfarrer Bomhard hatte in den braunen Jahren große Schwierigkeiten. Jetzt ist er wieder glücklich. Er feiert wieder echte lutherische Gottesdienste und verkündet die frohe Botschaft vom Heil in Christus, wie sie uns im Alten und Neuen Testament gegeben ist. Und das in großer Freiheit. Und die Gemeinde singt und bläst wieder regelmäßig und in derselben Freiheit und Freude, wie sie es vor den schlimmen

Roßtal in Franken: Teil des Marktplatzes mit evangelischer Kirche und Torturm

Jahren schon getan hat. Übrigens im selben Saal, in dem Sie Kindergarten halten. Das wird Sie hoffentlich nicht stören, wenn der Raum immer wieder zu anderen Dingen der Gemeinde gebraucht wird.«

»Das wird es sicher nicht«, bestätigte Johanna und fragte nach der geistlichen Ausrichtung ihrer Arbeit.

»Sie dürfen Ihren Kindern gerne das Evangelium vom Heiland verkünden, der die Kinder liebt und segnet. Und das in Wort und Lied, wenn Sie es möchten.«

»Das will ich wohl gerne tun. Ich erzähle gerne biblische Geschichten, und ich singe gerne. ›Aus dem Himmel ferne, / wo die Englein sind, / schaut doch Gott so gerne / her auf jedes Kind‹, und: ›Weil ich Jesu Schäflein bin‹, und: ›Lass die Herzen immer fröhlich und mit Dank erfüllet sein‹«, freute sich Johanna und fragte: »Gibt es im Saal ein Instrument?«

»Das Harmonium wird sich freuen, wenn es zum Gesang gespielt wird«, antwortete Schwester Marie. »Können Sie spielen?«

»In Neuendettelsau war Klavierspiel Pflicht, wie Sie sicher wissen. Ich spiele aber schon seit meinem sechsten Lebensjahr«, konnte Johanna bestätigen, »und ich denke, ich spiele nicht schlecht«, fügte sie mit einem Anflug von Stolz an. »Harmonium habe ich selten gespielt, aber ich werde mich sicher an den anderen Anschlag und das Balgtreten gewöhnen. Aber jetzt würde ich doch gerne mein Zimmer aufsuchen. Ich spüre, ich bin müde. Die Reise war anstrengend. Bringen Sie mich hin?«

»Gerne, Fräulein Johanna oder besser ›Tante

Hanne‹. Sie wohnen in einem Zimmer über dem Saal im Nachbarhaus«, sagte Schwester Berta. »Die Möblierung mit Tisch, Stühlen, Bett, Schränkchen, Kommode und Wandregal ist zwar spärlich, aber sie genügt Ihnen hoffentlich. Ein Ofen ist auch in der Stube. Das Brennholz bekommen Sie von uns.« Ihre Mitschwester ergänzte, als müsste sie eine mögliche Enttäuschung Johannas über die spartanische Einrichtung ihres Zimmers auffangen: »Zum Mittagessen etwa um eins sind Sie übrigens immer bei uns eingeladen. Für drei Leute zu kochen macht mehr Spaß als nur für zwei. Auf Ihrem kleinen Herd kann man auch nicht viel fertigbringen, und das muss auch nicht sein. Wir sind schließlich seit heute eine Dreier-Diakonie.«

»Sie werden sich sicher bald hier in Roßtal und bei uns wohlfühlen, Fräulein Johanna«, ergänzte die Erste und fügte an: »Ihre Arbeit beginnt übermorgen um acht. Vielleicht nutzen Sie den Tag morgen zum Einleben und Erkunden, wo Sie denn nun eigentlich sind. Behüt Sie Gott in allen Dingen. Wir wünschen uns ein gutes Miteinander und Ihnen viel Freude bei Ihrer Arbeit. Alle und alles unter dem Segen Gottes.«

Johanna nutzte den freien Tag, um sich an ihrem neuen Lebens-und Arbeitsort zu orientieren. Sie stellte sich beim Pfarrer vor und auch beim Bürgermeister. Sie machte einen Rundgang durch den Ort, dessen Häuser sich hier auf der Höhe drängten. In den Gassen betrachtete sie die großen und kleinen Gebäude – manche von ihnen waren Fachwerkhäuser, zumindest in ihren oberen Stockwerken –, und staunte über die vielen interessanten Brunnenhäuschen. Sie verweilte einige Minuten auf dem sauber angelegten und gepflegten Friedhof um die ehrwürdige, mächtige St.-Laurentius-Kirche herum.

Das stattliche Gotteshaus trug tatsächlich denselben Namen wie die Anstaltskirche in Neuendettelsau! Dieses durch Mauern und Gebäude eingefasste Gelände musste wohl in früheren Zeiten einmal eine Wehranlage gewesen sein. Wie die Kirche mit ihrem großen und hohen Längsschiff und dem vielleicht fünfzig Meter hohen, dicken, quadratischen Turm unter seiner »welschen Haube« – so hieß wohl diese Art Turmdach – innen aussah, würde sie am kommenden Sonntag erfahren, an Quasimodogeniti oder »Wie die neugeborenen Kindlein«, wie der Sonntag nach Ostern gemäß 1. Petrus 2,2 auch hieß. Sie freute sich schon auf den Gottesdienst, zu dem Pfarrer Bomhard sie herzlich eingeladen hatte. Johanna freute sich auch, morgen ihren Roßtaler Kindern zu begegnen. Dabei würden ihr sicher viele der Namen wieder begegnen, die sie auf den Grabsteinen des Gottesackers lesen konnte.

Unterwegs begegneten der neuen Kindergärtnerin immer wieder große und kleine Roßtaler Leute, die sie mehr oder weniger offen neugierig musterten und ihr nachschauten und dann die Köpfe zusammensteckten, um über die junge Frau miteinander zu tuscheln. Die Fremde musste wohl die Neue für den Kindergarten sein, die in der Osterwoche ihren Dienst antreten sollte. Wer sollte sie sonst sein? Dafür, dass das im Ort bekannt wurde, hatten schon die beiden Gemeindeschwestern gesorgt.

Nachmittags suchte Johanna noch Kuni Eckstein auf, um ihre Hilfskraft schon einmal kennenzulernen und mit ihr die Arbeit für den nächsten Tag abzustimmen. Nach der Begegnung waren sich die beiden Frauen einig: Ja, das konnte etwas werden mit der Zusammenarbeit. Kuni akzeptierte, dass sie als die Ältere und vielleicht sogar Erfahrenere von ihnen beiden der immer noch erst neunzehnjährigen Jüngeren untergeordnet war. Sie war ja auch nur eine »Kindertante« ohne Seminarausbildung.

Diese Tatsache wollte Johanna freilich nicht herauskehren, wie seinerzeit Schwester Lore in Memmingen und auch die Hortnerin in Neuendettelsau ihre Überlegenheit ihr gegenüber herausgekehrt hatten. Nein, sie wollte sich bemühen, nach biblischer Weisung zu handeln, wie sie der Apostel Paulus den Philippern ins Stammbuch geschrieben hatte: »… tut nichts durch Zank oder eitle Ehre; sondern durch Demut achte einer den anderen höher als sich selbst, und ein jeglicher sehe nicht auf das Seine, sondern auch auf das, was des andern ist.«

Da ergab sich sehr vieles und Unterschiedliches, auf das Johanna Darlapp in der nächsten Zeit zu sehen hatte. Da waren zunächst ihre vielen Buben und Mädel, die sie sehr bald in ihr Herz schloss und lieb gewann. Manche von ihnen hatten sehr blasse, verstörte, hohlwangige Gesichter mit großen, traurigen Augen. Aus denen schaute eine Menge Elend, das diese

Roßtal, rechts das »Diakoniehaus«, das ehemalige evangelische Gemeindehaus. Hier leitete Johanna im Erdgeschoss den Kindergarten und bewohnte unter dem Dach ein Zimmer. Im Haus links wohnten die Gemeindeschwestern, zwei Diakonissen, mit denen sie täglich zu Mittag aß.

Kinder mit ihren kleinen, verwundbaren Seelen schon hatten erleben und ertragen müssen – bei der Vertreibung ihrer Familien von Haus und Hof und auf ihrer Flucht vor den feindlichen Soldaten mit ihren Panzern, Geschützen und Gewehren.

Da war raues und brutales Volk am Werk gewesen, das keine Rücksicht genommen hatte auf Alter, Geschlecht und Befindlichkeit der Menschen, die es schimpfend und fluchend, schlagend und schießend auf den langen Weg trieb zu unbekannten Zielen in eine unberechenbare Zukunft. Was hatten diese

Kinderaugen vielleicht schon alles sehen müssen an Grausamkeiten auf den Straßen der Flucht und Vertreibung und in den Notquartieren mancher Nacht … Armes und bemitleidenswertes kleines Völkchen, dachte Johanna.

Dann waren da auch die Dorfkinder. Die waren deutlich besser ernährt und gekleidet und in ihrer Mehrzahl freier und fröhlicher und wesentlich weniger belastet mit Sorge und Not. Waren sie deswegen weniger liebenswert? Nein, sagte sich Johanna, sie wollte keine Unterschiede machen in der Barmherzigkeit und in der Liebe. Vielleicht ein wenig in der direkten Zuwendung. Das kleine, schlesische Flüchtlingsmädchen brauchte wohl eher einmal eine Umarmung als die robuste Roßtaler Bauerntochter, und dem sudetendeutschen Bub sollte sie wohl eher einmal über seinen kurzgeschorenen Schopf streicheln als dem stämmigen Handwerkersohn aus dem Ort.

Die Arbeit galt freilich allen gleich, das Vorlesen von Märchen und Fabeln, das Anleiten zum Zeichnen und Malen, Basteln und Bauen und zum gemeinsamen Spielen zu zweit, zu dritt, in der kleinen und großen Gruppe, das anschauliche Erzählen und Darstellen biblischer Geschichten – Tafel und Kreide taten dabei sehr gute Dienste –, das Singen weltlicher und geistlicher Lieder, das Beten …

Das ging alles erfreulich gut dank der kräftigen und schönen Stimme von »Tante Hanne«, der die Kinder gerne folgten, dank ihrer musikalischen Begabung und der Fähigkeit, das Harmonium zu spielen, dank des Einfallsreichtums und der Ausstrahlung der Kindergärtnerin und nicht zuletzt dank des guten Miteinanders mit Kuni. Es war alles sehr schön und machte viel Freude. Die junge Johanna Darlapp wurde bald zu einer angesehenen Persönlichkeit in Roßtal.

Angesehen war sie auch bald bei den Männern, die sich einmal in der Woche zum Posaunenblasen im Saal trafen und dann beinahe zwangsläufig der hübschen Kindergartenleiterin begegneten. Vor allem die jungen machten große Augen, nur taten sie ihren Mund nicht auf. Dafür bekam Johanna fortan immer wieder einmal Post von unbekannt. Diese Feiglinge! Wer wirklich etwas von ihr wollte, sollte gefälligst seinen Namen auf den Gruß und das Kompliment für ein »scheens Madla« schreiben oder sie direkt ansprechen.

Der Warnick-Schorsch riskierte es als Erster, sich zu offenbaren. Er lud Johanna zu einer Fahrt nach Nürnberg zum Besuch des Volksparks in Dutzendteich ein. Dort sei sie doch sicher noch nicht gewesen. Treffpunkt müsse aber leider der Bahnhof in Weinzierlein sein. Die Leute im Dorf brauchten den gemeinsamen Ausflug nicht unbedingt mitzubekommen. Der Weg nach Weinzierlein betrage etwa fünfzig Minuten und führe entweder über die Landstraße oder am Ufer des Roßtaler Mühlbachs entlang.

Die Umworbene nahm die Einladung an, und so trafen sich die beiden jungen Leute am ausgemachten Tag am ausgemachten Ort und fuhren gemeinsam nach Nürnberg. Dort durchquerten sie die Trümmerlandschaft der Stadt, bummelten durch den noch ein wenig ramponierten Park, in dem der Frühling längst

Einzug gehalten hatte, saßen eine Zeit lang hübsch gesittet auf einer Bank an einem kleinen Teich – ob das wohl der Dutzendteich war? –, schauten den Enten zu, hörten auf den Gesang der Vögel, genossen das Brot-Wurst-Käse-Vesper für zwei, das Schorsch mitgebracht hatte, und unterhielten sich sehr hochgeistig über Gott und die Welt. Als ihnen die Kühle der Eisheiligen mehr und mehr in die Kleider kroch, machten sie sich auf, die Rückreise anzutreten. Gemeinsam ging es also wieder quer durch die Stadt und dann mit dem Zug zurück nach Weinzierlein, von dort heimwärts nach Roßtal, jedes allein und durch einige zig Meter vom anderen getrennt.

Ein schöner Tag, fand Johanna für sich selbst, der aber nichts Besonderes gebracht hatte. Der spätere gemeinsame Besuch eines Tanzfestes in einem Gasthof mit Saal brachte auch keine Veränderung der Beziehung, wie sich Schorsch das vielleicht gewünscht hatte. Denn auch bei dieser Veranstaltung ließ Amor seine Pfeile im Köcher stecken. Die abzuschießen hatte er sich wohl für einen späteren Fall vorbehalten.

In der Roßtaler St.-Laurentius-Kirche war es so, dass jede Familie der Gemeinde Plätze hatte, die mit Namensschildchen gekennzeichnet waren. Die Angehörigen der Diakonie hatten ihre Plätze in derselben Kirchenbank wie die Familie des Müllers Horneber aus dem Weinzierleiner Ortsteil Kernmühle, der zur lutherischen Gemeinde Roßtal gehörte.

Eines Sonntags kamen drei Hornebers verspätet in den Gottesdienst. Vater, Mutter und Sohn mussten sich folglich an den beiden Diakonissen und an Johanna Darlapp vorbei in die Bank drücken. Dabei passierte es, dass der junge Horneber, ein schlecht gekleideter und auch nicht gerade blendend aussehender junger Mann, ein wenig linkisch und ungeschickt mit seinen schweren Militärstiefeln dem jungen Fräulein auf die eleganten, dunkelblauen, von Mutti geerbten Straußenlederschuhe trat. Johanna hätte am liebsten aufgeschrien, verbiss sich jedoch den momentanen Schmerz. Die erwartete Entschuldigung des Jünglings kam nicht. Auch nicht nach dem Gottesdienst. Welch ein Stoffel, dachte Johanna. Der kennt nicht einmal den geringsten Anstand. Oder hatte der gar nicht bemerkt, dass er mit seinem schweren Schuhwerk einen zarten Frauenschuh und den darin steckenden Fuß …?

Am Abend desselben Sonntags sahen sich die beiden jungen Leute bereits wieder. Johanna hatte sich bald nach ihrem Dienstantritt dem Kirchenchor angeschlossen, der seine Proben sonntagabends im Pfarrhaus abhielt. Luise Birnbaum, Johannas Nachbarin im Sopran, stellte ihr nach der Probe ihren Cousin vor, der an diesem Abend zum ersten Mal dabei war. Es war der junge Horneber. »Seit Samstag, dem 10. Dezember 1921, Heinz Horneber von der Kernmühle«, wie er sich selbst mit einem eher schüchternen Lächeln und einer angedeuteten Verbeugung vorstellte. Die Kernmühle sei etwa zweieinhalb Kilometer nordwärts unten am Flüsschen Bibert zu finden.

»Ein sauberer Kerl!«, ging es Johanna durch den Kopf. Auch jetzt keine Entschuldigung für seine Stiefelattacke vom Vormittag. Aber davon abgesehen war der junge, blonde, blauäugige Mann doch eigentlich nett und freundlich, wenngleich er sich nach seiner kurzen Vorstellung ihr gegenüber sehr zurückhaltend gab und sich nur noch mit seiner Cousine unterhielt. Ob der Mädchen gegenüber immer so schüchtern war? Aber seine Art, sich zu geben, machte ihn interessant. Johanna hätte gerne ein wenig mehr über Heinz Horneber erfahren und ihn näher kennengelernt. Nun ja, die Gelegenheit würde sicher kommen.

Sie ergab sich, als die Kindergärtnerin, ihre Freundin Babette Krehn, Kuni Eckstein und Luise Birnbaum an einem Sonntag im August hinunter zur Kernmühle wanderten und dort von Heinz Horneber und seinem Freund Günther Nitschke zu einer Kahnpartie auf der Bibert eingeladen wurden. Zu sechst bestiegen sie das Boot und hatten dabei den ersten großen Spaß. Denn beinahe wären zwei von ihnen schon am Steg über Bord gegangen. Durch die Anordnung der Sitzbretter auf dem Kahn ergab es sich dann, dass Johanna und Babette Heinz Horneber und seinem Freund gegenüber zu sitzen kamen – die beiden Männer betätigten jeder eins der beiden Ruder –, während die beiden anderen Mädchen ihnen den Rücken zukehren mussten. Es wurde eine recht lustige Partie mit Scherzen hin und her und mit viel Gelächter! »Das Rudern ist des Müllers Lust …« Dabei nahm das kleine Holzschiff bald einen rechten Schlingerkurs, auf dem es kaum noch vorwärtskam, denn die beiden Ruderer hatten plötzlich den gemeinsamen Rhythmus verloren. Woran lag es wohl, dass Heinz heute wie ein Anfänger wirkte, sodass Günther seine falschen Ruderschläge immer wieder korrigieren musste? Babette schien es zu wissen, zumindest aber zu ahnen.

»Heinz Horneber, du solltest dich ein wenig mehr auf dein Ruder konzentrieren und nicht ständig sonst wohin schauen«, mahnte sie den Bootsinhaber und lächelte dabei spöttisch.

Der fühlte sich wohl ertappt. »Wo schaue ich denn hin, Madla? Vier Frauen im Boot ist halt anstrengend«, versuchte er sein Ungeschick zu entschuldigen. »Wir können ja die Plätze tauschen.«

»Das würde dir wohl so passen, mein Lieber«, gab Babette mit einem Seitenblick auf ihre Sitznachbarin lachend zurück. »Aber den Gefallen tue ich dir nicht.«

Jetzt war es an Johanna, eine deutliche Verlegenheit zu unterdrücken. Auch sie fühlte sich ertappt, dass sie mit ihren Blicken den Ruderer auf dem Platz gegenüber wohl abgelenkt hatte. Irgendwie war ihr warm ums Herz geworden, als Heinz sie immer wieder anschaute und dabei ihre Augen suchte. Wirklich ein netter Kerl, durchaus zum Verlieben! Warum nicht? Ob sie ihm wohl ähnlich nett erschien?, ging es ihr durch den Sinn. Warum hatte er sie wohl immer so angeschaut, dass er das Rudern vernachlässigte und dadurch der Kahn nicht mehr recht vorwärtskam? Das Mädchen sehnte sich noch auf dem Boot nach der nächsten Begegnung.

Als Folge dieser Kahnpartie mit den fröhlichen jungen Leuten kursierte im Dorf bald ein Gerücht, »Tante Hanne« habe etwas mit dem jungen Müllermeister. Blödes Geschwätz der Leute! Wer hatte das nur in die Welt gesetzt? Etwa Günther Nitschke? Wollte der sich dafür revanchieren, dass er den jungen Horneber mehrfach ans Rudern hatte erinnern müssen, weil den offenbar sein Gegenüber ablenkte? Oder Babette, die Johanna natürlich nach der Kahnpartie auf die verliebten Blicke von Heinz Horneber angesprochen hatte? Ob sie die denn nicht selbst bemerkt hätte? Natürlich hatte Johanna, aber das musste sie ihrer Freundin ja nicht unbedingt sagen. Außerdem – wer war denn nun eigentlich dieser Heinz Horneber? Sie wusste doch immer noch kaum etwas von dem Mann, der sie mit »Fräulein Hanne« und »Sie« anredete. Folglich konnte an dem Geschwätz doch gar nichts dran sein.

Woher es auch kam – Johanna empfand das Gerede als ärgerlich. In Wirklichkeit tat sich ja nichts, was die besonderen Empfindungen des einen für den anderen deutlich gemacht hätte, wenn es die denn wirklich gab. Außer Belanglosigkeiten und Blicken wurde nichts ausgetauscht, wenn sie sich nach dem Gottesdienst oder bei der Chorprobe trafen. Heinz Horneber unterhielt sich meistens mit seiner Cousine über die Arbeit auf der Mühle, aber kaum einmal mit dem »Fräulein Hanne«, und wenn doch, dann nur über irgendetwas Nebensächliches.

Bei einem Gespräch von Cousin und Cousine ging es dann auch einmal um Bücher, die die beiden zum Lesen austauschten. Das erschien Johanna interessant. Auf dem kurzen Weg vom Pfarrhaus zu ihrer Wohnung, den Luise Birnbaum und Heinz Horneber mit der Kindergärtnerin meistens gemeinsam gingen, wagte sie die Frage, ob der junge Mann ihr denn auch einmal ein Buch mitbringen würde. Sie lese auch gerne.

»Warum nicht?«, war Heinz Horneber gleich dazu bereit. Wenn das Zeit hätte bis zum nächsten Sonntag, vorher komme er leider nicht nach Roßtal herauf. Er habe keine Zeit, weil er zu viel Arbeit in der Mühle und auf der zugehörigen Landwirtschaft habe.

Selbstverständlich könne das Buch warten, gab Johanna zurück und verabschiedete sich von den beiden jungen Leuten. Dabei dauerte der Abschiedsblick ein wenig länger als sonst, und ihr Händedruck fiel bei Heinz Horneber ein wenig fester aus. Oder hatte der ihre Hand fester und länger gehalten als sonst und den Blick länger und tiefer …?

Am folgenden Sonntag brachte der im Herzen bereits heimlich Verehrte dem »Fräulein Hanne« tatsächlich ein Buch mit. Einen dicken Schinken von vierhundert Seiten: »Der Untergang der Titanic« von Robert Prechtl. Da hatte Johanna ja nun wirklich etwas zu lesen, und das war auch ganz nach ihrem Geschmack. Solche Bücher liebte sie.

Zunächst hatte sie allerdings eine kleine Aufgabe zu entziffern. Als sie nämlich das Buch in ihrem Zimmer aufschlug, fiel zwischen den Seiten ein kleiner, länglicher Zettel heraus. Ein handgeschriebenes Lesezeichen als freundliche Zugabe? Vielleicht, vielleicht auch nicht. Ob sich hinter den merkwürdigen Schriftzügen eine Nachricht verbarg? Die Spiegelschrift zu lesen war für Johanna nicht schwer. Aber der belanglose Text war kaum als Nachricht zu verstehen. Der Zettel steckte wohl eher zufällig noch zwischen den Buchseiten und war gar nicht für sie bestimmt. Schade!

Und doch nahm Johanna den Zettel als einen Wink und als eine Aufforderung, eine Antwort zu schreiben, und das wollte sie dann auch in Spiegelschrift tun. Sie machte sich sogleich daran, diese besondere Schreibweise zu üben. Als sie die Kunst einigermaßen beherrschte, schrieb sie Heinz Horneber einen Brief. Sie bedankte sich für die Buchausleihe und nahm kurzen Bezug auf den Zettelinhalt. Dann bescheinigte sie dem jungen Mann eine gewisse Freundlichkeit, wenngleich ihr die Zehen immer noch schmerzten, auf die er vor Wochen mit seinen schweren Militärstiefeln draufgetreten sei, ohne dieses Missgeschick selbst auch nur im Geringsten beachtet und sich dafür entschuldigt zu haben. Die Bootspartie zu sechst sei dennoch sehr amüsant gewesen und ihr Bauch tue ihr noch immer weh vom vielen Lachen …

Wenige Tage später bekam das »Fräulein Kindergärtnerin Johanna Darlapp in der Diakoniestation der Gemeinde Roßtal« Antwort. Diesmal in sauberer Normalschrift und in fehlerlosem Deutsch. »Sehr verehrtes Fräulein Hanne! Für Ihren so sehr liebenswürdigen Brief danke ich Ihnen herzlich. Es ehrt mich, dass Sie mir geschrieben haben, und es beschämt mich, dass ich mich für das Missgeschick in der Kirche nicht entschuldigt habe. Ich hatte Ihren

Fuß unter meinen Stiefeln wirklich nicht gespürt. Ich hoffe, Sie verzeihen mir nachträglich.

Ihre schönen Ausführungen zu Ihrer Person und zu Ihrem Leben und zu Ihrem Denken über die Zeit und über den Glauben waren für mich sehr interessant. Über einiges würde ich mich gerne mit Ihnen mehr unterhalten. Wenn es Ihnen recht ist, möchte ich Sie für den kommenden Sonntag zu einem Nachmittagsspaziergang einladen – auch wenn das die dummen Gerüchte nähren würde. Wie wäre es mit zwei Uhr? Ich komme gerne mit dem Fahrrad nach Roßtal hinaufgefahren, um Sie abzuholen. Ich wüsste einen schönen Spazierweg, den Sie sicher noch nicht gegangen sind. Bitte, geben Sie mir eine zustimmende Antwort. Eine abschlägige würde mich schmerzen, und ich könnte sie nur mit großem Bedauern akzeptieren. Mit freundlicher Begrüßung Ihr Heinz Horneber von der Kernmühle.«

Johanna war selig über diese Post. Sie las den Brief immer wieder und küsste ihn, als hätte sie den Absender persönlich vor sich. Dann schrieb sie mit freudiger innerer Erregung ihre Antwort, die selbstredend die Zustimmung zu dem vorgeschlagenen Spaziergang war. Die Zeit sei sehr passend, und sie freue sich auf die Begegnung.

Und wie das Mädchen sich freute! Wenn es doch nur schon Sonntag wäre! Hoffentlich kam Heinz auch wirklich. Sie wusste, dass die Hornebers Besuch hatten, und es konnte ja sein, dass diese Tante aus Kempten den jungen Mann auf der Kernmühle von seinem Vorhaben abhielt. Nach dem Gottesdienst hatten sie sich die verabredete Zeit leider nicht noch einmal gegenseitig bestätigen können.

Als der vereinbarte Zeitpunkt näherrückte, wurde Johanna von Minute zu Minute unruhiger. Immer wieder trat sie ans Fenster, um zu sehen, ob der heiß Ersehnte nicht endlich käme. Und dann kam Heinz Horneber auf seinem alten Fahrrad fröhlich winkend die Straße herauf. Er hatte sie offenbar bereits am Fenster entdeckt. In wenigen Sekunden also nahm das Schicksal seinen Lauf, ging es Johanna durch den Sinn, und sie schloss für ein paar Momente die Augen. Oder erfüllte sich hier der Plan Gottes, den der Heilige für jeden Menschen habe, wie es Heinz Horneber einmal in einem Gespräch betont hatte?

Momente später klopfte es zaghaft an der Tür. Johanna öffnete und bat Heinz herein. »Hier bin ich, Fräulein Hanne, wie verabredet«, streckte der junge Mann ihr seine freie Hand entgegen. In der anderen hielt er einen kleinen Strauß Blumen, den er unterwegs wohl am Wegrand gepflückt hatte.

»Für Sie, Fräulein Hanne. Damit wir nachher bei unserem Spaziergang keine Blumen mehr zu pflücken brauchen«, meinte er ein wenig verlegen und reichte Johanna das Sträußchen aus Wasserminze, Ackerröte, Schlangen- und Ampferknöterich.

Dem »Fräulein Hanne« huschte eine leichte Röte über das Gesicht. Nie zuvor hatte ihr ein junger Mann Blumen geschenkt, noch dazu selbst gepflückte. Sie bat den Gast herein, nahm das Sträußchen in Empfang und bot ihm einen Stuhl an. Dann stellte sie die Blumen in eine Vase, die sie zuvor aus einem

Krug mit Wasser füllte, und bedankte sich dabei noch einmal brav für das nette Mitbringsel. Dann stellte sie die Blumen auf den Tisch, setzte sich ihrem Besuch gegenüber und fragte: »Was machen wir jetzt? Gehen wir sofort oder unterhalten wir uns erst noch ein wenig hier im Zimmer?« Ohne eine Antwort abzuwarten, erhob sie sich wieder und ging an ihr Bord. »Ich denke, wir trinken noch ein Glas Holundersaft, ehe wir gehen. Ist Ihnen das recht?«

»Danke, Fräulein Hanne. Das ist mir sehr recht. Die Fahrt von der Kernmühle hier herauf macht durstig«, antwortete Heinz Horneber. »Haben Sie den Saft selbst gemacht?«

»Nein, so etwas machen die Schwestern. Die versorgen mich mit allem, was ich brauche, also auch mit Holundersaft.«

»Und wie machen die dieses köstliche Getränk?«

»Ich habe nicht danach gefragt. Ich habe mit den Kindern allerdings die Beeren gesammelt und sie den beiden Schwestern abgeliefert. Wir trinken das Ergebnis dieser Zusammenarbeit.«

»Ein köstliches Ergebnis. So gut schmeckt der auf der Kernmühle lange nicht«, stellte Heinz fest und putzte sich mit einem sauberen Taschentuch den Mund. »Darf ich Sie dann jetzt zu unserem Spaziergang einladen?«

»Sie dürfen, Herr Horneber«, bestätigte Johanna und ließ damit alle bisherige Scheu hinter sich. »Wir sollten diesen goldenen Oktobersonntag noch ein wenig genießen. Die Sonne geht ja jetzt schon sehr zeitig unter.«

Heinz 1947

Der junge Müller

Wenig später waren die beiden jungen Leute unterwegs hinüber in Richtung Clarsbach, dem nächsten Nachbarort nach Westen, etwa zweieinhalb Kilometer von Roßtal entfernt. Die beiden gingen neben den Gleisen der Bahnlinie entlang, mal nebeneinander, mal hintereinander, aber immer brav und gesittet in gebührendem Abstand voneinander, dabei aber in lebhafter Unterhaltung über dies und das, was ihnen gerade in den Sinn kam. Johanna empfand das als ein wenig ärgerlich. Konnten sie nicht ein wenig dichter nebeneinander gehen, sodass es doch vielleicht ab und an eine Berührung gab? Es würde sich wohl noch ergeben.

Immer wieder einmal blieben die beiden stehen, und Heinz machte Johanna aufmerksam auf landschaftliche Besonderheiten, die vom Bahndamm aus nach Norden oder Süden zu sehen waren. Dann blieben sie auch wieder einmal stehen, um sich eine Blume oder einen Strauch anzuschauen oder einen Käfer zwischen den Schottersteinen in seinem Lauf zu beobachten oder auch auf einen Vogel zu hören, dessen Ruf oder Lied vom nahen Wald herüberschallte. Herrlich das alles! Es konnte nur noch herrlicher sein, wenn …

Auf halbem Weg zum Nachbarort machten die

beiden für ein paar Minuten Halt an einem einsamen Bahnwärterhäuschen. Die Bank auf der Sonnenseite des kleinen Gebäudes lud einfach zum Sitzen und Rasten ein. »Hören Sie doch einmal, wie still das hier ist, Herr Horneber«, schwärmte Johanna und blinzelte in die Sonne.

»Die Stille tut gut«, bestätigte Heinz. »Aber wer mag schon immer eine solche Stille um sich leiden?«

»Vielleicht ein Paar verliebter Leute oder ein junges Ehepaar?«, hörte Johanna sich sagen und erschrak ein wenig vor ihren eigenen Gedanken, die sie soeben offenbart hatte. War das nicht sehr gewagt gewesen oder vielleicht gar ungehörig, so etwas auszusprechen neben einem jungen Mann, zu dem die Sympathie in den letzten Wochen gewachsen war und in der vergangenen Stunde noch einmal mehr?

»Ja, ein Paar verliebter Leute«, wiederholte der junge Mann, und die junge Frau glaubte so etwas wie Sehnsucht aus diesen Worten herauszuhören. Ob dieser Müllermeister sie vielleicht auch … Der fuhr fort: »Oder ein Ehepaar, wenn die beiden einen Zufluchtsort brauchen, um wirklich einmal allein zu sein, weil es ihnen an ihrem Ort zu unruhig und zu laut ist.«

»Ist es bei Ihnen auf der Kernmühle sehr unruhig und laut?«, fragte Johanna.

»Sehr, Fräulein Hanne, sehr unruhig und manchmal sehr laut. Wir sind ja auch ständig fünfzehn und mehr Leute auf der Mühle und in der Stube und am Tisch. Das kann sehr lästig sein. Sie müssten mal einen Tag bei uns erleben. Die Großmama sitzt ständig in ihrem Sessel in der Küche neben dem Herd und knurrt und grantelt rum, weil sie kaum noch laufen kann und ihr auch sonst nichts recht ist. Der Vater ist seit seiner Heimkehr aus der langen Internierung bei den Amis im Lazarett in Regensburg sehr verändert und oft nicht genießbar. Er bezeichnet sich als Christ, aber davon merkt man wenig.

Die Mutter ist zum Glück ganz anders. Aber sie hat nichts zu sagen, weil mein großes Schwesterchen Herta das Kommando führt. Hoffentlich findet die bald einen, der ihr die Federn stutzt. Dann ist da noch meine kleine Schwester Irmgard, die im Büro arbeitet und meistens den Mund nicht aufkriegt; ein paar Müller sind noch da, ein Lehrling, der Kutscher, das Küchenmädchen und das ältliche Fräulein Karasek von der Buchhaltung … Manchmal möchte ich davonlaufen an einen Ort wie diesen hier, wo sonst keiner ist.«

Johanna erschrak innerlich bei dieser Aussage. An einem solchen unruhigen Ort mit dem Mann leben, den sie ersehnte? Nein, an einem Ort mit so vielen Leuten wollte sie nur ungern sein und auch nur, wenn es sich gar nicht vermeiden ließ.

Bei diesen Gedanken erschrak Johanna ein zweites Mal. Wo denkst du denn hin?, ermahnte sich das Mädchen selbst. Eine Zukunft auf der Kernmühle kam für sie doch wohl ohnehin nicht in Frage. Da müsste erst einmal das förmliche »Sie« zwischen ihnen beiden zum persönlichen und vertrauten »Du« werden. Da müssten sich zunächst die Herzen finden und füreinander öffnen. Das müsste eine Sache auf Gegenseitigkeit sein. Die Bereitschaft dazu war ihrerseits vorhanden, aber die Initiative stand ihr als Mädchen nicht zu. Die musste, wenn es denn eine gab, schon von Herrn Horneber ausgehen. Der aber hatte offenbar ganz andere Gedanken in seinem Kopf. Zudem schickte er sich jetzt an, den Spaziergang fortzusetzen. »Kommen Sie, Fräulein Hanne. Gehen wir weiter. Die Zeit bleibt leider nicht stehen, und die Sonne steht schon tief.«

Auf der Höhe von Clarsbach winkten die beiden jungen Leute einem vorbeifahrenden Zug nach und bogen dann vom Gleiskörper nach Norden ab, um durch den Buttendorfer Wald und die Felder im großen Bogen nach Roßtal zurückzukehren. Johanna erzählte jetzt von ihrer Arbeit mit einzelnen Kindern ihrer großen Gruppe und davon, dass ihr manchmal die Arbeit schwer würde und sie zuweilen so etwas wie Herzschmerzen empfände, wenn es wieder einmal sehr turbulent zuginge. Sie müsse wohl demnächst einmal den Arzt aufsuchen. Vor allem seien da zwei rüpelhafte Jungen, die ihr zuweilen Mühe machten und Verdruss bereiteten. Die hießen auch beide noch Heinz. Das führe immer wieder zu Missverständnissen und Ärger, wenn sie den Namen aufriefe. Außerdem mache ihr die Namensgleichheit mit ihm, dem Herrn Hornheber, Probleme. Sie fürchte immer, sich zu versprechen und bei Begegnungen aus Versehen das vertrauliche »Du« zu gebrauchen, das gegenüber den beiden Jungen im Kindergarten selbstverständlich sei. Ihm gegenüber stehe ihr das aber nicht zu.

Als hätte er lange auf diese Gelegenheit gewartet, ergriff Heinz Horneber mit einer spontanen und beinahe heftigen Geste Johannas Arm, hielt sie an, stellte sich vor sie und versperrte ihr den Weg. Mit einem tiefen und ernsten Blick in ihre schönen Augen sagte er: »Das gibt mir ein Stichwort, Fräulein Hanne.« Dabei kam das mehr gestottert als gesprochen.

Sein verdutztes Gegenüber hielt dem Blick stand und fragte erwartungsvoll: »Welches Stichwort?« Johanna stieg dabei eine deutliche Röte ins Gesicht, und ihr Herz pochte plötzlich heftig, sodass sie glaubte, Heinz Horneber müsse es schlagen hören. Sie ahnte, was jetzt kommen würde. Sie hatte für sich selbst ja schon lange auf diesen Augenblick gewartet.

Der junge Mann schien für einen Moment nach den richtigen Worten zu suchen. Dann gab er sich einen spürbaren Ruck und sagte: »Ich denke, es ist an der Zeit, Fräulein Hanne, dass wir das förmliche ›Sie‹ austauschen gegen ein vertraulicheres ›Du‹. Können Sie damit einverstanden sein?«

Die so Gefragte hätte am liebsten laut herausgejubelt: »Ja doch, ja doch, Heinz Horneber! Endlich du, endlich Heinz und du!« Aber das hielt sie für unschicklich. Einer Frau stand eine solche Gefühlsäußerung nicht zu. Sie zierte sich also, schlug die Augen nieder und meinte: »Das muss ich mir erst überlegen. Sie wissen, ich habe es nicht so mit dem ›Du‹.«

Nach ein paar Momenten des Abwartens oder auch des scheinbaren Überlegens blickte sie dann wieder auf, sah ihrerseits dem Mann in die Augen und sagte leise: »Also gut, Herr Horneber, sagen wir ›Du‹, Heinz. Ich bin Hanne.« Dabei streckte sie ihm ihre Hand entgegen, um die Änderung der Anrede mit dem üblichen Handschlag zu bestätigen. Aber diese schlichte Art der Bestätigung war Heinz wohl zu wenig. Er nahm nicht nur die eine Hand, er nahm gleich beide, zog Johanna an sich und küsste sie heftig auf beide Wangen.

So hatte die diesen plötzlichen »Überfall« nun doch nicht erwartet, aber sie ließ sich die Umarmung und die Küsse nur zu gerne gefallen. Dann verschaffte sie sich ein wenig Abstand und Luft und hauchte: »Nicht so stürmisch, du, mein Heinzerla!« Damit hatte sie ihren Heinz zum ersten Mal sprachlich auf Fränkisch liebkost, so, wie sie es wohl gerne ein Leben lang tun würde.

Heinz verstand diese Bemerkung allerdings als Einladung, jetzt Johannas hübsches Gesicht zwischen seine Hände zu nehmen und es nach einem leise herausgejubelten »Hannele, du mein Hannele!« mit Küssen über und über zu bedecken. Schließlich fanden seine Lippen die ihren, die sie ihm auch bereitwillig entgegenhielt ... Für ein paar Augenblicke blieb die Zeit stehen und hielt die Umgebung dieses herrlichen Waldsaumes den Atem an. Die untergehende Sonne schickte noch ein paar Extrastrahlen über die besondere Szene, ehe sie sich leise hinter den westlichen Horizont zurückzog: Zwei junge Menschen hatten sich gefunden und gegenseitig ihre Zuneigung bekundet, hielten sich in den Armen und wollten sich schier nicht mehr loslassen und freigeben.

Aber dann mussten sie doch weiter. Sie wollten ja die Chorprobe am Abend nicht versäumen. Sie wollten allerdings auch kein Aufhebens machen von der

Neuordnung ihrer Beziehung. Die anderen Chorleute mochten es hören, spüren, merken oder auch nicht, dass sie beim »Du« gelandet waren. Und wenn, dann wäre die Sache eben neues Wasser auf die Mühlen der Schwätzer und Gerüchtestreuer. Babette und Günther würden sich sicher ehrlich mitfreuen, Luise Birnbaum hätte eher einen ihrer passenden oder unpassenden Kommentare bereit. Es mochte gehen, wie es wollte. Die beiden jungen Menschen auf dem Weg in der Dämmerung des Buttendorfer Waldes würde es nicht stören.

Wie oft Johanna und Heinz auf ihrem weiteren Weg zurück nach Roßtal stehen blieben, um sich erneut zu umarmen und zu küssen, haben sie nicht gezählt. Sie waren nur glücklich, dass sie sich endlich voreinander offenbart hatten. Künftig würden sie sich häufiger treffen, um miteinander zu reden und sich näher kennenzulernen. Wie sich ihre Beziehung entwickeln würde, lag bei Gott, der auch diesen Nachmittag herbeigeführt hatte. Darin waren sich Johanna, seit heute sein »Hannele«, und Heinz, seit heute ihr »Heinzerla«, einig. Und auch darin, dass sie ihre weiteren Wege in Gottes Hände legen wollten, um aus seinen Händen zu nehmen, wie immer er diese Wege führen und gestalten würde …

Am Abend dieses denkwürdigen Sonntags griff Johanna nach langer Zeit wieder einmal zu ihrem Tagebuch. Sie blätterte in den Seiten, las hier und da einen Abschnitt und griff dann zu einem Stift, um ihre aufgewühlten Empfindungen am Ende dieses besonderen Tages aufzuschreiben.

»Wenn ich so manchmal in diesem Buch in einer stillen Stunde lese, so bereut es mich oft, wie ich doch so eigenartigen Stimmungen unterworfen bin. Doch das sind eben Gefühle. Gerade jetzt begleiten sie mich wieder, dass es mich drängt, sie niederzuschreiben. ›Ich schnitt es gern in alle Rinden ein, ich grüb es gern in jeden Kieselstein, ich möchte es säen auf jedes frische Beet mit Kressesamen, der es schnell verrät, auf jeden weißen Zettel möchte ich's schreiben: Dein ist mein Herz und soll es ewig bleiben!‹

Ich traue es mich nicht zu denken noch auszusprechen noch zu schreiben. Es ist ein Gefühl, doch schöner und herrlicher als andere, es ist ein Denken, ein Fühlen, das mich nicht loslässt. Doch es ist leise, etwa wie das Lied: ›Willst du dein Herz mir schenken, so fang es heimlich an, dass unser beider Denken kein Mensch erraten kann.‹

Ich kann es bald nicht mehr erwarten, den zu sehen, der mein Herz in Bann hält. Das Leben ist herrlich, zu wissen, dass man eine Liebe heimlich mit sich trägt. Eine Knospe ist herrlicher, ist erwartungsvoll dessen, was da kommt. Eine aufgeblühte Blume denkt an ihre Schönheit, doch sie ist momentan, bald ist ihr der Tod gewiss, der Tod, das Erlösen dieses qualvollen Erdenlebens. Doch die Liebe, sie vergeht nicht, wenn sie fest gegründet ist auf zwei Herzen, die zueinandergehören. Sie soll die blühende Blume sein, die nie verblüht. ›Es muss ein Wunderbares sein um's Lieben zweier Seelen, sich schließen ganz einander ein, sich nie ein Wort verhehlen, vom ersten Kuss bis in den Tod sich nur von Liebe sagen.‹«

Bereits wenige Tage später wurde Hanneles Seligkeit heftigst erschüttert. Der Tod, das »Erlösen dieses qualvollen Erdenlebens«, nahm ihr in Landshut den Vater. Sie bekam mit der Post die traurige Nachricht, dass er am 21. Oktober in Landshut gestorben sei. Er habe sich am Abend, so schrieb die Mutti, noch recht wohlgefühlt und sich ins Bett gelegt wie immer, sei aber dann völlig unerwartet ganz sanft entschlafen. Ihr Schmerz sei unendlich groß, und Hanne möge doch bitte bald kommen und ihr beistehen, auch bei den letzten Vorbereitungen der Beerdigung.

Die Nachricht traf Johanna wie ein Blitz aus heiterem Himmel, wie ein heftiger Keulenschlag. Ihr Vater gestorben!? Ausgerechnet jetzt, wo sie seit wenigen Tagen erfüllt war von der frischen Liebe eines Menschen, mit dem sie ihr Leben zu teilen bereit war, nahm ihr der Tod den Menschen, der ihr zuvor der liebste gewesen war. Welch ein grausames Schicksal! Welch ein merkwürdiger Weg Gottes!

War das schon wieder der Anfang vom Ende ihrer gerade gewonnenen Beziehung? Sie musste doch jetzt nach Landshut reisen. Und das lag weit weg von Roßtal, der Kernmühle und ihrem Liebsten. Würde die Mutti sie so bald wieder zurückreisen lassen, oder würde sie zu ihrer Unterstützung an der Isar bleiben müssen? Ging ihre Zeit hier schon wieder zu Ende? Würde sie ihrem Heinzerla jemals wieder begegnen? In Johannas Kopf jagten sich die Gedanken an diesem schlimmen Abend, und die Tränen wollten nicht aufhören zu fließen. Könnte sie Heinz doch nur erreichen! Wie sehr sehnte sich das Mädchen jetzt nach seiner Nähe, nach seiner Wärme, seinen tröstenden Worten …

Johanna gab sich einen Ruck, nahm alle Kräfte zusammen, wischte sich die Tränen aus dem Gesicht und schrieb einen Brief an ihren Liebsten. Sie teilte ihm mit, was sich zu Hause Trauriges ereignet hatte, dass sie nach Rücksprache mit den beiden Gemeindeschwestern am kommenden Morgen mit dem ersten Zug nach Nürnberg und weiter nach Landshut fahren werde. Sie wisse leider nicht, wann sie zurückkäme. Sie werde sich sofort danach melden und hoffe bis dahin sehr und bete darum zu Gott, dass er, ihr geliebtes Heinzerla, ihr ein treuer Kamerad bleibe, wie immer es nun auch weitergehe.

Mit schwerem Herzen und einer Seele voller Kummer reiste Johanna am nächsten Tag nach Landshut. Da der Bahnverkehr wieder weitgehend reibungslos verlief, kam sie noch rechtzeitig zu Hause an, um der Mutti bei den letzten Vorbereitungen für den Tag der Beisetzung des Vaters zu helfen. Auf den Aufwand einer größeren Beerdigung und dem anschließenden Treffen der Trauergemeinde in einem Gasthofsaal hätten die beiden Frauen freilich gerne verzichtet. Das war aber leider nicht möglich. Gottfried Darlapp sen. war ein stadtbekannter und angesehener Kaufmann gewesen, dem viele Menschen in der Trauerfeier auf dem Friedhof und beim Kondolenzdefilee am Grab die letzte Ehre erweisen würden.

So wurde es dann auch. Viele Hände mussten die Mutti und Johanna ergreifen, und viele tröstliche Worte der ehrlichen Anteilname und des dankbaren

Gedenkens an den Verstorbenen taten ihnen gut. Manche wohl nur so dahergesprochenen Beileidsbekundungen klangen hohl und mussten ebenso angehört werden. Schön waren die kurzen Begegnungen am Rande mit Schwester Lina, die immer noch ihren Dienst in der evangelisch-lutherischen Gemeinde Landshut tat, und mit Mutter Gabriela von den Zisterzienserinnen, die es sich nicht hatte nehmen lassen, an der Beerdigung des Vaters ihrer früheren Schülerin teilzunehmen. Auch Johannas früheres »Güntherle«, der junge Mann, der nach wie vor in der Bäckerei Grünzweig in der Nachbarschaft der Papiererstraße arbeitete, reichte ihr brav die Hand und sprach seine Anteilnahme aus. Ob der Junge wohl den damaligen »Korb« verwunden hatte?, schoss es Johanna doch tatsächlich für einen Moment durch den Kopf. Da war ihr Heinzerla doch ein ganz anderer.

Dann ging der traurige und tränenreiche Tag des endgültigen Abschiednehmens von dem geliebten Ehemann und Vater aber auch vorüber, und die Witwe und ihre Tochter waren endlich allein und für sich.

Die folgenden Tage waren für Elisabeth Darlapp und ihre Stieftochter gefüllt mit gemeinsamem Trauern um den schweren Verlust und mit Sich-gegenseitig-Trösten, mit dem Austausch von Erinnerungen an frühere gemeinsame Zeiten, mit Spaziergängen zum Grab, mit Behördengängen, die nun einmal mit einem Sterbefall verbunden sind, mit der Bewirtung von Leuten, die ihren Kondolenzbesuch auf die Zeit nach der Beerdigung gelegt hatten …

Dann sprachen die Mutter und ihr Hannele auch

darüber, wie es denn ohne den Ehemann und Vater für die beiden Frauen weitergehen sollte. Johanna wieder in Landshut, um an der Seite ihrer Stiefmutter sein zu können? Die wünschte sich das sehr. Aber sie stieß mit diesem Wunsch auf keine Gegenliebe. Sie sei doch erst sechsundvierzig, erwiderte die Tochter auf ihre Bitte, und käme doch wohl in diesem Alter noch gut allein zurecht, zumal sie doch ihren Arbeitsplatz im ehemaligen Geschäft am Bischof-Sailer-Platz sicher hätte und damit auch ihr Auskommen. Nein, sie, Johanna, wolle unbedingt, nein, sie müsse zurück nach Roßtal. Dort sei ihr Arbeitsplatz, dort habe sie ihre Verbindungen und Beziehungen, und dort sei auch einer, der ihr Freund sei und dem sie auch sein »Hannele« sei, den sie liebe und den sie nicht wieder verlieren wolle. Nein, sie führe auf jeden Fall am Sonntag nach Roßtal zurück.

Nach wiederholten Gesprächen um dieses Thema hatte die Mutti endlich ein Einsehen und nahm ihren Wunsch zurück. »Du hast ja recht, mein Hannele, ich kann nach der Trauerzeit mein Leben noch einmal neu einrichten, und du musst dein eigenes Leben aufbauen. Fahr zurück nach Roßtal, und dann schau, wie es weitergeht mit deiner Arbeit und mit deinem Freund.«

Johanna fiel ihr vor Freude um den Hals. »Danke, Mutti, dass du das jetzt so sagen kannst. Wenn du Heinz kennenlernst, wirst du sehen, dass es richtig war, mich für mein eigenes Leben freizugeben.«

Danach schrieb Johanna ihrem Heinz, dass sie am ersten Novembersonntag nach Roßtal zurückkäme.

Sie glaube zwar nicht, dass sie rechtzeitig zur Chorstunde da sei, aber es wäre doch schön, wenn sie sich noch am Abend treffen könnten.

Am Sonntagabend trafen sich die beiden jungen Leute dann tatsächlich noch in der Stube über dem Kindergartensaal. Eine ganze Weile hielt Heinz Johanna in den Armen und trocknete ihr immer wieder die Tränen. Sie war einfach für den Augenblick überwältigt vom Schmerz der vergangenen Tage und der Freude des Wiedersehens. Dann wurde das Mädchen endlich ruhiger und konnte erzählen, wie die Zeit in Landshut abgelaufen war und wie sehr sie sich in ihrer Trauer nach ihrem Liebsten gesehnt hatte. Dem war es in den zwölf Tagen der Trennung nicht viel anders ergangen. Auch er hatte sein Hannele schmerzlich vermisst und sich nach ihrer Rückkehr gesehnt. Jetzt war er glücklich, dass seine Befürchtung sich nicht bewahrheitet hatte, sie würde in Landshut bei der Mutti bleiben. Es war wohl der stärkste Trost für das Mädchen, dass Heinz es endlich in Worte fasste und ihr sagte: »Ich hab dich lieb, Hannele, und ich möchte ohne dich nicht mehr sein. Du bist mir wie eine Gabe Gottes, um die ich schon lange gebetet habe.« Das war nun tatsächlich ein starker und heilsamer Balsam für die wunde Seele der jungen Frau, und Johanna bestätigte ihrem Heinzerla: »Auch ich habe dich lieb, und ich möchte mir ein Leben ohne dich nicht vorstellen.«

Diesen glücklichen gegenseitigen Bekenntnissen schloss sich ein langes Nachtgespräch an. Bei Wasser und Zwieback sprachen sie von ihrem gemeinsamen

Empfinden, dass Gott sie zusammengeführt hatte und sie einer dem anderen eine Gabe Gottes waren, die es unter seinen Augen und im ständigen einsamen und gemeinsamen Gespräch mit dem Vater im Himmel und in der Verantwortung vor ihm zu hegen und zu pflegen galt.

Dabei sprachen sie dann auch offen aus, was das für sie ganz praktisch bedeutete: Sie wollten ihre gemeinsame Zeit bis zur Hochzeit in Reinheit und Keuschheit gestalten und im notwendigen körperlichen Abstand. Intimer Umgang miteinander sollte dort seine unbedingte Grenze haben, wo das Verlangen begann, vom anderen zu erwarten, was der vor der Ehe zu geben nicht berechtigt war.

Johanna und Heinz waren sich sicher, dass ein Bruch dieses Gelöbnisses ihrer Beziehung und ihrer Liebe nicht guttun konnte und dass sie ihre gemeinsame Zukunft dadurch nicht aufs Spiel setzen durften. Die beiden waren sich darin einig, dass sie mit dieser Haltung bei ihren Freunden wohl eher Kopfschütteln und Unverständnis ernten würden als Beifall. Dem wollten sie gerne standhalten. Aber sie wollten darüber auch nur dann mit anderen sprechen, wenn es sich ergab.

»Lass uns in der Bibel beim Apostel Paulus nachlesen, was der im Galaterbrief über Keuschheit geschrieben hat, Hannele«, schlug Heinz vor.

Johanna nahm ihre Bibel vom Regal und schlug den genannten Brief auf. Sie las die Verse 16 bis 26 aus dem fünften Kapitel: »Ich sage aber: Wandelt im Geist, so werdet ihr die Lüste des Fleisches nicht vollbringen.

Denn das Fleisch gelüstet wider den Geist und den Geist wider das Fleisch; dieselben sind widereinander, dass ihr nicht tut, was ihr wollt. Regiert euch aber der Geist, so seid ihr nicht unter dem Gesetz. Offenbar aber sind die Werke des Fleisches, als da sind: Ehebruch, Hurerei, Unreinigkeit, Unzucht, Abgötterei, Zauberei, Feindschaft, Hader, Neid, Zorn, Zank, Zwietracht, Rotten, Hass, Mord, Saufen, Fressen und dergleichen, von welchen ich euch habe zuvor gesagt und sage noch zuvor, dass, die solches tun, werden das Reich Gottes nicht erben.

Die Frucht aber des Geistes ist Liebe, Freude, Friede, Geduld, Freundlichkeit, Gütigkeit, Glaube, Sanftmut, Keuschheit. Wider solche ist das Gesetz nicht. Welche aber Christo angehören, die kreuzigen ihr Fleisch samt den Lüsten und Begierden. So wir im Geist leben, so lasset uns auch im Geist wandeln. Lasset uns nicht eitler Ehre geizig sein, einander zu entrüsten und zu hassen.«

Die beiden jungen Leute ließen den Text einige Augenblicke still auf sich wirken. Dann sagte Heinz: »Schau, Hannele, du bist mir ein Geschenk Gottes. Du hast gesagt, ich sei es dir auch. Wir wollen beide im Geist Gottes wandeln. Also kommen für uns die Werke des Fleisches nicht in Frage, besonders die aus dem Bereich des geschlechtlichen Miteinanders. Oder hättest du damit irgendwelche Schwierigkeiten?«

Johanna sah ihren Heinz mit verliebten Augen an. »Nein, warum sollte ich?«, antwortete sie. »Ich möchte auch lieber von den Früchten des Geistes genießen und das Reich Gottes erben.« Nach einer kurzen Pause fügte sie allerdings ein Bedenken an: »Und wenn wir doch irgendwann einmal schwach werden?«

»Das werden wir nicht, wenn wir Gott um entsprechende Bewahrung bitten, Hannele«, war Heinz sich sicher. »Du hast schon recht, von uns aus werden wir das schwer schaffen. Dafür haben wir uns zu lieb. Haben wir?«

»Haben wir!«, bestätigte Johanna und gab Heinz einen Kuss auf die Wange.

»Also, mein Schatz«, fuhr Heinz fort, »wir halten uns in allem an Gottes Zusage, dass er seine Leute bewahren will. Wenn wir in Not geraten, rufen wir ihn an. Dann wird er uns erretten. So steht es in Psalm 50, und so ist es auch. Ich habe keine Bedenken, dass wir unser Keuschheitsgelöbnis nicht halten könnten.«

»Danke, Heinzerla«, schmiegte sich Johanna an ihn, »du machst mir Mut. Mein Glaube an Gott und Jesus ist nicht so fest wie deiner. Der schwankt schon mal mehr, als mir lieb ist, und ich sehe oft mehr Dunkelheit als Licht.«

»Glaub nur nicht, Hannele, mein Glaube stünde immer wie ein Fels in der Brandung«, schränkte Heinz seine letzte Aussage doch etwas ein. »Ich bin auch einmal oben und dann wieder unten, und der Zweifel an der Güte und Gegenwart Gottes steckt manchmal tief drin. Aber ich habe gelernt, bei allem Bösen immer noch eine Spur Gutes zu sehen, und in jeder Nacht sehe ich doch meistens noch irgendwo einen Stern. Vielleicht ist mir diese Art ja auch mitgegeben quasi als Geschenk der Schöpfung.«

Johanna seufzte ein wenig auf: »Diese Art fehlt mir. Da muss ich noch sehr viel lernen. Vielleicht kannst du mir ja dabei helfen?«

»Das will ich gerne tun, mein Liebes«, nahm jetzt der junge Mann seinerseits das Mädchen in den Arm. »Du hast zwar auch schon manches Schlimme in deinem Leben erlebt und erfahren. Deine richtige Mutter hat die Familie verlassen, dein Bruder ist gefallen, der Vater gestorben. Verzeih mir, was ich jetzt sage. Verlassenwerden und Loslassenmüssen und Sterben sind normale Sachen des Lebens, die einer hinnehmen muss. Aber nicht so etwas wie die furchtbaren Ereignisse in Kasimierz oder in Stalingrad oder das Elend auf dem Balkan und die Strapazen der langen Flucht. Da lernt man ganz anders das Danken für die Hilfe Gottes und das Glauben und Vertrauen auf seine richtige Wegführung.«

»Erzählst du mir davon?«, bat Johanna.

»Nicht mehr heute, Liebes«, wehrte Heinz ab. »Mitternacht ist vorbei. Vielleicht später. Ich muss noch hinunter auf die Kernmühle, und dort beginnt der Tag um halb sechs. Also wird die Nacht sehr kurz. Und auch du musst morgen wieder frisch unter deinen Kindern stehen. Aber ich erzähle dir später von meinen Erlebnissen und meinen Erfahrungen mit dem Glauben.«

Johanna legte ihre Hände zusammen. »Danke! Ich freu mich schon drauf. Betest du noch für uns beide? Du kannst das. Ich kann das noch nicht.«

»Das tue ich gerne, Hannele«, nahm Heinz die Bitte auf. »Das sollten wir immer tun, wenn wir zusammen sind. Und ich bin sicher, dass du das auch noch lernst. Beten hilft uns, Glauben zu halten und darin zu wachsen. Und das bereitet unsere Zukunft vor. Komm, Liebes, beten wir und vertrauen wir uns dem heiligen Gott im Himmel an mit allem, was uns betrifft und beschäftigt. Und dann schließen wir gemeinsam mit Luthers Abendsegen. Den kennst du doch auch. Und mit fertigen Texten kann man auch das Beten lernen.«

»Natürlich kenne ich Luthers Abendsegen!«, bestätigte Johanna. »Aber wir müssen ihn in die Mehrzahl setzen, wenn wir ihn gemeinsam beten. Kriegen wir das hin?«

»Das kriegen wir hin, Hannele, ohne es geübt zu haben«, war Heinz sicher und begann sein Gebet mit Dank, Beugung und Bitte um die Dinge seines eigenen, Johannas und ihres gemeinsamen Lebens in Vergangenheit, Gegenwart und Zukunft. Dann ließ er es einmünden in die Worte des Reformators, und sein Hannele stimmte mit ein:

»Wir danken dir, unser himmlischer Vater, durch Jesus Christus, deinen lieben Sohn, dass du uns diesen Tag gnädiglich behütet hast, und bitten dich, du wollest uns vergeben alle unsere Sünde, wo wir Unrecht getan haben, und uns diese Nacht auch gnädiglich behüten. Denn wir befehlen uns, unsern Leib und Seele und alles in deine Hände. Dein heiliger Engel sei mit uns, dass der böse Feind keine Macht an uns finde. Amen.«

So machten es die beiden Verliebten in den folgenden Wochen immer, wenn sie sich abends in Johannas

Stübchen trafen, und sie spürten, dass es ihnen guttat. Dass das Leutegeschwätz dadurch genährt wurde und sich in seinen Äußerungen hinter vorgehaltener Hand häufig am Rande des Schicklichen und der üblen Nachrede bewegte – was trieben die beiden da wohl immer in ihrem nur durch flackerndes Kerzenlicht beleuchteten Zimmer, wenn sie bis in die Nacht zusammenhockten? –, störte sie nicht. Sie waren sich der Reinheit ihrer Liebe sicher und auch dessen, dass Gott selbst aus seiner Höhe darüber wachte.

Die Abende brauchten die beiden einfach, um vieles miteinander zu bereden über ihre bisherigen Lebensgeschichten, über ihren Glauben an Gott und den Heiland Jesus Christus und ihren häufigen Kleinglauben in den Schwierigkeiten des Lebens. Ja, und über ihre gemeinsame Zukunft. Manchmal saßen sie auch viertelstundenlang schweigend und einander an den Händen oder sich in den Armen haltend in Ermangelung einer Couch oder eines Sofas auf der Bettkante. Selige Stunden voller Erinnerungen und voller Träume …

Hindernisse auf dem Weg

»Erzählst du mir heute von Kasimierz?«, bat Johanna an einem der Abende, als die beiden verliebten Leute wieder einmal bei Tee und Gebäck in ihrem Stübchen saßen.

Heinz Horneber schrak bei der Bitte ein wenig zusammen. »Muss das sein, Hannele?«, fragte er und seufzte dabei ein wenig auf.

»Bitte, Schatz«, drängte die junge Frau. »Du hattest es mir versprochen. Und du hast einmal eine Andeutung gemacht, dass du Kasimierz gerne aus deinem Kopf hättest. Da hatte ich den Eindruck, dass dich da irgendetwas bedrückt. Und was einen bedrückt, das soll man aussprechen. Dann kriegt man es auch leichter aus dem Kopf. Das hast du mir selbst schon so gesagt. Also bitte, erzähl.«

Heinz ließ Johannas Hände los, setzte sich aufrecht und schaute für einen Moment in irgendein Nichts. Er dachte wohl darüber nach, ob er der Bitte seines Hanneles wirklich nachkommen sollte. Schließlich erklärte er sich einverstanden. »Weil du mich mit meinen eigenen Worten schlägst, muss ich ja wohl erzählen. Aber ich tue es nicht gern. Mir machen die schlimmen Geschichten um die Juden aus Kasimierz immer wieder Mühe, meistens in der Nacht, wenn ich von den Kriegszeiten träume.«

Er holte ein paarmal tief Luft und fuhr fort: »Kasimierz war das Krakauer Judenghetto. Ungefähr 20 000 Juden hatten die Nazis da elend zusammengepfercht. Im April zweiundvierzig wurde das Ghetto aufgelöst. Die Juden wurden auf ungezählten Lastwagen wie Vieh abtransportiert und irgendwo vor der Stadt brutal umgebracht. Männer und Frauen, Greise und Kinder. Kalt und erbarmungslos, einfach schrecklich und furchtbar! Die SS hatte das Kommando, und die Wehrmacht war beteiligt. Ich war damals LKW-Fahrer bei der Wehrmacht.«

»Musstest du auch – transportieren?«, unterbrach Johanna den Bericht ihres Liebsten, der mit blassem Gesicht und mit leicht zitternden Händen auf seinem Stuhl saß.

»Nein, ich musste nicht, zum Glück nicht. Warum ich bei den Transporten nicht zu fahren brauchte, ist mir bis heute ein Rätsel, besser, wie ein großes Wunder Gottes und seine unerklärliche Bewahrung.«

»Dann kannst du doch dankbar sein, dass du bei dieser Aktion nicht mitmachen musstest.«

»Bin ich doch auch immer wieder, Madla. Aber ich habe zugeschaut und zu den Verbrechen geschwiegen. Das ist mir heute noch schlimm. Schweigen macht auch schuldig.«

»Aber hättest du kleiner LKW-Fahrer denn etwas verhindern oder ändern können? Du warst doch erst zwanzig.«

»Natürlich nicht, mein Schatz. Ich muss zugeben, dass ich damals nicht einmal auf die Idee gekommen wäre, etwas zu ändern oder gar zu verhindern.

Nach dem Motto: ›Der Soldat denkt nicht, er gehorcht!‹«

Jetzt war es an Johanna zu erschrecken. Was offenbarte ihr da ihr Liebster? »Das verstehe ich jetzt aber nicht, Heinz«, schaute sie sehr erstaunt den Freund an. »Du sprichst doch immer wieder einmal davon, dass die Juden Gottes Augapfel sind und sein auserwähltes Volk …?« An ihre eigene Denkweise in den Jahren der Naziherrschaft dachte sie in diesem Moment offenbar nicht.

Heinz stand abrupt von seinem Stuhl auf und begann, erregt im Zimmer auf und ab zu gehen. »Heute, heute spreche ich davon, Hannele. Heute weiß ich das ja auch. Aber damals wusste ich es nicht. Damals bin ich auf die Propaganda der vielen großen und kleinen Goebbels' reingefallen wie die meisten Leute im Hitlerreich. Die Juden waren doch das ›Unglück des deutschen Volkes‹. Sie waren Ratten, Geschmeiß, Unrat, den man beseitigen musste. Das hat man mir beigebracht. Auch auf der Mühle hat man mir das beigebracht. Da gab es auch kein Widersprechen. Ich solle das Denken gefälligst den Pferden überlassen, hat mir schon mein Großvater beigebracht. Die hätten größere Köpfe. Als ob da deswegen mehr Gehirn drin wäre. – Also, weil ich dem lauthalsigen Gerede um ›arisch‹, ›nicht arisch‹, ›lebenswert‹ und ›lebensunwert‹ geglaubt habe, habe ich der ›Säuberung des Ghettos‹ – so hieß das – innerlich zugestimmt und äußerlich zugeschaut und zu allem geschwiegen. Wer weiß, ob ich einem Schießbefehl nicht auch im Soldatengehorsam gefolgt wäre, ohne zu widersprechen.

Heute ist mir das eine entsetzliche Vorstellung, dass ich wohl auch den Gewehrhahn durchgezogen hätte, wenn das Kommando gekommen wäre.«

Jetzt erhob sich auch Johanna von ihrem Stuhl. Sie stellte sich dem erregten Freund in den Weg und nahm ihn in die Arme. »Es tut mir leid, Heinz, es tut mir sehr leid, dass ich dich gebeten hatte, von Kasimierz zu erzählen. Ich habe dir unnötig Mühe gemacht und alte Wunden aufgerissen«, sagte sie mit belegter Stimme und mit Tränen in den Augen.

Die flossen nun auch Heinz über sein Gesicht, und so hielten sich die beiden eine Zeit lang in den Armen. Es dauerte eine Weile, bis sie sich wieder gefasst hatten. Heinz schluckte ein paarmal und sagte dann mit immer noch belegter Stimme: »Es war gut so, Hannele, vielleicht war es wirklich gut so, dass ich das noch einmal loswerden konnte. Und das vor dir und für dich. Ich möchte keine Geheimnisse vor dir haben. Niemals möchte ich Geheimnisse vor dir haben. Und Reden erleichtert wirklich.«

»Dann sollten wir Gott noch einmal dafür danken, dass du damals kein Transportfahrzeug steuern musstest und auch kein Gewehr anzulegen brauchtest«, schlug Johanna vor und wischte sich noch einmal mit ihrem Taschentuch über die Augen und die Wangen. »Vor dem Schlimmsten bist du bewahrt geblieben!«

»Ja, das bin ich wirklich. Und wir sollten dafür danken, dass Gott Schuld vergibt«, ergänzte Heinz, »auch Schuld, von der man nicht weiß, dass es Schuld ist.«

Und so beendeten die beiden jungen Menschen den

erneut sehr spät gewordenen Tag wieder im Gebet, um mit ihrem Gott besonders über die vergangene letzte Stunde zu reden, Heinz laut und Johanna leise bis zum zusammenfassenden gemeinsamen »Wir danken dir, unser himmlischer Vater …«.

Zum Abschied nahm Heinz sein Hannele noch einmal fest in die Arme. »Nun mach dir keine Gedanken mehr um deine Bitte, ich sollte erzählen. Ich denke, es war gut so. Und mir ist auch tatsächlich etwas leichter. Die Nachrichten über den Prozess gegen ein paar Nazigrößen haben mich ohnehin innerlich wieder neu aufgewühlt. Die wurden vor einem amerikanischen Militärgericht angeklagt. Du magst auch darüber gelesen haben. Die Männer sind für ihre Verbrechen gegen die Juden verurteilt worden und sehen ihrer Strafe entgegen, und meine Seele ist erleichtert.«

Nach dem Abschiedskuss sagte er noch – und dabei konnte Heinz auch wieder lächeln: »Später erzähle ich dir, wieso ich eigentlich noch lebe und nicht mit den Tausenden in Stalingrad umgekommen bin. Das ist wieder eine besondere Geschichte der merkwürdigen Führung Gottes. Die habe ich natürlich auch erst später begriffen, und die beschäftigt mich auch ab und zu noch, aber aus einem anderen Grund. Schlaf gut, mein Schatz! Wir sehen uns am Samstagabend.«

In den nächsten Tagen waren Johannas Gedanken immer wieder abgelenkt von dem, was Heinz ihr am Mittwoch erzählt hatte. Der arme Kerl, was hatte der wohl noch alles erlebt in den fünf Jahren seines Kriegseinsatzes in Afrika, in Russland und auf dem

Balkan und dann in den Monaten nach Kriegsende. Er musste es ihr erzählen, er musste sich diese Dinge weiter von der Seele reden. Wenn da noch etwas war, was ihn belastete, und wenn das nicht ausgesprochen würde zwischen ihnen beiden, dann würde das ihr gewünschtes gemeinsames Leben möglicherweise belasten. Das wäre nicht gut.

Gerne hätte sie auch Genaueres darüber erfahren, woher eigentlich seine Schwerhörigkeit kam, die es ihm fast unmöglich machte, hohe Töne zu hören. Diese Behinderung hatte er sich sicher auch bei einem Einsatz im Krieg geholt.

Aber eins nach dem anderen. Es gab sicherlich weitere Gelegenheiten für Heinz zu erzählen, auch wenn Johannas Zeit in Roßtal bereits mit Beginn der Weihnachtsferien wieder zu Ende gehen sollte. Dazu hatte ihr der Arzt inzwischen dringend geraten, wenn sie ihre Gesundheit nicht aufs Spiel setzen wolle. Sie wolle doch einmal heiraten und eine Familie gründen. Dafür müsse sie ihr Herz und ihre seelischen Kräfte schonen. Die Kirchengemeinde Roßtal und auch Neuendettelsau als Träger der Diakonie wussten schon Bescheid. »Tante Hanne« würde ihren Dienst beenden. Auch das lag in Gottes Hand.

Aber der Gedanke war dennoch alles andere als schön. Wie sollte es denn dann weitergehen mit ihnen beiden? Johanna fragte sich immer häufiger, wann Heinz ihr die entscheidende Frage zu ihrer beider Zukunft stellen würde. Die stand doch längst jedes Mal im Raum, wenn sie zusammen waren. Aber sie war die

Frau und durfte dem Mann doch nicht mit ihrer Frage zuvorkommen, ob er sie denn … Nein, niemals!

Für Heinz stand ja auch sehr viel mehr auf dem Spiel als für sie. Er war der Erbe der Kernmühle und ihrer Landwirtschaft. Seine Zukunft konnte nirgendwo anders sein als unten an der Bibert. Sie war dagegen frei und nicht an einen Ort gebunden und noch weniger an die Vorbedingungen eines Erbes. Aber wäre sie den Aufgaben der Kernmüllerin unten im Tal überhaupt gewachsen und dem Leben in einem so großen, unruhigen Haushalt? Ob sie von der horneberschen Familie überhaupt akzeptiert und aufgenommen würde? Dazu hatte Heinz sich noch nie geäußert. Ob sie dort unten überhaupt schon etwas von ihr als der Freundin und Ausersehenen des Hoferben wussten? Eingeführt war sie als solche zumindest offiziell noch nicht …

Immer wieder beschäftigten diese Gedanken Johanna und bereiteten ihr Kopfweh – bis Heinz am letzten Novembersonntag endlich für Klarheit sorgte.

»Hannele«, begann er ein wenig umständlich, nachdem die beiden sich eine Weile über die vergangene Chorstunde, über die kommenden Einsätze des Kirchenchores im Advent und über Johannas Abschied aus der Singgemeinschaft unterhalten hatten, »Hannele, ich muss dich noch etwas fragen.«

»Dann frag mich, Heinzerla. Was gibt es Wichtiges, was du wissen musst?« Johanna schaute ihrem Liebsten in die Augen, gespannt, was denn nun käme. Und dann kam die Frage, mit der sie in diesem Augenblick allerdings nicht gerechnet hatte.

Heinz ergriff ihre Hände, schaute sie ernst an und fragte: »Johanna Darlapp, mein Hannele, wollen wir nicht für immer zusammenkommen?« Nach einem tiefen Atemzug wiederholte er die Frage ein wenig formaler, und seine Stimme bekam dabei etwas Flehentliches: »Möchtest du meine Frau werden, Hannele?«

Jetzt war sie heraus, die heiß ersehnte Frage, und kam doch so überraschend, dass Johanna nicht gleich antworten konnte. Sie schlug die Augen nieder, senkte den Kopf und drehte ihn zur Seite. Für ein paar Momente tobte es regelrecht in ihr, sodass sie am ganzen Körper zu zittern begann. Von ihrer Antwort hing ihr Leben ab. Und nicht nur ihres, auch seins, und das für eine ungewisse Zukunft, die kein Mensch abschätzen konnte. Mein Gott, welch ein Augenblick, welch eine Frage und Entscheidung … Johanna schickte ein Stoßgebet nach dem anderen zum Himmel, es jetzt richtig zu machen. Dabei hatte sie sich die Antwort auf die sehnsüchtig erwartete Frage doch längst zurechtgelegt. Aber jetzt bekam sie sie nicht über die Lippen.

Nach einer Weile beinahe bedrückenden Schweigens zwischen den beiden jungen Menschen wandte sich Johanna ihrem Heinz wieder zu, atmete einmal tief durch und schaute ihn mit tränenverschleierten Augen an. Sprechen konnte sie nicht. Ihr innerer Kampf hatte ihr die Stimme genommen. Sie nickte nur. Das war Antwort genug und für Heinz das Signal, die Gottesgabe für sein Leben, sein Hannele, jetzt als seine Braut herzlich und fest in die Arme zu nehmen. Gott im Himmel, welch ein Augenblick!

Heinz mit seinen Eltern und den Schwestern Herta (ganz rechts) und Irmgard, 1942

Es dauerte noch ein paar Minuten, bis Johanna ihre Sprache wiedergefunden hatte. Mit immer noch belegter Stimme, der dennoch eine große Freude zu abzuspüren war, sagte sie nur: »Ich will, Heinz Horneber, mein Heinzerla, ich will!« Danach lagen die beiden glücklichen Menschen sich wieder in den Armen, bis Heinz schließlich feststellte, dass sie sich für heute doch trennen müssten, denn es sei schon wieder sehr spät geworden.

»Und wie geht es jetzt weiter mit uns?«, fragte Johanna.

»Heute beten wir zusammen wie immer«, antwortete Heinz und wurde sogleich von seiner Braut unterbrochen.

»Aber heute doch als Verlobte?!«

»Richtig, als Verlobte, mein Liebes«, bestätigte Heinz und strahlte dabei übers ganze Gesicht. »Für uns beide ganz sicher. Für die Öffentlichkeit noch eine Weile heimlich.« Ein erneuter Kuss besiegelte diese Aussage. Dann setzte Heinz seine Rede fort: »Dann schauen wir, wie wir mit meinen Leuten auf der Kernmühle klarkommen. Meine Eltern ahnen zwar, aber sie wissen nichts. Ich habe ihnen bisher nichts Genaues gesagt. Vielleicht ist mein Geburtstag eine Gelegenheit, dich meinen Eltern und den Schwestern offiziell vorzustellen.« Der junge Mann unterbrach sich selbst, atmete ein paarmal schwer und fuhr dann fort: »Sie werden allerdings alle nicht sehr begeistert sein, das ahne ich schon, vor allem mein Vater nicht und die Großmama nicht und Schwesterchen Herta auch nicht. Du bist nämlich keine Bäuerin. Die Mami wird sich eher freuen.«

Johanna erschrak bei diesen Worten wie neulich, als Heinz am Bahnwärterhäuschen an der Strecke nach Clarsbach von seiner Familie gesprochen hatte. Heinz, der sofort bemerkte, dass seine Verlobte blass geworden war, bemühte sich, die Sache herunterzuspielen. »Du musst nicht erschrecken, Liebes. Wir beide sind uns einig. Ich brauche keine fertige Bäuerin zur Frau. Du weißt, was bäuerliche Arbeit ist. Und was du nicht kennst, das bringe ich dir bei. Außerdem wissen wir uns von Gott für unser Leben zusammengestellt. Welcher Mensch sollte uns trennen können? Das sage ich frei nach Römer 8. Eher verlasse ich die Kernmühle, als dass ich mir in unsere Beziehung dreinreden lasse.«

»Du hast ja recht, Heinzerla, und ich freue mich, dass du zu mir stehst. Und doch bangt mir davor, auf die Kernmühle zu kommen«, gestand Johanna.

»Muss es aber nicht, Hannele. Wie sagt es David im Psalm 55, Vers 23? ›Wirf dein Anliegen auf den Herrn; der wird dich versorgen und wird den Gerechten nicht ewiglich in Unruhe lassen.‹ Also legen wir die Sache Gott in die Hände, und dann schmeiß mich raus. Es ist schon gleich ein Uhr. Der Vater wird mir in der Früh wieder einen Vortrag halten.«

»Dann legen wir auch das in Gottes Fürsorge«, bestätigte Johanna und faltete die Hände.

Zehn Minuten später erklärten sich zwei junge, glückliche Menschen noch einmal ihre unverbrüchliche Liebe, rissen sich nach einem langen Kuss voneinander los, um sich für heute endlich zu trennen – bereits wieder in der Vorfreude auf die nächste Begegnung.

Hanneles einundzwanzigster Geburtstag am zweiten Adventsonntag war ein schöner Tag. Nach dem Gottesdienst fuhren Heinz und Johanna aus dem besonderen Anlass ihrer Volljährigkeit sofort nach Nürnberg, um in der Pegnitzstadt die Oper »Tiefland« des deutschen Komponisten Eugen d'Albert zu erleben. Am Abend feierten die beiden im Stübchen über dem Kindergartensaal in trauter Zweisamkeit dann noch ein wenig nach mit Gebäck und einem Glas Apfelwein, und das auch an diesem Tag nicht ohne das gemeinsame Nachtgebet.

Johanna als junge Frau, 1948

Der sechsundzwanzigste Geburtstag von Heinz drei Tage später in der Wohnstube der Kernmühle wurde dagegen eher zum Reinfall. Nicht nur, dass das lose Mundwerk von Cousine Luise Birnbaum die Stimmung sehr beeinträchtigte und die Feier mit den Roßtaler Gästen schon bald vorzeitig beendete, nein, es ergab sich auch keine Gelegenheit für Heinz, sich endlich den Eltern zu offenbaren. Sauber! Gut, dass Heinz Luise und Hanne in der Dunkelheit des winterlichen Spätnachmittags in den Ort zurückbegleiten musste und so oben in Roßtal noch ein wenig mit seinem Hannele allein feiern konnte.

Auch Johannas Abschiedsbesuch am vierten Advent unten an der Bibert ergab keine Möglichkeit, die Eltern Horneber nach ihrem Einverständnis zu der Verbindung ihres Sohnes mit der ehemaligen Roßtaler Kindergärtnerin zu fragen. Mami Maria war krank und litt stark unter Gelenkrheuma, und mit dem Vater gab es wieder einmal erhebliche Spannungen, sodass beide auf das besondere Thema nicht ansprechbar waren. Das Ganze war einfach elend und nicht zu begreifen. Johanna reiste nach traurigem, tränenreichem Abschied im Stübchen und dann noch einmal auf dem Bahnsteig zu ihrer Mutti nach Landshut zurück, ohne dass es eine offizielle Verlobung der beiden jungen Leute gegeben hätte oder auch nur laut darüber nachgedacht worden wäre. Nur gut, dass sie sich dennoch ihrer Liebe gewiss waren. Sie mussten sich halt in Geduld üben und den günstigen Moment abwarten – und ihn immer wieder erbitten. Vielleicht ergab er sich ja zunächst in Landshut, wo sich Heinz Anfang Januar seiner künftigen Schwiegermutter vorstellen sollte und das auch gerne tun wollte. Dass sie Weihnachten und den Jahreswechsel getrennt voneinander verbringen mussten, tat ihnen weh und nahm schon ein wenig die Freude. Die Geschenke, die jeder von den beiden an seinem Ort unter dem Christbaum oder auch allein in seiner Stube auspackte, trösteten ein wenig über die traurige Lage hinweg. Die Gewissheit, dass der eine mit seinen Gedanken beim anderen gegenwärtig war und dass sie zudem im gemeinsamen Glauben miteinander verbunden waren, half zusätzlich, die zwei Wochen bis zum Wiedersehen zu überbrücken.

Am 3. Januar 1948 kam Heinz Horneber in die Stadt an der Isar, damit sein Hannele ihn der Mutti als ihren künftigen Schwiegersohn vorstellen konnte. Die beiden jungen Leute waren selig, sich nach der zweiwöchigen Trennung wieder in den Armen zu halten. Glücklich waren sie auch über die Offenheit und Freundlichkeit, mit der Elisabeth Darlapp den noch fremden Gast begrüßte und in ihrer Wohnung aufnahm, als gehörte er wie selbstverständlich zur Familie. Johanna nahm ihre Mutti dafür einmal mehr in die Arme, um auf diese Weise ihre Freude und ihren Dank zu zeigen.

»Muss ich jetzt eigentlich bei deiner Mutti um deine Hand anhalten?«, fragte Heinz, als er nach dem ersten intensiven »Beschnüffeln« und der Erfahrung des guten Miteinanders in der Papiererstraße abends mit Johanna unterwegs war, um sein Quartier im Gasthof aufzusuchen.

»Natürlich musst du das! Was sonst?«, gab das Mädchen mit Nachdruck zurück.

»So richtig förmlich? Mit Blumen in der Hand und mit ›Gnädige Frau, sehr verehrte Frau Darlapp, ich bitte Sie sehr höflich und ergebenst um die Hand Ihrer Tochter‹?«

»Weißt du eine andere Form der Werbung um mich?«, fragte Johanna. »Mich zu kriegen sollte dir doch jeder Weg und jede Form recht sein.«

»Ich weiß nicht, Hannele«, wiegte Heinz den Kopf. »Wenn es anders ginge als so förmlich, wäre mir das lieber. Ich will ja auch gar nicht nur deine Hand. Die wäre mir doch wohl zu wenig. Ich will doch dich, und zwar mit Haut und Haar!«

»Mit nur der Hand wäre ich auch nicht zufrieden«, bestätigte Johanna. »Ich will dich ja auch mit allem, was an dir dran ist. Dann lass dir etwas anderes einfallen, wie du der Mutti morgen ihre offizielle Zustimmung zu unserer Verbindung entlockst. Bring ihr ein paar Blumen mit, wenn du irgendwo welche kriegst, und überlass alles Weitere dem Augenblick.«

Der Augenblick ergab sich, als Elisabeth Darlapp beim Mittagessen davon sprach, dass ihre Tochter nach ihrem Ausscheiden aus der Arbeit als Kindergärtnerin jetzt wohl bei ihr in Landshut bleiben werde und vielleicht eine Stelle als Verkäuferin oder auch als …

»Verzeihen Sie, Frau Darlapp«, unterbrach Heinz ihre Rede, »damit bin ich nun aber gar nicht einverstanden.« Er legte sein Besteck ab, schaute mit einem kurzen Blick Johanna an und auf ihr zustimmendes Kopfnicken und Augenzwinkern ihre Mutti. Mit deutlichem Nachdruck wiederholte er: »Nein, nein, Frau Darlapp, ich kann auf gar keinen Fall damit einverstanden sein, dass Ihre Tochter hier in Niederbayern bleibt. Johanna gehört zu mir, und ich lebe nun einmal im fränkischen Weinzierlein an der Bibert, bei Roßtal, im Ortsteil Kernmühle.«

Jetzt legte auch Hanneles Mutti das Besteck aus den Händen, blickte den Gast kurz an, erhob sich von ihrem Platz und ging deutlich erregt einige Male im Zimmer auf und ab. Sie schien mit sich zu kämpfen und zu überlegen. Die beiden jungen Leute warteten gespannt auf ihre Antwort. Schließlich setzte sie sich wieder, nahm Messer und Gabel erneut in die Hände und aß weiter.

Nach ein paar Bissen schaute sie von ihrem Teller auf, sah erst Heinz an und dann Johanna und dann wieder Heinz. »Sie haben recht, junger Mann«, sagte sie, »ich habe Hannele bereits einmal freigegeben, damals, als ihr Vater gestorben war. Und jetzt, wo sie nicht mehr im Kindergarten arbeitet, hatte ich gehofft, ich könnte sie doch hier bei mir behalten. Aber ich sehe ein, dass sie zu Ihnen gehört. Wenn es stimmt, dass Sie und Hannele von Gott zusammengeführt sind, dann gehören Sie auch zusammen, und Gott wird seinen Segen dazu geben. Meinen sollen Sie schon heute haben.«

Jetzt waren es die beiden jungen Leute, die von ihren Stühlen aufsprangen. Johanna fiel ihrer Mutti um den Hals und bedankte sich mit Worten und Küssen für ihre Zustimmung, Heinz bedankte sich mit Handschlag und freundlichen Worten, fragte aber doch noch einmal nach: »Und Sie überlassen Hannele tatsächlich mir und nehmen mich als Ihren Schwiegersohn an?«

Elisabeth Darlapp erhob sich jetzt auch noch einmal von ihrem Stuhl und ergriff die gereichte Hand: »Gehen Sie mit ihr um, wie ihr Vater mit mir umgegangen ist. Gottfried wäre sicher auch einverstanden mit Ihnen als Schwiegersohn. Werden Sie beide glücklich miteinander. Gott schenke Ihnen viele gute gemeinsame Jahre. Leider waren uns nur noch wenige Ehejahre geschenkt.« Dann setzte sie sich wieder hin und fragte: »Wann soll die Verlobung sein?«

Jetzt mussten die beiden natürlich bekennen, dass die Eltern auf der Kernmühle bisher noch nichts Näheres über die Verbindung von Johanna und Heinz wussten. Dennoch schlugen beide gleichzeitig vor – als hätten sie sich zuvor darüber abgesprochen –, die offizielle Verlobung für den Februar zu planen, zu feiern wohl auf der Kernmühle. Zuvor sollte die Mutti aber an die Bibert kommen, um die Familie Hornneber und ihren Lebensort kennenzulernen.

Den Nachmittag dieses ersten Januarsonntags und die beiden folgenden Tage nutzten die beiden glücklichen jungen Menschen, um in heiterster Stimmung Hand in Hand durch das verschneite Landshut und durch den Hofgarten spazieren zu gehen. Die zwar kalten, aber doch herrlichen Wintertage luden dazu ein, sich dick verpackt in warme Kleidung die Schönheiten der Stadt und der darüber thronenden Burg anzuschauen und dabei immer wieder davon zu träumen, wie es denn bald für sie beide werden würde. Darin waren sie sich nämlich einig: Wenn das mit der offiziellen Verlobung klappte, dann wollten sie auch bald danach heiraten. Wenn nur die Eltern und die anderen Menschen auf der Kernmühle mitspielten …

Das taten sie zum Erschrecken von Johanna und auch zum Befremden von Elisabeth Darlapp nun aber nicht. Als die beiden am letzten Januarwochenende zum Besuch der Kernmühle in Nürnberg aus dem Zug stiegen, sahen sie ihrem Abholer Heinz schon von Weitem am Gesicht an, dass ihn etwas bedrückte. Johanna lief ihrem Liebsten zwar entgegen und erwartete eine stürmische und freudige Begrüßung zum Wiedersehen nach dreiwöchiger Trennung. Aber da gab es nur eine beinahe kühle Umarmung mit einem eher flüchtigen Kuss. Keine überschäumende Freude, keine Wiedersehensbegeisterung. Johanna war ganz erschrocken, auch darüber, wie zurückhaltend Heinz ihre Mutti begrüßte. Da stimmte doch irgendetwas nicht.

Die junge Frau stellte sich vor ihren Liebsten und schaute ihm ernst ins Gesicht. »Was ist los, Heinz?«, forderte sie von ihm Auskunft. »Ist etwas zwischen uns beiden? Bin ich doch nicht die Richtige? Bin ich dir nicht mehr gut genug fürs Leben? Dann sag es mir gleich hier. Wir können auch sofort wieder umkehren.«

»Nein, nein, bitte nicht umkehren!«, beeilte sich der junge Mann, der Situation die Spannung zu nehmen. »Ihr werdet auf der Kernmühle erwartet.«

»Aber irgendetwas ist doch«, beharrte Johanna. »Sag es uns, bitte, Heinz.«

Elisabeth Darlapp unterstützte ihre Tochter: »Ja bitte, Herr Horneber, sagen Sie uns, was Sie bedrückt. Es ist besser, wir kommen vorbereitet zu Ihnen nach Hause.«

Heinz nickte zunächst nur, ergänzte dann aber doch mit einem deutlichen Seufzen: »Steigen wir erst ein. Dann erzähle ich.«

Das tat er im Führerhaus seines Lastwagens dann auch sehr ausführlich. Dabei war ihm anzumerken, wie sehr ihm die Situation zu Hause zu schaffen machte. Also, er sei nach seiner Rückkehr von der Isar neulich zunächst einmal kräftig von seinem Vater abgekanzelt worden. Was er sich wohl erlaube, ohne Absprache einen Tag länger auszubleiben. Andere hätten seine Arbeit tun müssen. Die nächste Abkanzelung sei gefolgt, nachdem er davon gesprochen habe, dass er sich demnächst verloben wolle.

Hier brach Heinz ab, als scheute er sich, weiter zu berichten. Johanna drang aber in ihn, und auch ihre Mutti machte ihm Mut, nichts zurückzuhalten, was sie zur Einschätzung der Lage wissen sollten. Daraufhin setzte Heinz seinen Bericht fort. Dabei umklammerte er das Steuer, als müsse er sich daran festhalten. Mit starrem Blick schaute er auf irgendeinen nicht vorhandenen Punkt.

Wer denn dieses Mädchen überhaupt sei, hatten sie gefragt. Eine Kindergärtnerin auf Mühle und Hof? Das ginge doch wohl nicht. Das sei ja wohl das Letzte. Das hätte er sich wohl sehr schlecht überlegt. Das Argument, sie beide, Johanna und er, empfänden sich nach Gottes Willen zusammengeführt, habe man nicht gelten lassen. Ein solches Denken sei Blödsinn. Gott wisse doch wohl am besten, dass auf eine Landwirtschaft eine Bäuerin gehöre, und damit basta. Das andere Argument, dass Hannele doch bereits mehrfach auf Bauernhöfen gearbeitet habe und melken könne und mit Vieh umgehen, habe auch nichts bewirkt. Nachdem dann auch die beiden Schwestern, besonders Herta, ihren Senf dazugegeben hätten, sei ein paar Tage lang dicke Luft im Haus gewesen und gegenseitiges Anschweigen, bis die Mami dann wieder mit dem Stichwort Verlobung angefangen habe. Der Vater habe sich da einigermaßen beruhigt gehabt. Die Überlegungen zu einer großen oder auch nur kleinen Feier hätten aber keinen sinnvollen Fortgang genommen und auch keine brauchbaren Ergebnisse gebracht. Also sei wegen dem Verlöbnis noch alles offen.

»Dann müssen wir die Verlobung eben verschieben«, schlug Johanna vor, in der Annahme, der Bericht sei hier zu Ende. »Vielleicht wollen mich deine Eltern wirklich erst kennenlernen?«

»Das wird meinen Vater in seiner Meinung nicht umstimmen«, widersprach Heinz. »Wir müssen sehen, was euer Besuch auf der Mühle bringt.«

»Da gibt es aber noch etwas«, mutmaßte Johanna. »Ich merke es dir an, Heinz.«

Der gab zunächst keine Antwort, startete dafür den LKW und setzte das Fahrzeug in Bewegung. Erst nach einigen Kilometern sprach er gegen das Motorengeräusch an. Er habe ihr, Johanna, doch von der goldenen Uhr erzählt, die er auf seiner Flucht aus dem Gefangenenlager vom Balkan mit nach Hause gebracht habe. Diese Uhr habe er gegen Ringe in Zahlung geben wollen. Aber das wertvolle Stück sei im ganzen Haus nirgendwo zu finden. Niemand habe eine Ahnung, wo es geblieben sein könnte. Irgendjemand aber müsse die Uhr entwendet haben. Nun sei es aber leider so: kein Gold, keine Ringe. Er habe nur Geld für einen Ring, und der Vater sei nicht bereit, das Gold oder das Geld für einen zweiten zu geben. Also, eine Verlobung mit nur einem Ring? Das sei ja wohl nichts. Und auf seinen Brief nach Landshut habe er ja keine Antwort erhalten.

Hier unterbrach Elisabeth Darlapp den Bericht

ihres künftigen Schwiegersohns, indem sie auf den Vorschlag zu sprechen kam, den Heinz ihr in dem erwähnten Brief gemacht hatte. »Dazu muss ich Ihnen natürlich sagen, lieber Herr Horneber, dass ich Ihre Idee als lieblos und herzlos empfunden habe. Vorzuschlagen, ich sollte Gold zur Verfügung stellen oder gar den Ehering meines Mannes, das hat mich doch sehr befremdet und geärgert. Was Sie sich dabei gedacht haben, das verstehe ich bis heute nicht.«

»Bitte, Mutti«, mischte sich Johanna ein, »das Thema hatten wir doch erledigt. Heinz hat dabei doch wohl an mich gedacht. Als zwei Verlobte nur einen Ring zu haben, geht ja wohl wirklich nicht. Jeder braucht einen Ring. – Bleibt die Verlobung eben, bis wir zwei Ringe haben.« Das Letzte klang ein wenig trotzig. »Wir sind übrigens gleich da«, fügte sie hinzu, als Heinz das Fahrzeug in Weinzierlein von der Hauptraße in den Ort und dann nach rechts hinüber zu seinem Ziel lenkte. Danach sprach im Führerhaus keiner mehr ein Wort.

Noch knapp zwei Kilometer, dann wurde es ernst mit der ersten offiziellen Begegnung der Hornebers mit den Darlapps. Wie würde das nach der Vorgeschichte der letzten Wochen gehen? Diese Frage hatte wohl jeder der drei Insassen des Lastwagens in seiner Weise im Kopf. Dabei nistete sich bei Johanna zusätzlich die Frage ein, ob es nach dem Wochenende überhaupt noch Gedanken an eine Verlobung gab oder ob ihre Beziehung zu Heinz und die seine zu ihr nicht doch nur ein schöner Traum gewesen war, der sich jetzt verflüchtigte, wie die meisten Träume das so an sich hatten? Mit dem Erwachen waren sie in der Regel aus dem Bewusstsein verschwunden. Gab es hier ein Aufwachen aus einem bisher so schönen Traum? Johanna war sich plötzlich gar nicht mehr so sicher wie bisher immer und wie auch am Morgen noch …

Das Wochenende auf der Kernmühle nahm dann tatsächlich einen merkwürdigen Verlauf. Die Begrüßung der Gäste verlief zurückhaltend und frostig in lediglich formaler Höflichkeit. Der Hausherr reichte nicht einmal die Hand. Die Großmama grantelte von ihrem Platz am Ofen nur, was denn »die Landshuter« hier wollten. Herta machte lediglich eine schnippische Bemerkung, der Besuch mache nur zusätzliche Arbeit. Irmgard reichte auch nur schweigend die Hand, und die anderen Mühlenbewohner hatten mit den Gästen ohnehin nichts zu tun, auch wenn sie bei den Mahlzeiten mit in der großen Runde am Tisch saßen.

Richtige Gespräche kamen weder beim Essen noch beim anschließenden Rundgang über den Hof noch an anderer Stelle zustande. Die Atmosphäre war bedrückend, ähnlich einer starken, schier unerträglichen Schwüle vor einem kräftigen Sommergewitter, das vor seinem Ausbruch stand. Die Spannung zwischen den Menschen im Haus stieg bis zum Nachmittag wie die eines Luftballons, der mehr und mehr aufgeblasen wurde, sodass er dem inneren Druck kaum noch standhalten konnte und zwangsläufig bald platzen musste.

»Wir müssen zusammen reden, in unserer Schlafstube«, bestimmte Vater Horneber am Ende des Kaffeetrinkens kurz und knapp, an Mutter und Tochter

Darlapp und an seine Frau und seinen Sohn gewandt, erhob sich vom Tisch und ging den anderen voraus. In der Schlafstube folgte dann eine sehr einseitige »Aussprache«. Der Hausherr übernahm sofort die Rede und ließ mit deftigen Worten bei ansteigender Lautstärke all seinen Ärger heraus, den er in sich gesammelt hatte.

Als Erstes ging es gegen seinen Sohn, der sich frech anmaßte, als der Hof- und Mühlenerbe seine persönliche Zukunft allein zu entscheiden, ohne ihn zu fragen, und der sich dabei von einer jungen, unbedarften, dahergelaufenen Kindergärtnerin einwickeln ließe. Eine Kindergärtnerin auf der Kernmühle – eine Katastrophe!

Dann ging es heftig gegen seine Möchtegern-Schwiegertochter, die sich anmaßte, Bäuerin zu werden, ohne recht zu wissen, wo denn bei einer Kuh das Euter hing und wie Weizen, Roggen, Hafer und Gerste und wie Kartoffeln und Rüben zu unterscheiden waren. Sie solle sich gefälligst einen andern Mann suchen, mit dem sie ihren eigenen Kindergarten machen könne.

Schließlich ging es gegen die beiden Mütter – die eine davon war seine eigene Frau, auf deren schlechten Gesundheitszustand er wohl keine Rücksicht zu nehmen brauchte –, die ihre Kinder zur Blindheit für die Wirklichkeiten des Lebens, zur praktischen Untüchtigkeit und zum Ungehorsam gegen alle Haus- und Hofdisziplin erzogen hätten und zu der wahnwitzigen Vermessenheit, einen solchen Betrieb wie den seinen übernehmen und führen zu können.

Dann hatte der Mann wohl sein Pulver verschossen. Abrupt beendete er seine Schimpftirade und verließ in höchster Erregung den Raum, die Türe heftig hinter sich zuschlagend. Zurück blieben drei Frauen, denen die Tränen übers Gesicht liefen. Zurück blieb ein junger Mann, dem es die Sprache völlig verschlagen hatte, der wohl am liebsten mit den Frauen geheult hätte und nicht wusste, wie er seinem Hannele und ihrer Mutti diese dunkle Stunde erklären sollte.

War Johanna nach dieser »Aussprache« überhaupt noch sein Hannele, oder hatte sie nicht inzwischen zumindest innerlich die Flucht zurück nach Landshut ergriffen? Und konnte Elisabeth Darlapp ihre Tochter überhaupt in solche Verhältnisse abgeben, wie sie sie hier vorgeführt bekam?

Zurück blieb auch Johanna, der es schier den Atem genommen hatte. Sie stand blass und zitternd an die Stubenwand gelehnt und begriff nicht, was sich hier eigentlich abspielte. Bei ihr entlud sich die Spannung jetzt in einem heftigen Schluchzen. Was hatte diesen Vater Horneber nur geritten, einen solchen massiven Aufstand zu veranstalten? Und hier sollte sie leben, wenn sie denn überhaupt noch »Frau Horneber« werden würde oder wollte oder sollte …?

In Johannas Kopf jagten sich die Gedanken um diese schreckliche Gegenwart und um die offene Zukunft, bis sie sich plötzlich in eine unerwartete Richtung bewegten, an einem merkwürdigen Punkt hängen blieben und sich zu einem Gebet formten: Heiliger Gott im Himmel, erbarme dich!, ging es der jungen Frau durch ihren brummenden Kopf. Was willst du, was nun werden soll? Zeig es mir! Sag es mir! Zeig es auch dem Heinzerla! Du hast uns doch zusammengestellt! Du kannst uns doch auf diese schlimme Weise nicht wieder auseinanderreißen. Mein Gott! Unser Gott! Kyrie eleison, Christe eleison, Kyrie eleison!

Wie von Ferne hörte Johanna Heinz zu sich sagen: »Komm, Hannele, gehen wir ein bisschen hinaus, unsere Köpfe kühlen.« Seine Hand auf ihrer Schulter sollte wohl beruhigend wirken. Sie schüttelte die Geste ab, löste sich aber doch von ihrem Platz, um mit nach draußen zu gehen. Die beiden Mütter waren offenbar auch dabei, sich gegenseitig zu beruhigen und aufzubauen.

Draußen hinter dem Haus versuchte Heinz, Johanna die Lage zu erklären und sie zu trösten. Aber seine Worte erreichten die geliebte Frau nicht. Die Anwürfe seines Vaters hatten sie zu stark getroffen, und dass der Sohn zu den Tiraden des Vaters geschwiegen hatte, lag wie eine schwere Last auf ihr. Die Beteuerungen ihres Liebsten, zwischen ihnen bleibe dennoch alles beim Alten und sie wolle doch ihn heiraten und nicht seinen Vater, trafen nicht. Johanna war zutiefst unsicher geworden, wie es denn nun wirklich mit ihnen beiden weitergehen sollte. Nach außen hin gab sie sich nach und nach ruhiger und gefasster, aber ihre aufgewühlte Seele ließ sich so schnell nicht besänftigen.

Auch nicht später beim Abendspaziergang der beiden unter dem Wintermond, auch nicht am frühen Montagmorgen auf dem Weg zum Bahnhof nach Ammendorf und beim Abschied am Zug. Heinz' Kuss brannte merkwürdig heiß und doch zugleich kalt auf ihren Lippen, und seine letzten Worte klangen irgendwie seltsam in ihren Ohren, ohne im Herzen einen rechten Widerhall zu haben.

Heinz hatte sie ihr noch einmal ins geöffnete Abteilfenster hinauf zugerufen, während er ein Stück neben dem langsam anrollenden Zug herlief: »Hannele, ich liebe dich doch noch genauso wie vorher. Und ich werde dich immer lieben. Vertrau doch! Es wird alles gut!« Dann war er stehen geblieben und hatte mit hängenden Armen und traurigem Gesicht dem Zug nachgeschaut, wohl auch enttäuscht bis in die Tiefen seiner Seele.

Als Johanna ihn nicht mehr sehen konnte, drückte sie sich neben der Mutti in ihre Abteilecke und schloss die Augen. Nichts wollte sie jetzt hören, auch nichts sehen, auch nicht die Lichter der Kernmühle, die bald durch das kahle Geäst der großen Eichen, Erlen und Pappeln an der Bibert rechts von der Bahnlinie zu sehen sein mussten. Sie war in ihrem Inneren unendlich traurig – und doch auch froh, dass sie dieses Alptraumwochenende mit jedem Reisekilometer weiter hinter sich lassen konnte. Was ihrer Mutti jetzt durch den Kopf ging, mochte die ihr später sagen …

Was Gott zusammenfügt

Bereits am Donnerstag hielt Johanna einen Brief in den Händen, Absender Heinz Horneber, auf dem Kuvert ein großes, rotes Herz mit den Worten darin: »Für ewig Dein!« In freudiger Erwartung und doch ein wenig bange riss sie den Umschlag auf und zog den Brief hervor, dessen wie gestochene Schrift ihr so vertraut war. Gut, dass sie allein in der Wohnung war. Beim Lesen hätte sie die Mutti nicht in ihrer Nähe haben wollen nach allem, was die ihr nach dem Besuch auf der Kernmühle gesagt hatte. Das war auch nicht von Pappe gewesen.

Zum Lesen setzte Johanna sich unter die Stehlampe in der Stube. Der graue, vernebelte Februartag brachte nicht einmal so viel Helligkeit, dass sie am Fenster hätte lesen können. Hoffentlich brachte der Brief Licht in die ungewiss und dunkel gewordene Beziehung zwischen ihr und Heinz. Sie las, und je weiter sie las, desto öfter musste sie sich über die Augen wischen, weil aufkommende Tränen ihr den Blick trübten:

»Mein geliebtes Hannele! Was gäbe ich nicht alles darum, das vergangene Wochenende ungeschehen zu machen. Es muss für Dich und Deine Mutti ein einziger Alptraum gewesen sein. Für mich war es das jedenfalls. Auch deshalb, weil ich nicht den Schneid und die Kraft dazu hatte, der schlimmen Atmosphäre im Haus zu widerstehen und vor meinen Leuten und vor allem vor meinem Vater eindeutig Partei für Dich zu ergreifen. Jeder Stich gegen Dich traf mich selbst mitten in mein Herz. Bitte verzeih mir meine Schwäche und mein Versagen. Ich liebe Dich doch immer noch. Und seit dem schwarzen Sonntag mit der massiven Attacke meines Vaters gegen Dich liebe ich Dich noch viel mehr. Aus meinen gestammelten Abschiedsworten am Zug war das vielleicht nicht genügend herauszuhören. Aber es ist so! Glaub es mir bitte!

Beim Nachdenken über euren Besuch gewinne ich inzwischen mehr und mehr den Eindruck – und ich werde ihn auch nicht los –, unser Gott im Himmel habe die menschlich so schlimme und bedauerliche Begegnung selbst inszeniert, damit ich wieder Klarheit bekommen sollte, dass wir beide wirklich zueinandergestellt sind. Die Wochen vorher mit ihren üblen Ereignissen und Auseinandersetzungen hier auf der Mühle hatten mich in schwere Zweifel gestürzt.

Seit den Angriffen meines Vaters Dir und Deiner Mutti gegenüber weiß ich es nun wieder sicher, dass Du mein Hannele bist und ewig sein musst und dass ich mir ein Leben ohne Dich nicht denken kann. Da mag von außen und von irgendwoher kommen, was will: Du gehörst zu mir und ich gehöre zu dir! Wie uns nichts von der Liebe Gottes scheiden kann, so kann Dich nichts von meiner Liebe und mich nichts von Deiner Liebe scheiden! Du bist und bleibst Gottes gute Gabe für mich, und ich möchte seine gute Gabe für dich sein und bleiben. Wie oft haben wir schon gemeinsam für diese Erkenntnis gedankt?! Ich möchte wieder dafür danken können, und ich will, dass du es auch wieder tust.

Ich möchte nun, dass wir uns – auch gegen die Einlassungen meines Vaters, die meine Mami übrigens überhaupt nicht teilt! – am 21. Februar, am Samstag vor Reminiscere (›Gott gedenkt an seine Barmherzigkeit!‹), ganz offiziell verloben. Ich komme dazu gerne nach Landshut, denn hier auf der Kernmühle ist die Feier nicht möglich. Die Ringe werde ich bis dahin besorgt haben. Sie sind bereits in Arbeit.

Mein geliebtes Hannele, ich schreibe Dir diesen Brief mit ein wenig Bangigkeit im Herzen, du könntest das erneute Bekenntnis meiner tiefen Liebe zu Dir ablehnen – Du hättest sicher Grund dazu. Tue es bitte nicht! Du würdest dich und mich und uns beide für ein ganzes Leben dadurch unglücklich machen. Denn was Gott zusammenführt – und ich wiederhole mich: ich sehe uns nach wie vor von Gott zusammengeführt! –, das soll der Mensch nicht auseinanderreißen.

Gib mir bitte umgehend Antwort, ob ich am besagten Tag nach Landshut kommen kann, darf, soll, muss … Sag Deiner Mutti liebe Grüße und bitte sie für mich um Verzeihung für mein Versagen bei Eurem Besuch.

Ich nehme Dich ganz fest in meine Arme, halte Dich lieb und küsse Dich innigst. Schade, dass man Küsse nicht schreiben und nicht wirklich schicken kann! Ich würde ein großes Paket schnüren …

In tiefer, herzlicher und unverbrüchlicher Liebe bin und bleibe ich Dein Heinzerla«

Johanna lehnte sich in ihrem Stuhl zurück und schloss die Augen. Dabei fielen ihr eine Menge Steine vom Herzen, die in den letzten Tagen wie schwere Gewichte darauf gelastet hatten. Sie hatte ihr Heinzerla wieder, das sie doch tatsächlich für verloren gehalten hatte. Nein, Heinz hatte recht mit seinen Worten »… was Gott zusammenführt, das soll der Mensch nicht auseinanderreißen«. Freude kam in der jungen Frau auf, eine unbändige Freude, die sich in einem lauten Jauchzer entlud. Schade, dass sie niemanden in ihrer Nähe hatte, dem sie vor Freude hätte um den Hals fallen können. Wie lange hatte sie eigentlich nicht an ihrem Klavier gesessen? Jetzt klappte sie den Deckel hoch, griff in die Tasten und spielte auswendig, was ihr gerade einfiel, Bach, Mozart, Beethoven und andere Komponisten. Dann war sie plötzlich bei verschiedenen Chorälen und landete in einem Loblied, das eigentlich gar nicht in die Jahreszeit passte. Die Pianistin wunderte sich über sich selbst, dennoch sang sie die drei Strophen zu ihrer eigenen Begleitung mit:

»Ihr kleinen Vögelein, / ihr Waldergötzerlein, / ihr süßen Sängerlein, / stimmt mit mir überein: / Ich will den Herren preisen / mit meinen Liebesweisen, / ich will von Herzensgrund / ihm auftun meinen Mund.

Spitzt eure Schnäbelein, / zwingt eure Stimmelein / und fangt an, groß und klein, / aufs Lieblichste zu schrein! / Ich will durch euer Singen / mich zu dem Schöpfer schwingen; / ich will durch euren Ton / hinauf zu Gottes Sohn.

Drum stimmet mit mir ein, / ihr süßen Vögelein, /

ihr kleinen Pfeiferlein, / ihr Wundersängerlein! / Gott Lob! ist mein Erschallen, / Gott Lob! ist mein Erhallen; / Gott Lob! ist mein Gesang! / Gott Lob! sei euer Klang!«

Ja, so war es: Gott gebührte großes Lob! Jetzt wurde alles gut! Jetzt konnte die gemeinsame Zukunft beginnen, was und wer sich auch immer noch querlegen mochte. Johanna klappte den Deckel des Klaviers wieder zu, nahm Briefpapier und schrieb ihrem Liebsten ihre dankbare, fröhliche, verliebte Antwort. Wäre doch nur morgen schon der 21. Februar …

Die gut drei Wochen bis zur offiziellen Verlobung erschienen Johanna wie eine Ewigkeit. Die Zeit wollte schier nicht vergehen. Gut, dass es die Post gab! Die hatte eine Menge Arbeit zwischen Landshut und Weinzierlein-Kernmühle, und zwar in beiden Richtungen. Beinahe täglich gab es an einem der beiden Orte Neues zu lesen und zu schreiben. Selbst am Morgen des besagten Samstags kam an der Isar noch ein Brief von der Bibert an. Johanna las ihn, während sie in der letzten winterlichen Nachmittagssonne auf dem Bahnsteig die Ankunft des Zuges aus Regensburg erwartete, der dann auch endlich schnaufend und prustend und mit quietschenden Bremsen in den Bahnhof einrollte.

Und dann lagen sie sich in den Armen, die beiden glücklichen Menschen, denen bei ihrer letzten Begegnung beinahe die Felle ihrer Liebe das Bibertflüsschen hinuntergeschwommen wären. Der Zug hatte den Bahnhof schon wieder verlassen, da hielten sie sich noch immer fest, als wollten sie sich nie mehr loslassen. Und dann hätte Johanna sich am liebsten noch auf dem Bahnsteig den Ring angesteckt. Aber Heinz blieb standhaft und ließ das kleine Etui in seinem Reiseköfferchen. »Noch ein bisschen Geduld, mein Schatz, nur noch bis heute Abend«, vertröstete er sein Hannele. »Wenigstens deine Mutter sollte dabei sein.« Hannele spielte die Maulende. Dann fiel sie ihrem Heinzerla noch einmal um den Hals …

Am Abend dieses denkwürdigen Tages war es dann so weit, dass an den linken Ringfingern von Johanna Darlapp und Heinz Horneber die goldenen Ringe blitzten. Zu dritt gab es in der Papiererstraße 8 eine besinnliche Verlobungsfeier bei einem Glas Sekt, bei einem bescheidenen Festessen und danach bei Plätzchen und Wein. So hatten sich die beiden Brautleute das eigentlich auch gewünscht. Dass Heinz' Eltern und Schwestern und sonstige Verwandtschaft fehlten und auch die Roßtaler Freunde nicht dabei waren, empfand keiner von den dreien als einen Mangel. Heinz meinte nur einmal, dass er gerne seine Mutter, Mami Maria, dabei gehabt hätte. Die sei nämlich von ihrer Schwiegertochter ganz angetan und habe ihm noch einmal aufgetragen, ihr Bedauern über den misslichen Verlauf des Besuchs der beiden Darlapps auf der Kernmühle weiterzugeben. Er hätte sie aber schlecht als Einzige des Hauses mitbringen können. Mit ihr werde Johanna sicher gut auskommen, wenn sie dann endlich ihren Platz an seiner Seite und in seiner Stube eingenommen hätte. Und das sollte wohl auch noch in diesem Jahr sein.

Elisabeth Darlapp widersprach dem nicht, aber ganz so leicht fiel es ihr auch nicht, die Tochter aus den Händen und der mütterlichen Fürsorge zu geben. Das zeigte sich am nächsten Morgen. Da trübte die Mutti die Sonntagsstimmung ganz erheblich dadurch, dass sie den beiden frisch verlobten jungen Leuten und vor allem ihrer Johanna eine deftige Gardinenpredigt hielt. Sie hatte am Rande mitbekommen, dass ihre Tochter für etwa eine Viertelstunde mit Heinz in seinem Zimmer im Gasthof gewesen war. Das war ja wohl unerhört. Kaum verlobt und dann schon so etwas …

Die beiden hatten alle Mühe, die Frau davon zu überzeugen, dass sich dort gar nichts abgespielt hatte, worüber sie sich aufregen müsste. Sie beide hätten sich schon vor Monaten gegenseitig gelobt, bis zur Heirat keusch miteinander umzugehen, und dieses Gelöbnis wollten sie auch einhalten. Gott, der sie beide zusammengeführt habe, sei ihr Zeuge dafür, dass sie es bisher gehalten hätten, und er werde sie in den kommenden Monaten auch vor der Versuchung bewahren.

Leider hatte die Mutti dafür nur ein müdes Lächeln. Sie glaubte ihnen wohl nicht. Sollte sie ruhig weiter zweifeln. Sie beide waren jedenfalls fest entschlossen, ihren nunmehr auch offiziellen gemeinsamen Weg so zu gehen, wie sie es vor Gott ausgemacht hatten. Jetzt gingen sie aber zunächst einmal gemeinsam in den Gottesdienst, ohne die Mutti. Die blieb zu Hause und pflegte ihren Ärger. Hoffentlich war der bis zum Mittag wieder verflogen.

Am Abend konnten die Verlobten endlich wieder einmal gemeinsam ihrem Gott danken für seine Güte, für seine Treue und seine Barmherzigkeit, die mit dem Gestern gnädig umging, die das Heute möglich gemacht hatte und die sich ebenso um das Morgen kümmerte. Wie hatte es doch an einem der ersten Tage des Jahres nach Matthäus 6,33-34 in den Herrnhuter Losungen gestanden? Heinz hatte sich das Wort auf einen Zettel geschrieben, den er als Vorgabe für seinen Sonntag und Alltag immer bei sich trug. Dies Wort wollten die beiden nun gerne gemeinsam für sich gelten lassen und es sich täglich vor Augen halten: »Trachtet am Ersten nach dem Reich Gottes und nach seiner Gerechtigkeit, so wird euch solches alles zufallen. Darum sorget nicht für den anderen Morgen; denn der morgende Tag wird für das Seine sorgen. Es ist genug, dass jeglicher Tag seine eigene Plage habe.«

Der nächste Tag hatte zwangsläufig die Plage des erneuten Abschieds, und das auch wieder für eine unbestimmte Zeit. Heinz musste zurück auf die Kernmühle. Die Arbeit wartete auf ihn und sicherlich zunächst eine gebührende Begrüßung nach der einsamen Verlobung, an der kein Horneber hatte teilnehmen können, weil der junge Herr ja seine eigenen Vorstellungen unbedingt hatte durchsetzen müssen. Was sollte es? Heinz würde es in seinem Glück zu ertragen wissen. Die Wogen würden sich nach ein paar Tagen schon wieder glätten.

»Mach dir keine Gedanken um mich, mein Schatz«, bemühte er sich, Johannas Bedenken zu zerstreuen, während die beiden auf die Ankunft des Zuges aus München warteten. »Ich überstehe das schon. Ich weiß den himmlischen Vater auf meiner Seite, auf unserer Seite. Du weißt, es gibt für mich nichts, was ich auf die Dauer tragisch nehme. Auf jede Nacht folgt ein Tag, jeder Tunnel hat seinen Ausgang, und am Ende mancher Gewitterschauer leuchtet der Regenbogen. Und der ist das Zeichen für den Frieden unseres Gottes. Von diesem ›Zufall‹ leben wir, heute und in Zukunft. Daran halten wir fest. Noch Schwierigkeiten oder Fragen, mein Schatz?«

»Nur die Schwierigkeit, dass zwischen uns mal wieder 160 Kilometer liegen, und die Frage, wann wir uns wiedersehen.«

»Leider weiß ich das auch nicht. Sobald die letzten Schneereste weg sind, beginnt die Feldarbeit. Dann lässt mich der Vater keinen Tag mehr weg. Wir brauchen Geduld, Hannele.«

»Aber wir haben die Gewissheit unserer Liebe und die Post«, tröstete Johanna mehr sich selbst als ihren Liebsten. »Die Ringe erinnern uns immer aneinander, wenn wir sie fühlen oder sehen. Verlier das gute Stück bitte nicht bei deiner Arbeit.«

»Bei der Arbeit trage ich ihn nicht, Schatz«, antwortete Heinz, »dann liegt er im Kistchen. Ich trage ihn nur sonntags zum Gottesdienst und zur Chorstunde und vielleicht, wenn irgendwas Besonderes ist und andere ihn sehen sollen. – Da ist mein Zug. Leb wohl, mein Hannele. Und jetzt nicht geweint! Ich liebe dich!« Eine letzte Umarmung, ein letzter Kuss, noch einmal Johannas Versicherung: »Ich dich auch, mein Heinzerla, und Gott behüte dich!« Dann bestieg ihr geliebter Bräutigam den Schnellzug dort, wo er gerade vor ihnen zum Stehen gekommen war, und rollte Sekunden später mit dem schnaufenden und fauchenden graugrünen Lindwurm aus dem Bahnhof. Schade, Heinz hatte in dem überfüllten Zug offenbar keine Möglichkeit gefunden, von einem Fenster aus noch einmal zurückzuwinken.

Am 26. März, am Karfreitag dieses Jahres, trafen sich die beiden Verlobten in Bad Abbach wieder. In dem kleinen, hübschen Schwefelbad an der Donau, südlich von Ingolstadt gelegen, befand sich Johannas künftige Schwiegermutter wegen ihres Rheumas zu einem Kuraufenthalt. Da bot es sich an, ein paar Tage miteinander zu verbringen und zugleich die Mami zu besuchen. Dabei war das Letztere eigentlich nur der Vorwand für das Erstere. Herrliche Tage der ungestörten Zweisamkeit! Sie nahmen ein kleines, gemeinsames Zimmer in einem Gasthof – und brachen doch nicht das Keuschheitsgelöbnis! Mit der Mami verstanden sie sich bei den täglichen Besuchen im Kurheim sehr gut. Und es blieb viel Zeit zum besseren gegenseitigen Kennenlernen, zum Erzählen und zum Austausch der Gedanken zu allen möglichen Themen über Gott und die Welt, die Johanna schon lange erbeten hatte und die Heinz auch gerne aufgreifen wollte.

Ein wichtiges Thema waren die Jahre, die Heinz an den verschiedenen Kriegsschauplätzen verbracht hatte, nachdem er am 6. Februar 1941 einberufen und zum Kraftfahrer ausgebildet worden war. Mit diesen Einsätzen verbanden sich eine Menge Fragen und Schwierigkeiten, die den jungen Mann bis heute zuweilen bedrängten. Es war gut, dass er jetzt ungestört und ausführlich über diese Dinge reden konnte. Johanna war dabei eine geduldige, aufmerksame und in ihren Nachfragen und Bemerkungen einfühlsame Zuhörerin, wenn die beiden Arm in Arm unterwegs waren oder sich Händchen haltend am Tisch eines Gasthofs oder Cafés gegenübersaßen. Dann vergaßen sie alles um sich her und ließen sich auch nicht von anderen Gästen stören.

Woher kamen zum Beispiel die Malariaanfälle, die bei Heinz sporadisch auftraten und für ihn immer sehr unangenehm waren? Zum Glück hatten die in den Jahren nach dem Krieg mehr und mehr nachgelassen.

Irgendwo hatte den jungen Soldaten bei seinem Einsatz in Nordafrika im Juni 1941 eine Anophelesmücke mit dem Erreger des sogenannten Dreitagefiebers infiziert. Heinz wurde dadurch zum ersten Mal kriegsuntauglich und nach Hause ins Lazarett geschickt. Die angesetzte Rückreise nach Nordafrika versäumte er wegen eines Abszesses im Bauch, der zunächst ausheilen musste. Der Truppentransporter, der ihn mitgenommen hätte, wurde bei der Überfahrt von Messina nach Tripolis in Libyen auf dem Mittelmeer von feindlichen Schiffen torpediert und tödlich getroffen. Von zweitausend Soldaten an Bord überlebten nur zweihundert. Der erst neunzehnjährige Offiziersanwärter war durch seine Krankheit bewahrt geblieben. Damals hieß das für ihn noch:

»Glück gehabt! Schwein gehabt! Noch einmal davongekommen!«

Was war mit der Hörschädigung, wollte Johanna wissen, die wohl nie wieder völlig verschwinden würde, auf die sich Heinz aber so gut eingestellt hatte, dass ein Außenstehender davon beinahe nichts mitbekam? Johanna wusste längst, damit umzugehen.

Ja, da hatte Heinz im Spätherbst 1941 wieder großes »Schwein gehabt«. Bei seinem ersten Fronteinsatz im Russlandfeldzug erfror er sich in kalten Novembernächten mit Temperaturen unter 40° C sein Gehör. Für einen kämpfenden Soldaten eine schlimme Sache. Mit dieser Behinderung wurde er in der Folgezeit nur noch als LKW-Fahrer in der eher geschützten Etappe und auch nur noch mit Beifahrer eingesetzt. Gegen seinen ausgesprochenen Willen hatte er jetzt kaum noch unmittelbare Feindberührung, die ihm hätte gefährlich werden können. Dabei wäre er doch viel lieber ganz vorne dabei gewesen, um für Führer, Volk und Vaterland dem Bolschewismus eins auf den Stahlhelm zu geben. Dass er dann nach Krakau ins »Generalgouvernement«, also Polen, versetzt wurde, hatte ihm noch weniger gefallen. Von dem »Schwein gehabt« bei seinem dortigen Einsatz hatte Heinz bereits früher Johanna ausführlich erzählt.

Ein weiteres großes »Schwein« hatte er im Herbst 1942, als er wieder zurück nach Russland abkommandiert war. Diesmal war er beim Vorstoß deutscher Truppen an die Wolga eingesetzt und bei der Einnahme von Stalingrad. Weil sich die Hörprobleme aber wieder verschlimmerten und für den Einsatz als äußerst hinderlich erwiesen, wurde er erneut heim ins Reich geschickt, damit er sich im Reservelazarett I in Nürnberg gründlich behandeln ließ.

»Schau, Hannele, ich zeig dir die Eintragungen in meinem Soldbuch«, unterbrach Heinz seinen längeren Bericht, zog die kleine, braune Kladde aus der Jacketttasche und schlug sie auf der Seite 20 auf. »Damals habe ich mich lange Zeit furchtbar geärgert, dass die mich einfach nach Hause geschickt haben. Sie hatten mich für ›av‹, für ›arbeitsverwendungsfähig‹ erklärt. Ich durfte nur noch Innendienste machen, in Büros und Werkstätten in der Heimat. Das war zwar ungefährlich und wesentlich angenehmer, aber ich wäre viel lieber bei meiner Truppe an der Wolga geblieben.«

»Und dann wären wir uns wohl nie begegnet«, sinnierte Johanna, beugte sich über den Tisch und küsste ihr Heinzerla auf die Wange.

»Nein, mit einiger Sicherheit nicht«, gab der zu. »Wenig später haben die Russen Stalingrad eingekesselt. Und aus dem Kessel sind von 250 000 Mann nur 90 000 lebend rausgekommen.«

»Aber nicht nach Hause.«

»Nein, nicht nach Hause. Die sind allesamt in russische Gefangenschaft gewandert, einschließlich Generalfeldmarschall Paulus. Wer weiß, wo diese Kameraden abgeblieben sind. Ich zweifle, dass da noch viele leben. Und ob überhaupt noch einer von denen zurückkommt, daran zweifle ich auch. Die Russen werden sich an ihnen schadlos gehalten haben für das, was die Deutschen ihnen angetan haben.«

Heinz' Stimme bekam bei diesen Worten etwas sehr Melancholisches. Es war, als ginge ein leichtes Zittern durch seinen Körper. Die Sache berührte ihn offenbar erneut sehr tief.

Johanna wechselte den Platz, setzte sich neben ihn, legte ihren Arm um seine Schultern und sagte: »Aber du lebst und du bist hier, mein Schatz. Das verdankst du einer besonderen Führung Gottes.«

»Das ist Gnade, nur Gnade, Hannele. Ich begreife das heute manchmal nicht. Damals habe ich es erst recht nicht begriffen. Die Vorsehung war halt auf meiner Seite, Schwein gehabt, dachte ich.«

»Und wann hast du begriffen, dass nicht die Vorsehung auf deiner Seite war und auch kein ›Schwein‹, sondern dass der heilige Gott einen Plan mit deinem Leben hatte? Damit du zum Beispiel mir eines Tages begegnest?«

»Das war erst viel später, Schatz. 1944 musste ich trotz meines Hörschadens zum Einsatz nach Prag. Schau, hier ist der Eintrag im Soldbuch.«

Johanna las und hatte ihre Mühe damit, die Handschrift zu entziffern: »Das ist ja vielleicht eine saubere Abkürzung. ›Gren. Ers. u. Ausb. Btl. 260 Prag Marsch-Kp.‹ Was heißt das? Und wann war das?«

»Das war im Herbst 44«, antwortete Heinz, »und heißt: ›Grenadier-Ersatz- und -Ausbildungsbataillon 260 Prag Marsch-Kompanie‹. Von Prag aus bin ich dann im Februar 45 nach Kroatien geschickt worden, gerade rechtzeitig vor der Zeit, als Partisanen an der Moldau anfingen, deutsche Soldaten aus dem Hinterhalt abzuknallen. An der Drau war ich eine kurze Zeit als Unteroffizier an einem sehr umkämpften Frontabschnitt eingesetzt. Unsere MG-Stellung bekam einen Volltreffer, als mich meine Kameraden zum Schlafen geschickt hatten. Dabei war ich eigentlich mit der Ruhepause gar nicht dran.«

»Und dadurch bist du auch dort bewahrt geblieben?!«

»Weil andere für mich gestorben sind.« Heinz schüttelte sich noch einmal bei dem Gedanken, dass es ihn in diesem Schützengraben hätte treffen müssen. »Da habe ich zum ersten Mal ein Stoßgebet losgelassen: ›Lieber Gott, hilf mir!‹« Einige Augenblicke später fügte er leise an: »Dann hat er mir wohl kurz darauf auch geholfen und mich bewahrt vor dem letzten Schritt der Verzweiflung.«

»Was meinst du damit, Schatz?«, fragte Johanna ein wenig erschrocken nach.

»Als nach dem 9. Mai die Nachricht kam, dass die gesamte Wehrmacht kapituliert hatte und der Krieg zu Ende war, konnte ich das zuerst gar nicht glauben. Dann wurden wir in Cilli – das liegt in Slowenien zwischen Laibach und Marburg an der Drau – von Tito-Banditen, wie ich sie damals genannt habe, entwaffnet. Da dachten wir alle, es wäre aus mit uns. Ich wollte mir das Leben nehmen. Es war alles plötzlich so entsetzlich sinnlos. Aller Einsatz umsonst. Alle Ideale weg.

Wie sich bald herausstellte, war der große Führer Adolf Hitler zum elenden Feigling geworden und sein Propagandaminister nicht minder. Plötzlich sah ich nur noch stinkende Leichenberge, unendlich große Soldatenfriedhöfe, rauchende Trümmerhaufen, Jammergestalten auf dem Weg in die Gefangenschaft und daneben siegreiche, Fahnen schwingende Feinde. Ich fühlte mich furchtbar elend. Ich war mir sicher, dass die mich auch mitnehmen oder gar vor die Wand oder gleich an den Graben stellen würden, wie SS- und Wehrmachtsleute das an vielen Orten mit Gefangenen und auch mit Zivilisten gemacht hatten.«

»Nein! Heinz, das ist nicht wahr!«, rief Johanna zutiefst erschrocken. »Das kann nicht wahr sein, was du da sagst! Du wolltest dir selbst das Leben nehmen? Das ist ja furchtbar.«

Nach ein paar Momenten des Schweigens fragte sie leise: »Und wer hat dich gehindert, die Waffe gegen dich selbst …?«

Heinz atmete ein paarmal tief durch. »Das war ein älterer Kamerad, ein Sanitäter aus Oberschlesien, Unteroffizier wie ich, der sehr energisch auf mich eingeredet hat. Kolbe hieß der. Ich sei wohl verrückt, für eine verlorene Sache mein junges Leben wegzuwerfen. Immerhin hätte ich das ganze Chaos doch überlebt, und das müsse schon einen Sinn haben.

Er hat mir dann auch die Pistole aus der Hand genommen. Der Mann hat mir das Leben erhalten. Leider ist er später im Lager an irgendeiner Mangelkrankheit gestorben, Skorbut oder so was. Ich würde ihm heute gerne noch einmal für das Glück danken, das er mir ermöglicht hat.« Bei diesen Worten drückte er sein Hannele fest an sich.

»Der muss ein Engel gewesen sein, den Gott dir an die Seite gestellt hat«, war Johanna überzeugt, »wie wir es immer beten: ›Dein heiliger Engel sei mit uns, dass der böse Feind keine Macht an uns finde.‹«

»Aber damals habe ich so noch nicht gebetet, auch nicht in der Einzahl. Ich habe außer dem einen Mal an der Drau überhaupt nicht gebetet. Zu wem denn? Ich kannte kein Gegenüber für Gebet. Ich hatte Gott und Jesus völlig aus meinem Bewusstsein verdrängt. Meinen Konfirmationsspruch hatte ich ebenso total vergessen. Er ist mir erst im Lager wieder eingefallen.«

»Und wie heißt der?«, fragte Johanna nach.

»Römer 1,16 steht der«, konnte Heinz natürlich jetzt auf Anhieb antworten, »und heißt: ›Ich schäme mich des Evangeliums von Christo nicht; denn es ist eine Kraft Gottes, die da selig macht alle, die daran glauben.‹«

»Aber wie kam das, dass dein Konfirmationsspruch plötzlich wieder in deinem Kopf war?«

»Lass uns erst noch eine Limonade trinken, Hannele, dann erzähle ich weiter«, unterbrach Heinz seine eigene Geschichte. »Mir ist der Hals sehr trocken geworden. Und ich brauche auch erst einmal ein Klo.«

»Gute Idee, Heinzerla«, war Johanna einverstanden. »Ich such mir auch eins, und dann sind wir wieder frisch zum Reden und zum Hören. Gut so?«

»Gut so«, antwortete der junge Mann knapp und war schon durch die Tür mit dem Hinweis auf die Toilette verschwunden.

Wenige Minuten später saßen die beiden jungen Leute wieder an ihren Plätzen, einander gegenüber, tranken ein paar Schlucke von ihrer Limonade und nahmen den Faden von eben erneut auf.

Johanna begann mit der Frage: »Wie ging das dann mit dir weiter, Heinzerla?«

Der erzählte: »Also, wir sind den Leuten Titos entkommen und von Cilli nach Windischgraz gelaufen und von dort mit einem gekaperten LKW in der Nacht nach Norden durch das Karawankengebirge gefahren. Die Jugoslawen sollten uns nicht noch einmal kriegen. Die hätten uns mit Sicherheit an die Russen ausgeliefert. Hinter Bleiburg – das war dann schon auf österreichischem Gebiet – trafen wir auf Engländer. Da haben wir schon aufgeatmet. Die waren uns tausendmal lieber. Aber die sollten uns möglichst auch nicht kriegen, wir wollten nach Hause. – Und jetzt mach ich es ein wenig kürzer«, schlug Heinz vor. »Du kannst das alles genau nachlesen in meinem 45er-Taschenkalender. Damals habe ich so etwas wie Tagebuch geführt.« Dabei zog er auch dieses kleine Büchlein aus der Tasche und blätterte in den Seiten herum.

»Das werde ich gerne lesen«, war Johanna einverstanden, bat ihren Heinz aber doch, wenigstens kurz weiterzuerzählen.

»Ich lese dir zunächst, was ich Anfang Mai geschrieben habe. Dann weißt du, wie ich damals noch gedacht und empfunden habe. Also: ›Waldkampf wieder bei dauernden Regengüssen. – Der Führer gefallen am 30. IV.! Ich habe geweint! Deutschland besetzt, der Führer tot, das Ende mit Schrecken ist da! Wer hätte dies je für möglich gehalten! Großadmiral

Dönitz Nachfolger, der Kampf gegen den Bolschewismus geht weiter, gegen Engländer und Amerikaner nur, soweit sie uns hindern.‹ – Wie war ich in den Tagen doch noch verblendet!«

»Dafür musst du dir keine Schuld geben, Heinzerla. Das waren doch viele, wenn nicht sogar die allermeisten Leute damals. Die Verantwortung dafür tragen andere. Heute sind dir die Augen doch geöffnet.«

»Wenn das alles nur so einfach wäre, Hannele«, seufzte Heinz leise auf. »Aber lassen wir das für jetzt. Diese Frage braucht mehr Zeit zum Überlegen und Klären.«

Dann erzählte Heinz davon, wie er sich mit drei Kameraden durchgeschlagen hatte, bis sie dann schließlich doch von den Engländern aufgriffen und irgendwo bei Klagenfurt ins Internierungslager gesteckt wurden, zu vielen Kameraden, die schon dort waren. Dort hatten sie zwar ein dürftiges Dach über dem Kopf, aber sehr wenig Genießbares im Essgeschirr.

»In dieser Zeit kriegten wir zwar wenig zu futtern, aber wir konnten zweimal am Tag Nachrichten hören. Die haben uns ganz schön fertiggemacht – und zum Nachdenken gebracht. Ich lese dir nur noch ein paar Sätze vor, die ich damals eingetragen habe.«

Heinz blätterte wieder ein wenig in dem Büchlein und hatte bald gefunden, was er suchte. Er las von den letzten Maitagen:

»Es ist eine Wolfszeit – was hoch und hehr war, soll nun abgründig, schlecht und gemein sein! Wem soll, wem darf man glauben? Was gilt noch? Menschen irren. So wird diese Zeit alle um wahrhafte Erkenntnis Ringenden näher hinführen zu Gott, zu den geistigen, innerlichen Werten. Eines Tages wird unser Volk wieder zu sich selber finden, wird neu verstehen, zu neuer Macht gelangen zum Segen der Menschheit. Wen Gott lieb hat, den züchtigt er – so muss wohl dieser verlorene Krieg betrachtet werden. Unsere Abkehr von Gott, unsere Selbstgerechtigkeit und Selbstherrlichkeit, Überheblichkeit und Anmaßung brachten uns an den Rand des Abgrunds. Unseres Volkes ungeheure Leiden, Opfer und Leistungen im Kriege und wahrscheinlich auch nachher werden uns im Verein mit Demut wieder zum Licht gelangen lassen.«

Heinz hob seinen Blick von dem Büchlein und sah sein Hannele an. »Hier, mein Schatz, hat mein Umdenken angefangen.«

Nach einer Zeit der Stille zwischen den beiden, in der sie sich nur fest an den Händen hielten, erzählte Heinz weiter.

Später waren sie dann mit vielen anderen Kameraden in ein Lager auf der grünen Wiese bei Gemona in Oberitalien verlegt worden. Dort mussten alle arbeiten. Versorgungsgüter aus Bahnwaggons auf Lastwagen umladen. Er, Heinz, hatte ab und an als Dolmetscher fungieren können. Mitte August war das Lager dann nach Graz in Österreich verlegt worden und später, Mitte September, in eine wunderschöne Gegend nach Feistritz an der Glan. »Und jetzt lese ich dir noch ein paar ganz wichtige Sätze aus meinem Büchlein vor«, schloss Heinz diesen Teil seiner Erzählung. Dabei ging ein Leuchten über sein Gesicht.

»Jetzt bin ich besonders gespannt«, sagte Johanna und schaute ihren Liebsten mit großen, fragenden Augen an. Was war ihm so besonders wichtig?

Heinz hatte den Eintrag gefunden und las: »22. September. Ich habe durch Pfarrer Ernst Schnitzlers Abendandachten den Weg zu Gott gefunden und lerne mehr und mehr Geduld üben, Vertrauen haben. – 27. September: Immer tiefer dringe ich in Gottes Erkenntnis. O wie wohl wird mir! – 5. Oktober: Wie wird wieder lebendige Gemeinde? – 11. Oktober: Abendmahl und Taufe. (Jesus ist anwesend!) – 20. Oktober: Heil, Ehre, Macht, Kraft, Stärke kommt nicht aus uns Menschen, sondern allein von und durch Gott. Hoffnung, Zuversicht, Vertrauen wird zuschanden, wenn wir nicht auf Gott bauen und seine Gnade und Liebe als seine Kinder. – 23. Oktober: Psalm 126 (Gefangene) Die mit Tränen säen, werden mit Freuden ernten! – 24. Oktober: Psalm 23 (Der gute Hirte): Der Herr führt mich immer und überall! – Freundschaft in und für Christo mit Pfr. Schnitzler geschlossen! – 27. Oktober: 1. Mose 15, 1-6 (Abraham bittet um einen Erben) Gott spricht mit uns im Gebet, verheißt Lohn für unseren Glauben. Er führt uns auf *seinen* Wegen, die für uns nicht immer verständlich sind. Auch wenn es scheint, als wäre alles verloren und sinnlos, legt Gott seinen Sinn hinein. Denn nur er kennt das Endziel.«

Hochzeitsfreuden

Heinz Horneber blickte wieder von seinem Büchlein auf und seinem Hannele in ihre schönen, großen Augen, die wohl vor Rührung ein wenig feucht schimmerten. »Das genügt, mein Schatz. Jetzt weißt du es: Ich musste durch den Krieg und das viele ›Schwein‹ haben, damit Pfarrer Schnitzler mir Jesus vor Augen stellt und mir zum Glauben hilft, den ich vergessen hatte. Gott sei's gelobt!

Nein, doch noch nicht genug. Eine ganz wichtige Notiz muss ich auch noch lesen. Wenn es die nicht gäbe, trügen wir beide jetzt keine Ringe und säßen jetzt nicht hier. ›Montag, 5. November: »Immenstadt – Passau – Plattling – Regensburg – Nürnberg – Kernmühle‹; Kernmühle rot umrandet. Zu zweit bei den Engländern getürmt und in einer Woche sechshundert Kilometer von Klagenfurt in Österreich nach Hause gelaufen!«

Johanna musste zu einem Taschentuch greifen. Das war dann doch etwas viel auf einmal für eine zarte Seele. Wenn es diesen Eintrag nun nie gegeben hätte …?

Nach einer Weile fragte Heinz: »Und? Du weinst und sagst gar nichts? Habe ich dich gelangweilt oder entsetzt?«

Jetzt ergriff Johanna wieder die Hände ihres Heinzerla, atmete wie aus einer großen Spannung befreit ein paarmal tief durch, wischte sich noch einmal über die Augen und sagte dann: »Gelangweilt? Entsetzt? Nein, Schatz, du hast mich fasziniert mit dem, was du damals erlebt und notiert hast. ›5. November Kernmühle‹! Da musstest du erst fast fünf Jahre lang den Krieg mitmachen, Schreckliches erleben und manche merkwürdige und so wunderbare Bewahrung, um als frommer Mensch und Christ wieder nach Hause zu kommen. Gottes Wege mit den Menschen sind schon manchmal sehr sonderbar.«

»Aber immer gut, mein Hannele, immer gut! Heute weiß ich das, und heute kann ich für die Kriegszeit danken – was mein eigenes Leben angeht.« Heinz unterbrach sich, um dann doch noch anzufügen, was ihn hierzu gelegentlich beschäftigte: »Was das Leben anderer Leute angeht und das, was die durchgemacht und gelitten haben, fühle ich mich immer wieder schuldig. Ich werde den Gedanken nicht los, dass ich irgendwo irgendwann in irgendeiner Weise an Menschen wiedergutmachen muss, was die Geschichte der NSDAP und des ›Tausendjährigen Reiches‹ an ihnen versaut hat.«

Johanna schaute ihn fragend an: »Hast du etwa schon irgendwelche Ideen oder gar richtige Pläne?«

»Nein, Hannele, noch nicht so genau«, antwortete Heinz, »kann ich auch noch gar nicht haben. Wo sollte ich was mit welchen Menschen machen können? Aber ich habe gewisse Vorstellungen.«

»Und welche? Komme ich darin auch vor?«

»Natürlich kommst du darin vor, Hannele. Wenn wir einmal verheiratet sind, gibt es keine Alleingänge. Die würden uns nicht guttun. Dann machen wir nur das, was wir gemeinsam wollen und ausführen können.«

»Was stellst du dir denn vor, wie wir eines Tages so eine Art Wiedergutmachung an anderen Menschen leisten könnten?« Heinz wiegte den Kopf hin und her, zuckte mit den Schultern und meinte dann: »Auf der Mühle ist viel Platz und viel Arbeit. Irgendwann werden unsere ledigen Müller weggehen. Und irgendwann meine Schwestern hoffentlich auch, wenn sie denn passende Männer finden. Dann könnten irgendwelche bedürftigen Menschen ihre Plätze einnehmen, Witwen und Waisen, Heimkehrer aus der Kriegsgefangenschaft, Straffällige, die aus der Haft entlassen werden und wieder in die Gesellschaft eingegliedert werden müssen, Alkoholiker, die Hilfe brauchen. Ein paar Leute sind ja auch schon da mit den Flüchtlingsfamilien, die im alten Häuschen wohnen und auf der Landwirtschaft arbeiten. Alles nach der Weisung: ›Einer trage des anderen Last, so werdet ihr das Gesetz Christi erfüllen.‹«

»Galater 6,2«, wusste Johanna die Stelle und meinte weiter: »Dabei kämen auch dann unsere Konfirmationssprüche zur praktischen Anwendung. Wer durch Gottes Liebe Gottes Kind ist, der muss diese Liebe auch an andere Menschen weitergeben, damit sie Gottes Liebe auch erfahren und dadurch vielleicht auch Gottes Kinder werden.«

»Und was ist mit meinem Spruch?«

»Der verspricht, dass der die Kraft Gottes erfahren soll, der sich des Evangeliums von Christus nicht schämt, der also seinen Glauben auch lebt und in Taten umsetzt. Und wenn durch das Glaubensbeispiel andere zum Glauben finden, dann werden die dadurch selig. Ist das so richtig?«

»Zwar ein bisschen kompliziert ausgedrückt, aber richtig«, bestätigte Heinz und lächelte seinen Schatz an. »Ich wünsche, dass wir beide in unserem Leben immer die Augen offenhalten, damit wir sehen, welche Aufgaben Gott uns gibt. Und dann wünsche ich, dass wir diese Aufgaben auch gemeinsam fröhlich anpacken können.«

»Und wann beginnt dieses ›unser Leben‹ und das ›Gemeinsam-fröhlich-Anpacken‹?«, wendete Johanna plötzlich das Gespräch in eine ganz andere Richtung.

»Wenn es nach mir geht, möglichst bald, Hannele.« Heinz seufzte leicht auf. »Mir wird die Zeit allmählich lang, bis ich dich auf der Mühle an meiner Seite und in meiner Stube weiß. Aber die Sommermonate müssen wir wohl noch vorbeigehen lassen.«

»Leider. Mir fällt das Warten auch immer schwerer«, gab Johanna zu. »Bis zum Herbst ist es noch schrecklich weit.«

»Aber das schaffen wir schon noch, Hannele«, tröstete Heinz seine Verlobte und nahm wieder ihre Hände in die seinen. »Vielleicht solltest du bis dahin den Vorschlag meines Vaters aufgreifen.«

»Der wäre?«

»Er hat gemeint, du solltest vielleicht noch einmal eine Zeit lang auf einem Bauernhof arbeiten und vor allem dort das Kochen lernen. Auf der Kernmühle seien immer viele Mäuler zu stopfen. Da müsse anders gekocht werden als in einem normalen Familienhaushalt.«

Johanna überlegte ein wenig. Dann sagte sie: »Dein Vater mag recht haben. Vielleicht tue ich das wirklich. Schaden kann es jedenfalls nicht. Ich kenne ja noch die Familie Bauer bei Hohenegglkofen und auch Menschen auf anderen Höfen, mit denen mein Vater früher Geschäftsverbindungen hatte.«

»Ich denke, mein Vater wird dir den Vorschlag selbst noch einmal machen, wenn du am Dienstag mit auf die Mühle kommst. Er möchte dann sogar unsere Verlobung ein wenig nachfeiern.«

»Das möchte er wirklich?«, staunte Johanna über diese Nachricht, die Heinz bisher zurückgehalten hatte.

»Er möchte es tatsächlich, Hannele. Er hat offenbar eingesehen, dass sein Auftritt neulich einem Christenmenschen nicht angemessen war. Da ist sein alter Naziton aus seinen Parteirednerzeiten voll durchgekommen. Er hat sich quasi bei mir entschuldigt.«

»Das will schon was heißen«, staunte Johanna und fügte hinzu: »Wie das wird, darauf bin ich gespannt. – Aber jetzt sollten wir zahlen und aufbrechen. Die Mami wartet auf unseren Besuch.« Beim Hinausgehen stellte sich Johanna ihrem Heinz kurz in den Weg, nahm ihn in die Arme und küsste ihn. »Danke, mein Schatz, danke für diese besondere Stunde. Jetzt kenne ich dich schon viel besser und habe dich noch lieber.«

Johannas Besuch auf der Kernmühle nahm einen erstaunlich guten Verlauf. Die nachgeholte Verlobungsfeier verlief in einer guten Harmonie, wenngleich sich keine Beziehung zum künftigen Schwiegervater und zu den Schwägerinnen ergab außer der, dass die Frage der gegenseitigen Anrede geklärt wurde. Die Großmama blieb zwar auch diesmal bei der »Landshuterin«, Johanna durfte aber »Papa« sagen und die beiden Schwestern ihres Verlobten »Herta« und »Irmgard« nennen. Das war doch schon was. Es gab auch keine Ungehörigkeiten und keinen Streit. Johanna und Heinz waren sehr zufrieden. Mehr persönliche Nähe zwischen den Leuten entwickelte sich sicher dann, wenn die junge Frau im Herbst auf der Kernmühle als Ehefrau des Jungmüllers eingezogen war.

In diesen Tagen lernte Johanna auch den Betrieb Kernmühle und seine Arbeitsbereiche näher kennen. Eines Tages sollte sie hier mit ihrem Mann verantwortlich tätig werden. »Ob ich das schaffe?«, bezweifelte Johanna ihre eigenen Fähigkeiten.

»Warum so kleingläubig, Hannele?«, versuchte Heinz ihre Bedenken zu zerstreuen. »Erstens ist dir die Arbeit auf der Landwirtschaft nicht fremd, und du kannst schon eine ganze Menge von dem, was hier nötig ist. Zweitens bist du ein Mensch, der lernen kann und lernen will. Drittens gehst du ja noch ein paar Wochen in ein besonderes Training zu den Bauers auf den Hof.«

»Wenn die mich nehmen. Sonst auch woanders hin. Das findet sich«, antwortete Johanna und fügte ein

Kernmühle, Weinzierlein bei Roßtal/Franken

weiteres Bedenken an: »Die Niederbayern kochen ganz anders als die Franken.«

»Das mag sein«, gestand Heinz zu, »das macht aber nichts. Was dir an Küchenfähigkeit fehlt, bringt dir Herta bei.«

»Wenn sie mich an den Herd lässt, mein Lieber. Das muss sich aber erst noch zeigen.«

»Das muss sie, Hannele! Sie muss dir den Herd freigeben! Sonst wird es arg. Aber«, nahm er sie wieder einmal in die Arme, »mit Gottes Hilfe schaffst du das und schaffen wir das gemeinsam. Außerdem darf man nie schon im Vorhinein verzagen. Man muss zwar seine Grenzen wissen, aber man muss auch bereit sein, sie immer wieder zu erweitern. Wir beide werden schon etwas zuwege bringen, wenn wir erst einmal zusammen sind und gemeinsam planen, streben und arbeiten können. Wie sagt das Sprichwort?«

»Ich weiß nicht, welches du meinst von den vielen, die es gibt, Schatz.«

»Ich sag dir's, und so machen wir's: ›Bet und arbeit, dann hilft Gott allzeit.‹ Kann es so gehen, mein Hannele?«

Johanna atmete einmal tief durch und stellte dann fest: »Es kann so gehen! Ora et labora! ›Bete, als wäre alles Arbeiten umsonst, und arbeite, als wäre alles Beten umsonst.‹ So hat es Martin Luther wohl einmal gesagt, und danach sollten wir wirklich handeln. Wenn es doch nur schon so weit wäre ...«

In den folgenden Wochen befolgte Johanna dann den Rat ihres Schwiegervaters, den er ihr tatsächlich noch einmal persönlich gegeben hatte, und arbeitete einige Zeit in der Küche eines Gutes in Essenbach bei Landshut und danach auf dem Kreuther-Hof, ebenfalls in der Nähe ihrer Heimatstadt. Das war sinnvoll verwendete Zeit. Zum einen brachte sie eine Menge Lerngewinn, zum andern verkürzte sie das Warten auf die Hochzeit, die inzwischen für Mitte September angesetzt war. Zum Dritten brachte diese Zeit der Post erneut einen guten zusätzlichen Umsatz. Mehrere Briefe wechselten pro Woche zwischen Johanna und Heinz hin und her. Darin muss es wohl auch immer wieder laute Stoßseufzer vor allem der wartenden Braut gegeben haben, dass sich das alles zu lange hinziehe. Zumindest gab die Hochzeitszeitung später darüber Auskunft – ob da wohl einmal einem

Unberechtigten ein Brief in die Hände gefallen war?: »Ach lieber Gott, lass mich doch frei'n, / und sollt's ein Holzgasfahrer sein. / Er ist doch schließlich auch ein Mann, / und man gewöhnt sich schon daran.«

Die Vorbereitung der Hochzeit gestaltete sich schwierig. Es sollte ja ein großes Ereignis werden mit vielen Gästen aus Verwandtschaft und Freundschaft der Brautleute. Aber die Finanzmittel der beiden ehewilligen jungen Leute waren knapp. Die Währungsreform im Juni hatte zwar neues Geld gebracht, 40 D-Mark Kopfgeld, aber damit waren keine großen Geschäfte zu machen. Die Umstellung von der Reichsmark auf die Deutsche Mark hatte zudem Johannas Vermögen von 30.000 RM auf 1.000 DM reduziert. Heinz verdiente noch kein Geld, und er verfügte auch nur über wenig Erspartes. Es gab zwar in den Geschäften in den Städten und auf den Dörfern wieder eine Menge Güter zu erstehen, die es vorher nicht gegeben hatte, aber das nötige Bargeld zum Kauf war einfach nicht da. Was die eigene Landwirtschaft auf der Kernmühle für das Festessen am Mittag, die große Kaffeetafel am Nachmittag und das Abendessen nicht hergab, musste über Hamsteraktionen und Tauschgeschäfte organisiert werden. Das Hochzeitskleid mit Zubehör konnten sie leihen und den Hochzeitsanzug ebenso. Zum Glück brauchte für die Wohnung der jungen Hornebers, die ohnehin nur aus dem Schlafzimmer bestehen würde, nichts Neues beschafft zu werden. Johanna brachte bei ihrem Umzug von Landshut auf die Kernmühle die Einrichtung mit. Ihre Mutti verzichtete auf die Möbel ebenso wie auf einen Teil ihrer eigenen Tischtücher und ihres Geschirrs und stellte diese Dinge der Tochter als Aussteuer zur Verfügung …

Dann war es endlich so weit: Für Freitag, den 17. September 1948, gaben »Heinz Horneber, Müllermeister und ehemaliger Musterschüler des Realgymnasiums Nürnberg« und »Johanna Horneber, geb. Darlapp, verflossene Kindergärtnerin und anerkannte Kuhbusenmasseuse; ausgebildet im staatlich anerkannten Kreuth'schen Hochleistungsmusterbetrieb« ihre Vermählung bekannt. Mit diesen Worten stand es zumindest über der schlichten Hochzeitszeitung, die ihre Roßtaler Freunde und Chorgeschwister sehr humorvoll zusammengestellt hatten.

Zum Standesamt mussten die beiden zunächst ins Weinzierleiner Bürgermeisteramt, das sich auf halbem Weg nach Roßtal in Stöckach befand, weil der Bürgermeister dort wohnte. Dort zerriss der Braut beim Aussteigen aus dem Auto der Schleier. Welch ein Pech! Da gab es für Johanna die ersten Tränen dieses Tages, die Heinz ihr am liebsten weggeküsst hätte. Weil aber zu viele Leute um das Fahrzeug herumstanden, benutzte er doch lieber sein Taschentuch.

Bei der Zeremonie in der Wohnstube des Bürgermeisters war das Missgeschick dann schon zumindest vorübergehend vergessen, und dank Freundin Babette Krehn war der Schleier, das gute Stück, bis zur kirchlichen Trauung wieder repariert.

In der Laurentiuskirche in Roßtal gab es dann die nächsten Tränen der Braut. Das waren jetzt aber eher

Tränen des Glücks und der Dankbarkeit. Hannele und Heinzerla waren endlich Mann und Frau, endlich ein Ehepaar, und das unter der selbst gewählten Verpflichtung für ihr gemeinsames Leben nach Offenbarung 2,10: »Sei getreu bis an den Tod, so will ich dir die Krone des Lebens geben.« Den Spruch hatte Johanna auch im Andenken an ihren gefallenen Bruder Gottfried gewählt.

Dabei waren sich beide darin einig, dass Gott selbst diese Treue bewahren musste, und sie waren sich des Segens ihres Gottes zu diesem Treuebund und für ihr »Haus« gewiss: »Aber Israel hoffe auf den Herrn! Der ist ihre Hilfe und Schild! ... Die den Herrn fürchten, hoffen auf den Herrn! Der ist ihre Hilfe und Schild. Der Herr denkt an uns und segnet uns; ... er segnet, die den Herrn fürchten, Kleine und Große. Der Herr segne euch je mehr und mehr, euch und eure Kinder! Ihr seid die Gesegneten des Herrn, der Himmel und Erde gemacht hat.«

Gerne setzten Johanna und Heinz in diesen Worten des 115. Psalms für »Israel« ihren nunmehr gemeinsamen Namen »Horneber« ein und nahmen die Aussage für sich selbst in Anspruch. Und das nicht nur für heute und jetzt. Da war ja auch schon von Kindern die Rede, denen Gottes Segen gelten sollte. Und Kinder wollten sie unbedingt haben, wenigstens vier.

Tränen gab es noch einmal am Nachmittag, und das nicht nur bei der Braut. Das waren fröhliche Tränen der Freude über manchen amüsanten Programmpunkt, den vornehmlich die jüngeren Hochzeitsgäste

Hochzeit am 17. September 1948 auf der Kernmühle

gestalteten. Sie taten das ganz im Sinne dreier Beiträge in der Hochzeitszeitung:

»Nun, wie geht's, schon verheiratet, oder kochen und nähen Sie immer noch selbst, lieber Herr Hornneber?«, und: »Wenn die Frauen Schuster wären, o wie wär das fein auf Erden! Dann könnt' sich der Mann begraben, solche Frau möchte ich nicht haben, weil sie selbst für ihren Mann den Pantoffel nähen kann.« Und: »Wenn ein Mann unrecht hat und schweigt, ist er ein Weiser. Wenn ein Mann recht hat und schweigt, ist er verheiratet.«

Später gab es dann zum vierten Mal Tränen bei Johanna, diesmal sehr heiße und bittere.

Verständlich, dass die Hochzeitsnacht erst sehr spät begann, in der die frisch getrauten Eheleute endlich ihr eigenes Gelöbnis aufheben durften, konnten, wollten ... Bis die letzten Gäste gegangen waren, war es schon beinahe früher Morgen. Das erste Tageslicht ließ sich schon ahnen. Aber noch ehe es sich zeigen konnte, kam von unten aus dem Haus bereits der Ruf zum Aufstehen, und er kam unerbittlich und ohne Rücksicht auf die Besonderheit der Nacht. Nein, doch das nicht! Johanna wollte ihren Heinzerla schier nicht aus den Armen lassen. Diese besondere Nacht konnte doch nicht schon zu Ende sein!

Doch sie musste! Widerstand war zwecklos und Widerspruch nicht erlaubt. Papa Horneber hatte angeordnet: Um sechs Uhr musste Heinz bereits mit dem LKW und den Müllern am Bahnhof in Weinzierlein sein. Eine Waggonladung loses Getreide musste zunächst in Säcke gefüllt, aufgeladen und dann auf die Mühle gebracht werden. Der jungen Ehefrau blieben nur ein kalter, leerer Platz an ihrer Seite und heiße, bittere Tränen, die nicht aufhören wollten zu fließen ...

Kernmühlenleben

Als Johanna später nach unten in die Küche kam, schlug ihr eine Kälte und Ablehnung entgegen, die sie schier umwarf. Niemand beachtete sie. Keiner grüßte sie. Herta nicht, Irmgard nicht, das Küchenmädchen auch nicht. Irmgard verließ dann den Raum, um hinüber ins Büro zu gehen. Die beiden anderen blickten von ihrer Kartoffelschälarbeit kaum auf. Nur die Großmama krächzte ihr ein »Kimmst a scho, Landshuterin?« von ihrem Platz neben dem Herd als Morgengruß zu.

Johanna fühlte sich beleidigt. Sie kam heute morgen immerhin als die Frau des Hoferben in die Küche. Das hatten die anderen doch einzusehen und sich entsprechend zu verhalten. Aber weit gefehlt! Ein sauberes Verhalten, das die neuen Verwandten an den Tag legten. Wenn doch wenigstens Mami Maria im Raum gewesen wäre. Zumindest die wäre freundlich gewesen. Aber die lag wegen ihrer Krankheit noch im Bett.

Die neue Frau Horneber setzte sich gekränkt an den Tisch, schlürfte einen Becher kalten Kaffee und knabberte an einem Kanten Frühstücksbrot mit Marmelade, das ihr aber nicht schmecken wollte. Für die anderen Frauen in der Küche schien sie nicht da zu sein. Was sollte sie also hier?

Johanna beschloss, sich bald wieder nach oben in ihr Schlafzimmer zurückzuziehen. Dennoch machte sie zunächst den Versuch, ihre Hilfe beim Kartoffelschälen anzubieten. Herta lehnte ab. Die »Küchenchefin« raunzte ihre Schwägerin nur an: »Nimm d'Finger weg. Bist eh doalcherd und gscheid dumm!« Die Großmama schob nach: »Lass es! Bist eh a Doosl und a Schloara, Landshuterin, Fiedscherla!«

Die junge Frau wusste zwar nicht genau, was »doalcherd« heißen sollte und was eine »Schloara« und eine »Fiedscherla« war, das andere hatte sie aber sehr wohl verstanden, und »Doosl« kam sicher von Dussel und hieß Dummkopf. Na, sauber, ihr Frauen, und danke schön, ging es Johanna durch den Sinn. Die Unfreundlichkeit und offene Ablehnung verletzten ihren Stolz und taten ihr weh. Wie rasch sich die Stimmung im Haus doch gewandelt hatte. Gestern noch eitel Freude und Vergnügen und »Hannele hier …« und »Hannele da …« und heute?

Johanna verließ die Küche, begab sich in ihre bescheidene Schlaf-Wohnstube, setzte sich ans Fenster und schaute traurig hinaus. Welch ein Beginn ihres Lebens an diesem Ort! Grau und unfreundlich wie dieser frühherbstliche Tag, an dem der Wind die Bäume zauste und den Rauch und den Geruch der ersten Kartoffelfeuer übers Land trieb, an dem die Krähen sich auf den frisch gepflügten Schollen zusammenrotteten und die letzten Jungschwalben sich auf ihren Abflug in den Süden versammelten. Denen würde sie jetzt gerne folgen, ging es Johanna durch den Kopf, natürlich nur mit Heinz. Wieder traten ihr die Tränen in die Augen. Wie sollte das nur werden? War sie denn wirklich ein Nichts? War sie wirklich nur »gscheid dumm« und »a Doosl«? So jedenfalls war sie bei ihrer neuen Verwandtschaft abgestempelt und konnte gegen dieses fiese Urteil wohl kaum ankommen.

Ob Heinz dagegen ankam? Der musste sich doch gegen seine Schwester durchsetzen können und ihr einmal sagen, dass seine Frau auch jemand war! Mami Maria hatte als Städterin die Landwirtschaft auch erst auf dem Hof gelernt. Vielleicht lag es ja daran, dass sie bis heute kaum etwas im Haus zu sagen hatte. Ihr verweigerten der eigene Mann und die Großmama bis heute die angemessene Anerkennung.

Johanna musste mit Heinz über ihren ersten Vormittag in diesem Haus sprechen, sobald sich heute die Gelegenheit ergab. Und über alle kommenden Tage. Spätestens im Zug nach Bad Mergentheim, dem Ziel ihrer Hochzeitsreise, die sie morgen antreten würden.

Die junge Frau Horneber kam erst wieder nach unten, als sie hörte, dass der LKW auf den Hof einfuhr. Heinz ließ den Vater, die Angestellten und den Lehrling die Getreidesäcke allein abladen. Wichtiger als die Arbeit war es jetzt, sich um sein Hannele zu kümmern, die ihm weinend in die Arme fiel, ihr die Tränen abzuwischen und sie zu trösten. Heinz konnte sich zwar denken, was sich in der Küche abgespielt hatte, hörte sich aber dennoch Johannas Klage an.

Dann küsste er ihr zärtlich eine Träne von der Wange und riet ihr liebevoll: »Hier im Haus darfst du nicht empfindlich sein, Hannele. Dann machst du dir das Leben selber schwer. Schwesterchen Herta war schon immer eine Nuss, die schwer zu knacken ist. Sie ist nun mal, wie sie ist, ein Glodzbuuk, sagen wir, ein unfreundlicher Mensch. Die Großmama ist es nicht minder. Sie ist und bleibt eine alte Grantel. Die wird nicht damit fertig, dass sie aus ihrem Stuhl nicht mehr rauskommt und das Regiment an ihre Enkelin abgeben musste. Es ist schon merkwürdig, dass die beiden trotzdem am selben Strang ziehen. Aber das wird ein Ende nehmen, mein Schatz«, Heinz küsste seinem Hannele eine weitere Träne weg, »auch wenn ich noch nicht weiß, wann. Aber Gott weiß es, und er hilft uns auch durch diese Zeit.

Und jetzt nehme ich mir erst einmal Zeit für dich. Ich bleib bei dir, und du gehst mit mir. Wir gehen eine Weile spazieren und lüften die Köpfe. Bis zum Waldkeller nehmen wir schon einmal die Schubkarre mit den Gestellbrettern mit. Die werden da drüben gebraucht. In das Gewölbe kommen nämlich demnächst die Kartoffeln rein und dann später auch noch die Rüben. Die Gestelle bauen wir, wenn wir von der Hochzeitsreise wieder daheim sind. Den Tag heute kriegen wir noch ohne Arbeit rum, und ab morgen sind wir erst einmal für eine Weile weg und ohne jeglichen Ärger. Da weckt uns auch morgens niemand im falschen Moment.« Heinz küsste seine Frau noch einmal, streichelte ihr die Wange und wandte sich zum Gehen. »Ich sag nur kurz in der Mühle Bescheid und hole die Karre.« Dann verschwand er um die Hausecke.

Johannas Miene hellte sich auf. Nichts lieber als das! Herrlich die Möglichkeit eines Spaziergangs mit ihrem Mann durch die Flur hinüber in den Erlach-Wald, selbst bei diesem grauen Wetter. Gerne wollte sie den aus massiven Bruchsteinen gemauerten bunkerähnlichen Keller drüben zwischen den Bäumen kennenlernen. Sie wusste bisher nur, dass es ihn gab. Dort gewesen war sie noch nicht. Sie würde den Weg sicher künftig häufig auch allein machen müssen. Heute machte sie ihn als lebendige »Fracht« auf dem einrädrigen Gefährt. Welch ein Spaß, von ihrem Mann auf der Schubkarre über den holprigen Weg gefahren zu werden!

Am nächsten Tag gingen die jungen Eheleute dann auf ihre Hochzeitsreise nach Bad Mergentheim im Taubergrund. In diesem schönen alten Kurstädtchen fanden sie im Blick auf Unterkunft und Verpflegung zwar sehr schlichte Bedingungen vor. Aber was sollten sie auch schon erwarten können im dritten Jahr nach dem schrecklichen Krieg. Da musste jeder noch mit wenigem auskommen. Den beiden Hornebers fiel es auch nicht schwer, sich zu bescheiden. Sie waren einfach nur glücklich, sich ganz allein zu haben, an der Tauber entlang und in den Wäldern spazieren zu gehen, im Städtchen zu bummeln, lange Gespräche zu führen, unter ihrem schrecklich schweren Plumeau zu kuscheln …

Die Tage waren ihnen viel zu kurz, und die Nächte

noch mehr. Und dann erzwang eine böse, schmerzhafte Zahngeschichte bei Heinz den vorzeitigen Abbruch des schönen Hochzeitsurlaubs.

Nein, doch das nicht! Vor allem Johanna haderte ein wenig mit dieser »Segnung« Gottes. Musste die jetzt sein? Aber sie musste hingenommen werden und wurde es dann auch, wenngleich nur unter innerem Protest. »Behalte das Schöne in deinem Herzen, Hannele«, riet ihr Heinz aus seiner optimistischen Grundeinstellung heraus, »das wiegt schwerer als das, was jetzt kommt. Der Alltag beginnt halt leider ein paar Tage früher als geplant.«

Und der wurde hart für die beiden, vor allem für Johanna. Der Morgen nach der Hochzeitsnacht war nur der Vorgeschmack dessen gewesen, was jetzt kam und über mehrere Jahre das Leben auf der Mühle bestimmte. Die junge Frau war zwar da, aber sie wurde nicht beachtet. Sie galt nun mal als »gscheid dumm« und »a Doosl«, und sie konnte angeblich nichts, was sie hätte können sollen. Es gab ihr aber auch niemand die Möglichkeit, das Gegenteil zu beweisen oder das zu lernen, was vor allem Schwägerin Herta und die Großmama von ihr erwarteten.

Heinz kam nicht dagegen an, und er hatte viel zu tun, seine Johanna bei Laune zu halten. Die zog sich dann aber mehr und mehr aus der Küche und der Hauswirtschaft zurück und arbeitete lieber beim Vieh in den Ställen und draußen auf den Feldern. Wenn es dort einmal nichts zu tun gab, zog sie sich in ihre Stube zurück, um zu handarbeiten oder zu lesen oder

Briefe an die Mutti zu schreiben. Oder sie setzte sich ans Krankenbett der Schwiegermutter, wenn die wegen ihres Rheumas an vielen Tagen nicht aufstehen konnte. Wenn sie mit Mama Maria allein war, gab es immer ein Aufatmen auf beiden Seiten. Die Schwiegermutter war die Einzige im Haus Horneber, die ihr Zuneigung entgegenbrachte und mit der sie sich in Ruhe und in vernünftigem Ton unterhalten konnte. Außer Heinz natürlich, der jede freie Minute mit seiner geliebten Frau verbrachte, um ihr Gemüt immer wieder aufzuhellen.

Das wurde dann bald in ganz anderer Weise nötig. Johanna wurde krank. Irgendwo hatte sie sich mit irgendetwas infiziert. Sie bekam Kopfschmerzen und fühlte sich zunehmend matt. Ihr schmeckte nichts mehr, und sie bekam Fieber. Es ging ihr gar nicht gut. Als dann Verstopfung dazukam, die Zunge belegt wurde und sich auf der Haut rosarote Flecken zeigten, musste der Arzt her. Der stellte eine schlimme Diagnose: Verdacht auf Typhus. O Gott, Typhus – gefährlich und ansteckend! Wo mochte sich Johanna den eingefangen haben? War unter den Hofbewohnern ein Bakterienausscheider? Steckten die Salmonellen im hofeigenen Trinkwasser oder in der Milch?

Unter den Leuten auf der Mühle brach so etwas wie Panik aus. Das musste alles schnellstens untersucht werden. Wenn das so war, bestand höchste Gefahr für alle auf dem Gelände. Hoffentlich hatte sich sonst niemand bereits angesteckt! Hoffentlich nahm die Geschichte keine epidemischen Ausmaße an, wie das aus anderen Regionen des Landes zu hören war.

Auf jeden Fall musste die Kranke sofort isoliert werden und brauchte rasche, intensive Behandlung. Das ging nicht auf der Mühle. Johanna kam auf dem schnellsten Weg auf die Isolierstation eines Nürnberger Krankenhauses, wo sie etwa fünf Wochen lang behandelt wurde. Zugleich wurden auf dem Hof alle möglichen Erregerquellen gründlich untersucht, Räume und Gegenstände desinfiziert, alle Hofbewohner untersucht, ob nicht etwa … Vorsichtshalber wurden sie alle geimpft, damit nicht doch noch …

Aber Johanna blieb die Einzige, die erkrankte. Gott sei Dank! Für die junge Frau wurden die nächsten Wochen eine schlimme Zeit. So bald nach der Hochzeit von ihrem Heinzerla getrennt. Und wenn er dann kam, durfte er nur durch die Scheibe in der Tür zu ihr hereinschauen. Anderen Besuchern ging es nicht anders. Dabei bekam die Patientin von ihnen manchmal überhaupt nichts mit. Stundenweise befand sie sich in einer Art Delirium. Es ging ihr einige Tage sehr schlecht, und ihr Zustand war kritisch. Die Ärzte wähnten sie dem Tode nahe. Die betreuenden Schwestern gaben sich alle Mühe, diese letzte Konsequenz zu verhindern – schließlich mit Erfolg. In der vierten Woche ging das Fieber zurück, ließen die anderen Krankheitssymptome nach, wurde der Kopf freier.

Als der dann wieder einigermaßen denken konnte, gingen Johanna merkwürdige Sachen durch den Sinn. Sie geriet immer wieder ins Grübeln über ihren Glauben, über den Willen Gottes für ihr Leben, über die Zusage seines Segens, über seine Liebe, über ihre eigene Gotteskindschaft … Warum griff Gott, der Vater im Himmel, auf diese Weise in ihr Leben ein? War das schwierige Leben auf der Kernmühle nicht schon Last genug? Was hatte sie falsch gemacht, wofür sie jetzt büßen musste? Sollte die gemeinsame Zeit mit ihrem Heinzerla schon zu Ende sein? Oder verfolgte Gott eine bestimmte Absicht mit dieser Durststrecke in ihrem Leben? Warum war hier in der Klinik niemand, dem sie ihre Fragen stellen konnte? Warum durfte Heinz immer noch nicht zu ihr herein und an ihrem Bett sitzen und ihr Antworten auf ihre Fragen geben?

Mit zunehmender Besserung bekam Johanna dann aber auch wieder Sicherheit darin, dass Gott sie nicht mit irgendwelchen bösen Absichten auf das derzeitige Lager beordert hatte, sondern dass ihre Krankheit und die notwendige lange Genesungszeit für sie eine besondere Schule sein sollte. Vielleicht sollte sie ja auf dieser Schule lernen, ihren Stolz abzubauen und Demut zu üben. Hieß nicht ein wichtiger Vers aus dem 1. Petrusbrief: »Gott widersteht den Hoffärtigen, aber den Demütigen gibt er Gnade«?

Johanna musste vor sich selbst zugeben, dass manches Unangenehme und Querliegende in der hornebersehen Großfamilie immer wieder ihren Stolz verletzte. Vielleicht konnte sie wirklich nicht die sein, die sie auf der Kernmühle sein wollte, und sie musste es lernen, sich mit einer untergeordneten Rolle abzufinden und zufriedenzugeben? Vielleicht waren ihr die Schwägerin und die Großmama als Schleifsteine in den Weg gelegt, damit sie geformt wurde und tüchtig gemacht für spätere, andere Zeiten? Wenn sie doch

Kernmühle: Eingang zum ehemaligen Mühlengebäude, das beim Brand 1916 stehen geblieben war

nur eine Wegstrecke nach vorne schauen könnte, ein paar Jahre weiter … Wenn Gott ihr doch ein Signal gäbe, was er mit ihr vorhatte …

Zunächst blieb aber in ihrem Leben auf der Mühle alles beim Alten. Die vielen Wochen ihrer Abwesenheit von Haus und Hof durch den Klinikaufenthalt und die anschließende Erholung in einer kleinen, schlichten Pension in schöner Umgebung bei Rothenburg ob der Tauber hatten die heimische Lage auf dem Hof nicht verändert. Wohl aber Johannas Umgang damit. Unter viel Gebet und mit der Hilfe ihres Mannes gelang es ihr, mit ihrer untergeordneten Rolle gelassener umzugehen. Ein besonderes Erlebnis half ihr dabei und machte ihr Mut, weiter an sich zu arbeiten und ansonsten geduldig auf Veränderung der Lage zu warten.

Bei ihrem Schwiegervater wurde im Frühjahr 1950 ein schnell wachsender Tumor festgestellt. Hans Horneber wurde bald danach bettlägerig, und sein rascher Tod war absehbar. Wohl auch deshalb wurde er milder in seinem Ton, und es war leichter, mit ihm zurechtkommen. Bald nach Ausbruch der Krankheit begann er, sein Leben mit Gott und mit der Welt zu ordnen. Er entsann sich seiner Begegnung mit dem lebendigen Gott im Internierungslager, und er ließ sich neu nach 1. Johannes 1,9 die Vergebung seiner Sünden zusprechen. »So wir aber unsere Sünden bekennen, so ist er treu und gerecht, dass er uns die Sünden vergibt und reinigt uns von aller Untugend.«

Hans Horneber ordnete auch seine Beziehung zu Heinz. Die beiden konnten fortan miteinander umgehen, wie Vater und Sohn es tun sollten, zumal sie auch im Glauben inzwischen eins waren. Dann drängte es den kranken Mann, auch sein Verhältnis zu seiner bisher ungeliebten Schwiegertochter zu klären. Wann hatte er eigentlich zum letzten Mal vernünftig mit ihr gesprochen? Hatte er das überhaupt schon einmal? Er hatte sie bisher doch beinahe konsequent übersehen. Viel Zeit blieb ihm nicht, das Versäumte nachzuholen.

Hans Horneber bat Johanna zu sich an sein Krankenlager, ebenso seine Maria und auch Heinz. Frau und Sohn sollten Zeugen dieses Augenblicks sein. »Ich habe nicht mehr viel Zeit, Johanna«, begann er, wobei ihm das Reden offenbar Mühe machte. »Ich bekenne, dass ich an dir schuldig geworden bin. Ich habe dich als die Frau meines Sohnes und als meine Schwiegertochter nie akzeptiert. Mit Heinz habe ich das geordnet. Bei dir will ich mich hiermit entschuldigen. Es tut mir leid, dass ich dir das Leben auf der Kernmühle damit schwer gemacht habe. Verzeih mir, mein Kind.« Der kranke Mann richtete sich etwas auf und streckte Johanna die zitternde Hand entgegen. »Ich bitte dich um Verzeihung, mein Kind«, wiederholte er.

Johanna trat einen Schritt näher an das Bett des Kranken und ergriff die ihr entgegengestreckte Rechte. Auch ihre Hand zitterte. Ein dicker Kloß setzte sich in ihren Hals. »Es ist gut, Papa! Es ist gut«, brachte sie mit belegter Stimme nur heraus, während ihr die Tränen über das Gesicht liefen.

Auch Heinz und die Mami konnten ihre Tränen nicht länger zurückhalten. Welch ein bedeutsamer Moment! Ein stolzer Mensch beugte sich unter seiner Schuld! Ein heiliger Augenblick! Hans Horneber lehnte sich in sein Kissen zurück. Sein bleiches Gesicht überzog eine blasse Röte, Zeichen seiner inneren Erregung. Zugleich zeigte dieses Gesicht so etwas wie Erleichterung und Freude. Dem Mann musste ja auch eine riesige Last von seinem Herzen gefallen sein. »Danke, Hannele, danke!«, vermochte er nur zu sagen. Dabei hielt er die Hand seiner Schwiegertochter fest, als wollte er sie nicht mehr loslassen. Dann

Johanna und Heinz 1950

verließen ihn wohl die Kräfte, und er schlief ein. Dass sich seine Frau und die Kinder eine Weile vor Glück und Dankbarkeit still in den Armen lagen, konnte er nicht mehr sehen.

Mitte Mai starb der Müllermeister Hans Horneber. Sein Sohn war fortan der Hausherr auf der Kernmühle, und er konnte endlich darangehen, den Mühlenbetrieb umzugestalten und nach den Erfordernissen der Zeit des wirtschaftlichen Aufschwungs zu modernisieren. Wenn es nur in anderen Bereichen auch so hätte sein können!

Die Hauswirtschaft blieb nach wie vor in den festen Händen von Herta, die immer noch im Verein mit der Großmama das Kommando führte. Erst als die alte Grantel kurz vor Weihnachten die Augen für immer schloss, wurde Hertas Befehlston etwas leiser. Ihr fehlte fortan die unterstützende Stimme aus dem Sessel neben dem Herd. Vielleicht beeinflusste ja auch ihr weibliches Empfinden ihren Ton, der der Schwägerin gegenüber doch ein wenig milder wurde. Johanna war nämlich schwanger. Das hinderte sie allerdings nicht, sich weiterhin auf der Landwirtschaft nützlich zu machen. Erst als ihr die Arbeiten im Stall und auf den Feldern zu beschwerlich wurden, beteiligte sich Johanna an der Arbeit in der Küche. Vormittags ging Herta seit einiger Zeit eh ihre eigenen Wege und war meist nicht im Haus. Sie überließ zunehmend der Mama die Essensvorbereitung. Und mit der auszukommen war Johanna von Anfang an auf der Kernmühle nicht schwergefallen. »Siehe, Kinder sind eine Gabe des Herrn, und Leibesfrucht ist ein

Geschenk. Wie die Pfeile in der Hand eines Starken, also geraten die jungen Knaben. Wohl dem, der seinen Köcher derselben voll hat!« So lasen es Johanna und Heinz Horneber am Abend des 20. Juli 1951 an der Wiege ihres Erstgeborenen aus dem Psalm 127 nach. In seinen Kissen lag zur großen Freude seiner Eltern Georg Hans Heinz Theodor Horneber, ein kleiner, strammer Rotschopf. Welch ein Grund, dem Schöpfergott, von dem alles Leben kam, für seine Güte zu danken und für die Zusage, die von der Hochzeit der Eltern her auch diesem kleinen Wesen galt: »Der Herr segne euch je mehr und mehr, euch und eure Kinder! Ihr seid die Gesegneten des Herrn, der Himmel und Erde gemacht hat.« Aus tiefstem Herzen wurde der Kleine auch schon einbezogen in das Traditionsgebet, das doch jeden Abend wieder ganz neu gesprochen wurde: »… Dein heiliger Engel sei mit uns, dass der böse Feind keine Macht an uns finde. Amen.«

Gerti, wie der Junge bald von allen genannt wurde, war sehr bald der Liebling aller Mühlenbewohner. Die junge Mutter konnte sich kaum seiner vielen Verehrer erwehren. Besonders eifrig in der Annäherung war Herta. Die machte der jungen Mutter tatsächlich ihre Fürsorge für das Kind zunehmend streitig und entzog ihr den Sohn, nachdem Johanna abgestillt hatte und wieder auf den Feldern und im Stall arbeitete. Herta beanspruchte Gerti für sich; der Kleine hatte immer in ihrer Nähe zu sein, egal, wo sie sich aufhielt. Die energischen Proteste der jungen Mutter und der Widerspruch des Vaters richteten nichts aus. Gegen

Herta kamen sie beide nicht an, wollten sie den Frieden im Haus erhalten.

Für Johanna begann wieder eine Zeit voller Seufzer und Tränen. Verschlimmert wurde die Lage dadurch, dass sich die Mami auf die Seite ihrer Tochter schlug, als wäre Gerti Hertas Sohn. Die spielte sich auch vor Fremden auf, als sei sie die Mutter. Die Schwägerin hatte sogar einige Monate später – Johanna war wieder schwanger – sehr bald den Namen für Gertis Schwester bereit, falls das zweite Kind ein Mädchen wurde. Und dann war es auch ein Mädchen und musste Eleonore heißen, weil Herta das so bestimmt hatte. Auch Lorle wurde »ihr« Kind, von den Eltern um des lieben Friedens willen gezwungenermaßen geduldet.

Allerdings begriff nun die Mami mehr und mehr, dass es mit diesem »Glodzbuuk« nicht mehr so weitergehen konnte. Sie forderte ihre Tochter auf, ihr Verhalten zu ändern und sich zurückzunehmen. Am besten sei es aber, es ihrer Schwester Irmgard nachzutun – die war inzwischen nach Nürnberg verheiratet – und sich einen Arbeitsplatz zu suchen, und das möglichst weit von der Kernmühle entfernt. Und einen Mann zu finden sei auch nicht schlecht. Mit dem könne sie dann ihre eigenen Kinder haben. Es sei besser so für sie und für die Familie.

Herta reagierte beleidigt, aber doch nach Wunsch und Vorschlag. Das mit dem Mann brauchte Zeit. Der war ja nicht einfach aus dem Stein zu schlagen, aber sie würde sich sicher irgendwann einen angeln. Den Arbeitsplatz suchte die Mami für sie. Sie knüpfte

Kontakt zum Schweizerischen Diakonieverein in Rüschlikon am Zürichsee in der Schweiz. Die brauchten in ihrem Haus »Zum Rössli« eine Köchin. Zugegeben, Herta war eine gute. Mochte sie also gerne dort ihr »Führungstalent« anwenden und die Küche dieser Erholungspension regieren. Das dritte kleine Horneberkind, das blonde Urselchen, erlebte sie zwar noch, aber sie kam nicht mehr an es heran. Und mit Urselchen wurden ihr dann auch die beiden anderen entzogen, was ihr die Umsiedlung in die Schweiz wohl sehr erleichterte.

Johanna und Heinz Horneber und wohl auch ein wenig die Mami gerieten in Feierstimmung, als die »Chefin« endlich ausgezogen war. Endlich konnte Mami Maria in der Küche nach eigenem Gusto schalten und walten, den Speiseplan bestimmen für die, die inzwischen auf der Kernmühle wohnten. Endlich konnte Johanna Horneber sich um ihre Kinder kümmern, wie sie es für richtig hielt und ohne dass ihr in ihre Erziehung hineingeredet wurde. Endlich konnte Heinz Hausherr sein und seine Vorstellungen von einem gedeihlichen Miteinander in einem geistlich geprägten Leben auf der Kernmühle umsetzen. Das hieß, dass es in Zukunft täglich bei Tisch für alle eine Andacht gab und am Sonntag außer dem Gottesdienst in Roßtal unten an der Bibert auch eine Bibelstunde für alle Hofbewohner. Das hieß, dass er seine Verbindungen zur »Bruderschaft vom gemeinsamen Leben« in Nürnberg intensivieren konnte, wie es ihm schon lange vorgeschwebt hatte.

Diese ökumenische Glaubensbewegung aus der

Beim Sonntagsausflug mit dem Opel aufs Land, 1958.
Von links nach rechts: Gottfried, Gerhard, Lorle, Ursel

Schweiz sah ihre Aufgabe hauptsächlich im geistlichen Dienst in der christlichen Gemeinde und in der sozialen Verantwortung in der Welt der Berufe und des öffentlichen Lebens. 1928 war in Heidenheim bei Gunzenhausen mit einem etwas veränderten Namen die »Vereinigung vom gemeinsamen Leben« gegründet worden. An vielen Orten Deutschlands gab es seitdem Gruppen und Kommunitäten, zu denen sowohl Männer als auch Frauen und ganze Familien gehörten.

Seinen ganz besonderen Ruf und Auftrag empfand Heinz Horneber aber in der »Mitternachtsmission«. Seinem Hannele war das zwar zunächst nicht immer recht, wenn er am Samstagabend in die fränkische Metropole fuhr, um sich dort mit Männern der Bruderschaft um gefährdete Menschen zu kümmern. Sie war dann mit ihren Kindern und der Mami allein. Aber hatte ihr Heinzerla nicht schon vor Jahren davon gesprochen, er wolle einmal auf irgendeine Weise gutmachen, was das untergegangene Dritte Reich an Menschen verschuldet hatte?

Die drei Flüchtlingsfamilien auf dem Gelände der Kernmühle waren solche Menschen. Deshalb galt ihnen schon länger die Zuwendung der Hornebers. Die Familien Igel, Hohler und Münchenbach mit ihren Kindern – alle vertrieben aus dem Sudetenland – hatten in den Gebäuden der Kernmühle ihre Wohnräume und auf der Mühle und in der Landwirtschaft ihre Arbeit und ihr Auskommen. Und sie hatten in den Bibelstunden auf dem Hof ein Angebot für ihre geistliche Orientierung. Praktische Diakonie, nannte Heinz Horneber das, gelebte Liebe Christi nach dem Vorsatz, »dass ich die Liebe, von der ich leb, liebend an andere weitergeb«. Obdachlose, Alkoholiker, entlassene Strafgefangene und andere Menschen vom Rande der Gesellschaft waren zwar nicht unbedingt Opfer der Nazidiktatur, aber sie brauchten ebenso Hilfe. Und zwar nicht nur für den Leib, sondern auch für die Seele. Sie brauchten die gute Botschaft von der Liebe Gottes. Die wollte Heinz Horneber mit den Nürnberger »Brüdern vom gemeinsamen Leben« ihnen gerne bringen.

Sein Hannele stand dann auch bald voll und ganz hinter diesem Anliegen ihres Mannes. Hatte sie nicht

Johanna und Heinz mit den Kindern, 1961.
Vorne, von links nach rechts: Gottfried, Martin, Dieter, Ursel;
hinten: Gerhard, Lorle

selbst auch einmal gesagt, dass sie »gut sein« wolle? Das Gebet des Franz von Sales war ihr vor längerer Zeit wieder eingefallen, und sie hatte auch mit ihrem Mann darüber gesprochen. Der dreieinige Gott sollte Johanna zu einem Leben helfen, dass ihm gefiel. Längst hatte sie als überzeugte evangelische Christin allerdings die »Heilige Jungfrau und Gottesmutter Maria« und die »lieben Heiligen des himmlischen Reiches« im Text ersetzt durch den »einen Gott, den Vater, den Allmächtigen, der alles geschaffen hat, Himmel und Erde, die sichtbare und die unsichtbare Welt« und den »einen Herrn Jesus Christus, Gottes eingeborenen Sohn« und den »Heiligen Geist, der Herr ist und lebendig macht«, wie es im Glaubensbekenntnis von Nizäa aus dem Jahr 325 hieß. Johanna liebte den alten Text, andere sollten ihn auch lieben lernen. Das hieß für sie jetzt »gut« zu sein – die Liebe, von der auch sie lebte, ebenso liebend an andere weiterzugeben.

Zu diesem »gut sein« gehörte es dann folgerichtig, dass sie ihr Haus für solche Menschen öffnete, die ihr Mann immer wieder einmal von seinen Einsätzen bei der Mitternachtsmission mit nach Hause brachte, um ihnen zumindest für eine Weile Zuwendung, Quartier, Arbeit und Brot zu geben. Die Tischrunde bei den Mahlzeiten wurde also nicht kleiner. Wenn einer der angestellten Müller auszog, aus welchen Gründen auch immer, und wenn dadurch eine Stube frei wurde, wurde sie sehr bald wieder belegt durch einen entlassenen Strafgefangenen oder einen Menschen, den Heinz auf dem Vorplatz des Nürnberger Bahnhofs aufgelesen hatte. Dass von denen mancher bald wieder verschwand, auch unter Mitnahme von Besitztümern seiner Gastgeber, das war zwar sehr traurig, musste aber in Kauf genommen werden. Wenn jedoch einer Fuß fasste, sein Leben neu ordnete und sich gar der Botschaft des Evangeliums öffnete, dann war die Freude groß.

Vor vielen Jahren hatte Johanna Horneber als Frage in ihr Tagebuch geschrieben: »Welchen Weg soll ich gehen?« Wenn ihr Heinzerla wieder einmal unterwegs war, um irgendwo auf den Dörfern im Auftrag des Roßtaler Pfarrers oder zunehmend auch auf Einladung eine Bibelstunde zu halten oder mit den »Brüdern vom gemeinsamen Leben« zu missionieren, und wenn dann ihre Kinder in den Betten lagen, hatte sie Zeit, auf ihr bisheriges Leben zurückzuschauen. War sie ihren Weg bis hierher selbst gegangen? Oder galt auch für sie die Liedzeile der Gräfin Ämilie Juliane von Schwarzburg-Rudolstadt aus dem Jahr 1699:

»Bis hierher hat mich Gott gebracht / durch seine große Güte, / bis hierher hat er Tag und Nacht / bewahrt Herz und Gemüte, / bis hierher hat er mich geleit', / bis hierher hat er mich erfreut, / bis hierher mir geholfen«?

Wenn sie in der schwierigen Schule der vergangenen Jahre auf der Kernmühle immer wieder einmal daran gezweifelt hatte – jetzt wusste sie, dass Gott sie geführt hatte und dass sie wirklich am richtigen Platz für ihr Leben angekommen war. Hier wollte sie gerne sein und bleiben und ihren Platz ausfüllen als geliebte und treue Ehefrau, als Mutter ihrer Kinder, als Verantwortliche der Hauswirtschaft, als Seelsorgerin der vielen unterschiedlichen Menschen, die hier für kürzere oder längere Zeit lebten, als eine, die in allem Tun und Lassen getreu sein wollte bis in den Tod, um danach die Krone des Lebens zu erben …

Nachbemerkung

Johanna Horneber schaut heute dankbar auf ein achtzigjähriges Leben zurück. Sie lebt seit Langem im »Häusla« auf der Kernmühle, die nach wie vor ein idyllisch gelegener Einzelhof an der Bibert ist, und erfreut sich recht guter Gesundheit. Den Mühlenbetrieb gibt es nicht mehr, dafür ein Wasserkraftwerk zur umweltfreundlichen Stromerzeugung für den Landwirtschaftsbetrieb und für die Wohnungen der acht Familien, die zurzeit auf dem Gelände leben. Der Bauernhof mit Ackerbau, mit vielen Hühnern und Schweinen wird inzwischen vom jüngsten Sohn

Kernmühle 1906. Im kleinen Bild vorne rechts der Backofen. Das größere Bild zeigt von links nach rechts: Scheune, Mühle, Wohnhaus, Kuhstall und Wohnhaus

Martin und seiner Frau Jutta im biologischen Landbau betrieben. Die Kernmühle, deren erste Erwähnung bereits auf das Jahr 1676 zurückgeht – schon damals wurde hier die Wasserkraft des Flüsschens Bibert genutzt, um eine Mühle zu betreiben – und die seit dem 1. Mai 1978 zur Marktgemeinde Roßtal gehört, ist heute zugleich Bildungshof mit Backstube, Hofladen und einem Seminarhaus für »Jutta's fit & gesund workshops«, mit lichten Räumen zum Tagen, Lernen und Feiern.

In alle diese Aktivitäten bringt sich Johanna Horneber als Hof-Seniorin noch gerne ein, soweit es ihr möglich ist. Sie liebt es, ihren Kräutergarten zu pflegen und in der Küche und in der Backstube zu arbeiten. Gerne steht sie aber auch im Laden, weil sie dort Menschen von außerhalb begegnet, denen sie immer wieder einmal einen guten Rat aus dem reichhaltigen Erfahrungsschatz ihres Lebens und ein gutes Wort aus den vielfältigen Einsichten ihres Glaubens mit auf den Weg und in den Alltag geben kann. Mit ihren sechs Kindern – im Juni 1959 wurde Dieter und zwei Jahre danach Martin geboren – und deren Familien mit inzwischen insgesamt sechzehn Enkeln und einem Urenkel steht sie in enger Verbindung, auch dank Telefon und E-Mail. Sie besucht sie gerne an ihren weit verstreuten Lebensorten und reist deshalb selbst bis in die ferne Republik Malawi im südlichen Ostafrika, wo einer der Söhne mit seiner Familie lebt und arbeitet. Ebenso gerne versammelt sie Kinder und Schwiegerkinder und deren Nachkommen auf dem

Hofgelände um sich. Platz ist genug vorhanden, und die Türen stehen immer weit offen, auch für Gäste aller Art, ob lange bekannt oder zunächst noch fremd. Fremd bleiben muss freilich niemand.

Der Platz an Johannas Seite ist allerdings leer: Ihr Heinzerla, das »Vadderla« ihrer Kinder – so hat sie ihren Mann mit zunehmendem Alter auch selbst genannt –, starb im Herbst 2005 nach einem reich gesegneten Leben. Seitdem lebt sie alleine das, was ihr Mann ihr zu ihrem siebenundsiebzigsten Geburtstag geschrieben hat: »Mei liiiebs Mutterla, ... was haben wir schon alles erlebt in 56 Jahren! Prägend für diese lange Zeit, die doch so rasch verging, war die Gewissheit, immer und in allen Lagen von der Liebe Gottes eingehüllt zu sein. Mit Seiner unwandelbaren Treue hat er uns geführt, auch manchmal schwere Wege, für die wir Tragkraft erhielten. So geht's uns jetzt erst recht, da wir alt geworden sind. Deshalb erbitte ich Dir und mir, unverrückbar auf dem Boden Seiner Gnade fest zu bleiben – allzu lange wird es ja nicht mehr währen, bis wir seine Herrlichkeit erschauen dürfen ...«

Diese Worte entsprachen genau dem, was sie selbst ihrem Mann zehn Jahre zuvor geschrieben hatte: »Lieber Heinzerla, Pappa, Opa! So weit haben wir es nun gebracht, dass Du 70 bist und ich Deine ebenbürtige alte Schachtel. Aber eigentlich ist das auch ganz schön. Und voll Dankbarkeit blicken wir zurück auf die vergangenen Jahre. Wie reich hat Gott uns beschenkt. Danke, danke, Gott, können wir sagen und

Das »Häusla«, Hofhaus auf der Kernmühle, wo Johanna seit Jahren wohnt

bezeugen, dass Er uns so wunderbar geführt unser ganzes Leben. Er weiß um die noch vor uns liegenden Jahre. Er weiß Zeit und Stunde, und das ist die Beste für uns, wann wir diese Erde verlassen sollen, um Ihn zu schauen. In ganz herzlicher Liebe Dein Hannele, Mutti, Oma.«

Bis »Zeit und Stunde« für sie gekommen ist, wird Johanna Horneber, geborene Darlapp, die »alte Schachtel«, der man ihr Alter nicht ansieht, nach körperlichen Kräften und geistigem Vermögen arbeiten und beten, beten und arbeiten. So lange wird es wohl auch ihr Abendgebet sein und bleiben, in das sie stets und wie immer schon ihre große Nachkommenschaft und ungezählte Menschen drum herum einbezieht: »... Dein heiliger Engel sei mit uns, dass der böse Feind keine Macht an uns finde.«